隐秘的真相

漾真 著

江苏凤凰文艺出版社
JIANGSU PHOENIX LITERATURE AND ART PUBLISHING

图书在版编目（CIP）数据

隐秘的真相 / 漾真著 . — 南京 : 江苏凤凰文艺出版社 , 2023.2

ISBN 978-7-5594-7422-3

Ⅰ . ①隐… Ⅱ . ①漾… Ⅲ . ①短篇小说 – 小说集 – 中国 – 当代 Ⅳ . ① I247.7

中国版本图书馆 CIP 数据核字（2022）第 242911 号

隐秘的真相

漾真 著

责任编辑	周颖若
特约编辑	王香力
装帧设计	沉清 Evechan
出版发行	江苏凤凰文艺出版社
	南京市中央路 165 号，邮编：210009
网　　址	http://www.jswenyi.com
印　　刷	三河市冀华印务有限公司
开　　本	880 毫米 ×1230 毫米　1/32
印　　张	9.75
字　　数	244 千字
版　　次	2023 年 2 月第 1 版
印　　次	2023 年 2 月第 1 次印刷
书　　号	ISBN 978-7-5594-7422-3
定　　价	52.00 元

前　言

这本书，或者说这本书的刑警故事，是从时光和记忆中打捞出来的碎片。

我有十年的刑警工作经历。当年，从退休的老队长蔡康明那里，我听到了很多很多刑警故事。很多年过去后，当我起意要把那些过往记录下来的时候，我发现自己的记忆缺失了很多，很多充满了呼吸、血汗、光泽的细节褪色甚至流失了。我因而逼迫自己去追寻，去从记忆的尘壤里一层一层地发掘，以还原岁月和时代的鳞甲和皮屑。

我因此又追回了一部分细节，但依然有很多彻底地遗失在记忆的深处。

写完这本书，我回头翻看这些对岁月和往事的记录，忽然发现，这些留在我的记忆里并被我写出来的部分，其实就是那些时代、事件和人物中最核心、最坚韧的筋骨。像尘埃、沙粒在海洋中形成厚重的岩石一样，在漫长时间中沉淀下来的构成基岩，漂浮的、变幻的从记忆中消解，我因此而深深认知并体会到苍茫人世间的真谛：

记忆荡漾，唯真永存。

这本书是一个曾经的警察对另一位刑警的致敬。

在我十年的刑警工作经历中，退休的刑警队老队长蔡康明成为我心中的英雄。被大家叫作老蔡的他，在三十多年的从警生涯中成就非凡：侦破的刑事案件有两千多起，抓获犯罪嫌疑人数千，其中被执行死刑者两百余人。特别是20世纪90年代，他组织破获一起高智商特大系列持枪抢劫杀人案。他给我讲述破案故事的时刻，是我一生中铭刻最深的记忆，更是我写出这本书的源泉和动力所在。

那个年代没有摄像头，没有手机，没有DNA。那是传统侦破手段的辉煌时代。

那时候的案件侦查是在细节中寻找蛛丝马迹。像中国传统的中医圣手一样，侦查员们望闻问切，他们关注、观察、凝思、剖析侦查对象的呼吸缓急、形迹变化、气色形态、邻里动静。

那时候，侦破案件全靠痕迹鉴定与推理。老刑警们依靠敏锐的观察、广袤的思维、深刻的认知、洞察力这些强大的人类智慧，对谜团抽丝剥茧，找出真相。

那是传统侦探最后的辉煌期：老蔡和像老蔡一样杰出的刑警们常常面对黑暗，有时更是游走于灰色地带，但他们依然义无反顾地坚守正义、善良、智慧等崇高准则，直至胜利。他们是传统侦破史上最后的骑士。

因此，即便深知自己才力浅薄，我也想把它们记录下来，因为我深信他们树立、坚守的这些信念、智慧，是现在乃至未来都不可或缺的核心元素。

当然，这本书也是对于平凡生活的体察与感悟。

故事里的细微之处，案卷上不会有，新闻上不一定会报道，它们是老刑警经年累月积淀下来的经验和感受，只存在于小部分经历过、感受过的人的记忆深处。有时候是侦查员们的嬉笑怒骂、诙谐机智；有时候是受害者或者凶手令人瞠目结舌的极端认知；有时候是人面对无法抗衡的不公命运时产生的无力感；有时候是事情发展峰回路转、柳暗花明。

听得多了，你就会发现，绝大多数犯罪源自最简单、最琐细、最平淡的动机，绝大多数案件也并不具备惊世骇俗或惊天动地的特点。细想我所知道的老蔡的案件，一桩桩、一件件，主角都是小人物，案件中涉及和反映的都是普通人的爱恨情仇，杀人的理由无非是为情、为财、为仇、为气。

写着写着，我开始困惑：自己写这些意义何在？

慢慢地，我意识到，涉案者在体现自私、邪恶、偏执或狠毒的同时，也饱含着你我同样拥有的幸福、悲伤、快乐、愤怒，以及和我们一样具有的爱恨情仇、一样追求的理想和梦想。

一句话：静水流深。我们貌不惊人、淡定似水的平凡生活，在稳定、和平和幸福之中其实蕴含着隐患、挣扎和绝望；同时，隐患、挣扎和绝望之中不也在孕育稳定、和平与幸福吗？

生活，万物合一，万象归一。

我豁然开朗。

无论是历史上叱咤风云的大英雄，还是生活中微不足道的市井小民，故事里的这些情感人人皆有。我们和他们一样，有欲望，有愤怒，有贪婪，甚至在极端情况下，也会做出自私、偏执和过激的选择。案件的主角们大部分已经不在人世，可是，他们都曾经真实地生活在我们身边，甚至，他们现在也还全部都在我们身边，因为这所有案子的主角，甚至未来案件的主角，也许就是我们自己。

而且，犯罪者之所以实施那些极端行为，除了自身的原因之外，更与他所处的环境相关：他的教育、生活状态，他与他人的关系，甚至那些与他关联的因素——他的邻居、他的爱人、他的情敌、他的同事、他的亲戚或朋友。

我们与成为犯罪者的他，密不可分。

这就是历史，是人生，有巧合、偶然、命定、循环，有身不由己、无可奈何、大势所趋。

快乐可以分享，而痛苦不能。我们永远无法对他人的痛苦感同身受。

任何人都无权评定他人的人生。在这条看似平静、实则深流涌动的生活大河中，我们能否体悟他人、把控自己，就在于关键时刻是否出于善心做出选择。

最后，希望看完这些案子的你，更能省察自我、笑对人生，能和老刑警一样，对人性多一些包容和理解，对生命多一些珍惜和敬畏，对自己的人生多一些智慧，并因此而笃定、淡然！

漾真

2022 年 4 月 26 日

目录

“10·17”凶杀案

暴怒

黑暗中痛下杀手，究竟意欲何为？柔弱外表下的泪水，到底是悲伤，还是有所掩藏……

一位公安部老部长说过，培养一名交警需要三个月的时间，他们要学习交警的手势和道路安全知识；培养一名户籍警需要半年，他们要学习户籍政策和熟悉为群众办理户籍的各项操作流程；而培养一名“能用”的刑警，需要他能在现场物证中发现疑点，走访询问相关人员找到线索，审讯嫌疑人，突破对方的心理防线，问出真实有用的口供，等等，做好这些基础性工作，最少需要三至五年；如果要培养一名能带领整个专案组、判断侦破方向、指挥各组人员、把控案件侦破节奏、独当一面的好刑警，至少需要磨炼十年，甚至更久。

老蔡干了三十年的刑警，我认识老蔡时，他快退休了。记得我刚去警队时，我们都期待着老蔡给我们传授点儿他的“独门秘籍”。谁知，他对我们这些年轻警员说了一个所有人都明白的道理，他说：“当好一名刑警，是需要有实事求是的态度的。你可以相信你的感觉，但你的感觉一定要来源于现场反映出的真实情况。”

我们当时听了都不以为然，心想：“这不是废话吗？谁破案不是根据现场情况，难不成凭空猜测！”

后来，我接触的案件多了，他也开始给我们讲破案故事，当听到这个案子时，我才领会当初他说的那些话的含义。在真相被揭示前，人是很容易被迷惑的，每个人都有自己的看法，都认为自己是对的，而且按照自己的思维定式，会一直想下去，一路错下去。

意想不到的命案

观念是对客观事物的主观反映。

——《逻辑学》

蔡康明23岁，刚从部队退伍，被分配到X市人民路派出所，成了一名实习警员，负责辖区内的治安巡逻。

20世纪七八十年代，晚上八九点的时候，街上已经安静下来了。

人民路派出所自成一个小院子，院子里有一个两层小楼，在院子的大铁门旁边有两间房子，一间是传达室，一间是接警处。每天晚上，传达室8点下班锁门，但是接警处全天24小时有人值班，此时要想进入派出所，只能从接警处进入。接警处前门通向外面的街道，后门可以通向院子。

10月17日，蔡康明值夜班，他和另一名民警柏传庆两人轮流值班，其中一人休息时，可以回后院楼上的宿舍休息。

晚上9点20分，此时楼上的灯光基本已经熄灭了，只留下院子里的一盏路灯亮着。蔡康明正坐在值班室打瞌睡，突然冲进来一个全身血污的女孩，把他吓了一跳。那女孩跑得气喘吁吁，惊慌失措，边哭边喊："同志，同志，快去救人！"

蔡康明一惊，抬头看着眼前冲进来的这个女孩。她挺漂亮，瓜子脸，丹凤眼，脸色发白，显得嘴唇上的口红格外艳。她的手上、身上脏兮兮、黑乎乎的，像是在煤里打过滚儿一样，隐隐约约能看到身上的血迹，但不知是她的还是别人的，说明她肯定遇到了紧急而危险的事情。虽然此时她看起来很慌张，但也掩盖不住她年轻妩媚的气质。

“怎么回事？”蔡康明赶快问道。

那女孩突然号啕大哭，说道：“快救救我男朋友吧！他快不行了。我和我男朋友正走着，突然从旁边窜出来两个人，拿着大棍子追着打我男朋友，我在旁边拦也拦不住。他俩把我推到一边，就打他一个，其中一个人把我男朋友的手绑住，另一个勒他脖子。我打不过他们，就跑来报警了。”

打架斗殴属于治安案件。蔡康明一听对方人多，急忙叫增援，他一边给柏传庆打电话让他快下来，一边继续问她：“你咋没找周围人帮忙？”

“我俩在煤场里散步，周围没人，没人能帮忙。”

两人正说着，柏传庆拿着警用装备从楼上下来了，说道：“走走走，情况紧急，边走边说。”柏传庆和蔡康明一人骑一辆自行车，柏传庆让报案人坐在自己车子的后座上，带着她。临出门前，蔡康明发现报案人没穿鞋子，只穿着袜子，他一边回头到值班室里给她找了双拖鞋，让她先穿上，一边问道：“你的鞋子呢？”

“他们打架，我在旁边保护我男朋友，拽着那两个人，鞋不知道什么时候掉了，我也没注意。”

“认识打你们的人吗？”蔡康明问道。

“黑灯瞎火的，我没看清楚长什么样子。”

坐在车子后座上，女孩一边回答，一边想把脏袜子脱下来，谁知她一脱，“啊！”的一声大叫，袜子和肉粘在一起了，脚底板被煤渣扎得血淋淋的，她是光着脚从煤场一路跑来的。

两人边骑车子，边扭头看了一眼她血肉模糊的脚底板，看着都觉得疼。他们都感受到事情的严峻程度，不由得加快了骑行速度。

“你叫啥？你多大了？你和你男朋友都是干什么工作的？”柏传庆问道。

“我叫万萃芳，24 岁，在煤场做销售工作，我男朋友齐为民也在煤场工作。”报案人回答。

“是正式工？”蔡康明问道。

“他是正式的，我是临时的。”万萃芳说道。

他们边说边沿着大路过了两个路口，拐进一条小胡同里。大路上有路灯，进入小胡同后，前方变得一片漆黑。但三人都认路，顺着胡同往前走大约 50 米，往左一拐，就是煤场了。

在那个年代，人们做饭、取暖都要烧蜂窝煤。煤场就是制作、销售蜂窝煤的地方。煤场很大，煤炭露天堆在地上，像一座座小山，地上散落着颗粒状的煤渣，远处三个大仓库由近到远依次排开，还有一排房子横在前面，和仓库位置呈丁字状。

柏传庆和蔡康明平时买煤来过这里，虽然这时候看不清，但他们知道这三间仓库从近到远依次是 1 号、2 号、3 号，过了 3 号仓库再往里走，看到的那一排平房是用来制作蜂窝煤的。

这个时候，厂门口看门的大爷已经回家了，煤场里没有灯，大门口竖着一盏发着黄光的用铁皮罩着的路灯。那时候治安好，偷盗的事情不常发生，所以大铁门虚掩着，人可以随意进出。

三人进了院子，突然觉得眼前漆黑一片。万萃芳喊道：“为民，为民！”声音在黑暗中回荡，没有回应。

蔡康明心中隐约有一种不好的感觉。院里阴森森、黑漆漆的，安安静静，没有一点儿声音，完全不像万萃芳所说的，发生过打架这么激烈的事情。

他们拿着手电筒到处搜索，最终在 3 号仓库后面那排平房右侧的尽头发现了齐为民。齐为民趴在地上，脸朝下，在夜色下看着就是黑乎乎的一团。

蔡康明摸了摸他的颈动脉，柏传庆轻拍他，喊着：“同志，同志。”没有一丝生气，人已经死亡。

万萃芳放声大哭。

本来以为是打架斗殴的治安案件，没想到是命案。

老文

蔡康明第一次见年纪和他差不多的人死亡，心里五味杂陈。但他觉得很奇怪，这里很黑暗，能见度不过 2 米 ~ 3 米，死者和万萃芳在这里谈恋爱，从远处根本看不到这里有两个人。蔡康明随口说了句：“凶手应该不是路过看到你们才临时起意的。”

柏传庆说道：“那你的意思是，罪犯很可能是尾随而来的？”

蔡康明点点头，说道：“有可能。”

柏传庆问万萃芳：“你把今晚你们去了哪里、做了什么从头到尾讲一遍。”

万萃芳边擦眼泪边说道：“我俩本来在护城河旁的顺河南街上溜达，那条路很黑，也没什么人。走着走着，为民给我看他新买的‘红旗’牌手表，我俩就站在路灯下面看。这时，迎面过来了两个人，我看着其中一个像是护城河边上轧面条店店主的小儿子，这人精神有时候不大正常，痴痴呆呆的，有时还比较暴躁。这家店过年会卖汤圆，他家汤圆好吃，我去买过几次，所以对他有点儿印象。他们一直盯着我们看，已经走到我们身后了，还不时地回头看我们。为民就赶快把手表戴在手上，我俩继续往前走，走着走着，发现他俩又折回来跟在我们身后。我们当时有点儿担心，他们那边是两个男的，有一个还不大正常，万一他们抢我们，我们不占优势。我们就赶快往人多的大路上走。后来，到了人多的地方之后，就没再见到他们。”

“那你们怎么又来煤场这么偏僻的地方？”柏传庆问道。

“为民说想找个没人的地方说说话。”年轻人谈恋爱，当然往没人又黑暗的地方钻。

万萃芳接着说道：“因为刚才的事，我俩还是有点儿担心，怕他们再从哪里窜出来，或者跟上来。我们不敢走小路了，就走大路，正好遇见我们煤场的赵大军了，他一来，我们放心了。他牛高马大，真动起手来，我们不怕。他问我们去哪里，为民说我们想去煤场院里逛逛，他和我们走了一段路就回家了。”

“你确定他回家了？”蔡康明又问。

“不确定，他说回家去了，我们往南走，他往西走了。”万萃芳答道。

“赵大军这人怎样？他和为民关系好吗？你们路上聊什么了？”

“我对他印象不怎么样，煤场里的人都叫他‘孬蛋’，这人手脚不干净。不过为民和他关系还可以，前段时间，赵大军妹妹生孩子没钱，为民还借给他 200 块钱。”

“你怎么知道？”

“他俩路上说的，赵大军在路上说他手头没钱，缓一缓再还给为民。这下好了，人都死了，也没人问他要钱了。”

“还遇到别人了吗？”

“没有了。”

“那打你男朋友的人，你到底是没看清楚还是不认识？”柏传庆又问了一次。

“我没看清楚，这里太黑了，而且当时我又很紧张……我实在不知道。”说着说着，万萃芳哭了起来。

问到这里，柏传庆把蔡康明拽到一边，说道：“康明，你在这里帮我好好看着现场，我带着万萃芳去刑警队报案去。我觉得这个赵大军非常可疑！”

“为啥？”蔡康明心想，还没有仔细勘查现场，这么快就确定了？于是随口问了出来。

“就他知道他俩去煤场了，他要是没回家，去喊个人，然后尾随他们呢？！”

蔡康明刚想反驳，柏传庆继续说道：“康明，你刚到警队，对警队的弯弯绕绕还不懂，还不知道劲儿该往哪里使。我比你早来几年，对于警队的情况，比你了解一些。告诉你吧，警察队伍藏龙卧虎，想要上进，就是要进刑警队。今天可是难得的机会，咱们要是找到嫌疑人，可就是立了大功了！这事可不能被别人‘截和’。”

警队向来不缺喜欢“摘桃子”的人。

柏传庆骑着自行车带着万萃芳“一溜烟儿”就走了。

那时候公安局提拔干部有这样的传统，新警在派出所里先干个五六年，成绩突出的，才有机会被选拔进刑警队，在刑警队干得出色，才有可能当上“股长”“队长”，然后一步步到县局或者分局当政委、当局长。那个年代的公安局局长大部分都是刑警出身。所以大家都想进刑警队，如果有幸和刑警队一起办案，表现突出，就能被选入刑警队，这是很多人梦寐以求的事。

10月份的天气已经凉了，煤场里，蔡康明一个人在月黑风高的夜晚蹲在黑黢黢的煤堆旁，守着不远处的尸体。不一会儿，他觉得冷飕飕的。他掏出兜里的一盒火柴，“嚓”地划一根，火柴燃烧一会儿，灭了，他“嚓”地又划一根。这个过程无趣又无聊，只听得到手表秒针的“嘀嗒嘀嗒”声。

时间在流逝。蔡康明在今后的刑警生涯中慢慢体会到，这样无聊又无趣、出力不出功，甚至根本不知道眼前做的工作是否对路，但还是要继续做下去的时候真是太多了，对于刑警来说，这再正常不过了。

蔡康明心想：“反正闲着也没事，不如看看尸体。”手电快没电了，他划着火柴，开始“勘查”现场。

这是一具男尸，俯卧在地上，双手在身后反绑着，脖子上套着尼龙绳。

他一边划着火柴，一根灭了又划一根，尽可能地照亮地面的痕迹，一边小心翼翼地避开地上的痕迹，不破坏现场，同时观察尸体，把证物及其位置默默记在了心里。

“香烟盒一个，手表一只，纽扣一粒，五齿叉一个，折断的直径约 5 厘米的粗树枝，两只位置一前一后的女士布鞋，它们应该是万萃芳掉在这里的……”他不知道勘查现场是不是这样的，但他想，反正把所有的东西尽可能地记住就对了。所以，他看每一样物证时都会想一想，它是怎么掉在这里的，它是谁的，它在这个位置上能说明什么。看着看着，他总觉得哪里怪怪的，但又说不出问题出在哪里。

这时，一辆移动式消防照明车和一辆警车开进了小院，好像把天都照亮了。

蔡康明远远看到从警车副驾驶的车窗里探出一个脑袋，伸出一条胳膊，对着他直挥手，大声喊道：“你干吗的？离现场远点儿。”

这是蔡康明第一次见老文。老文时任刑警大队的副大队长。蔡康明早就听说过他的大名，但这是第一次见本人。他 40 岁出头，穿着皮夹克，看着很挺括，两鬓斑白，两条眉毛之间有很深的沟壑，好像里面装满了思想。

那时的蔡康明怎么也想不到，未来十年里，眼前这个人会带他侦破一个又一个案子，对他产生很大的影响。

老蔡说，老文队长绝对是个狠人，曾经为了证明尸体的酸碱性，直接往大腿上滴硫酸。当时是个女尸，被用硫酸毁容后扔进了井里，后来罪犯被抓到，承认曾用硫酸对死者毁容。眼看案子就要结束了，但法医用 pH 试纸一测尸体，竟然是碱性的，大家分析可能是因为井水是碱性的，尸体在里面浸泡导致酸性变碱性。但问题是这和罪犯的供述对不上，不能结案。正常操作就是去市场买一块猪肉，泼上硫酸，放入井中泡个几天，再拿出来做实验。

老文一听这么麻烦，坐在井口旁边，当场拿着滴管把法医手里的浓硫酸滴到了大腿上。因为天气热，腿上都是汗水，在硫酸接触皮肤的一瞬间，只听“刺啦”一声，皮肤开始变黄。老文皱着眉头，咬着牙，等了一小会儿，然后舀起井水开始往腿上冲，冲一会儿测一下，再冲一会儿再测一下，直到测到是碱性的了。老文站起来一挥手，说：“好了，案子没问题了。”

那可是浓硫酸，而且那井水可泡了三天三夜的尸体。在场的所有人都震惊了，指挥员为了破案，全情投入，已经忘记了自我，毫不犹豫地带头干伤害身体的事情。包括老蔡在内，所有人都心服口服。这是后话。

当时，老文一下车，看到蔡康明肩膀上一颗星的实习警员标志，劈头盖脸地对蔡康明吼道：“谁让你在这里看现场的？黑灯瞎火的，就你一个人，知不知道有多危险？你个‘孩子乖’，不要命了你！万一凶手又回现场，再把你打一顿怎么办！”

老文气势汹汹，当众把蔡康明骂得狗血淋头。蔡康明非常不习惯，但认真想想，又觉得后背发麻，之前他确实没有这样的防范意识。后来蔡康明到了刑警队才发现，这里很少有人说话是轻声细语的，他们说话不是“带把儿”，就是“吼骂”，毕竟刑警算是“武将”，但大家都对事不对人。老文作为刑警队长，虽然心细，但说话做事却是粗枝大叶的，像这种有更重要的安全问题摆在眼前的时刻，更是想不起来注意说话态度和方式方法了。不熟悉的人一开始不太能接受，时间长了就习惯了。

谁会在乎一个名不见经传的小伙子的感受？当时，大家都把注意力放在命案现场了。老文带着刑侦技术员和法医迅速开始了现场勘查。

灯一打，他们发现现场的物证确实很多，七零八落的，单是齐为民掉落在地上的“红旗”牌手表，里面的零件就散落一地。老文对蔡康明招招手说道：“你过来帮忙。”

年轻人虽然年轻气盛，但要想进步，脸皮就不能太薄。蔡康明听到老文喊他过去帮忙，知道这是一次求之不得的学习机会，与学到东西相比，刚才那顿骂又算得了什么！

蔡康明赶快过去，跟着技术员认真地在煤渣地和草丛里找齐了手表的时针、分针、表蒙、压圈等零件，又帮着记录员给物证做了编号，并把位置记录得清清楚楚。蔡康明的字写得十分漂亮，看起来赏心悦目。

做事认真踏实的人，到哪里都会得到人们的尊重。

现场勘查完毕，老文一边看蔡康明的记录，一边满意地说道：“字写得不错，人也严谨。”

他们整整忙了一夜。

第二天一早，蔡康明才回到所里。但他没有想到的是，自己昨晚踏实认真的工作态度，在老文心里留下了深刻印象，这成了他进入刑警队的敲门砖。

机会可遇而不可求。

现场练兵

第二天中午，蔡康明接到了电话通知，要求他下午 3 点到市局刑警队开会。

“让我去开会？我什么也不懂啊！难道还是要我做记录？”蔡康明思忖着。

下午 2:40，蔡康明提前 20 分钟到了刑警队，等他走入会场一看，这是一个能容下十几人的会议室，会议室中间是由几个长方形桌子拼成的长条桌，能容纳 12 人坐下。此时，除了长条桌正中间的领导席空着，旁边的位置已经快坐满了。蔡康明刚进去，就看到刑警队办公室的人招呼他随便坐，他找了一个靠边的位置坐了下来。

蔡康明坐下来后发现在座的人都很年轻，有的和自己一样是实习警员，估计是在别的派出所实习或者就是在刑警队实习，还有的是比自己大一些的正式民警。

此时，有人悄悄议论，今天来开会的都是各部门推荐上来的精兵强将，这个会议就像选拔人才的考试似的。

柏传庆也来了。自从昨晚柏传庆带着万萃芳去报案，蔡康明就没再见着他。蔡康明看到此时坐在前排的柏传庆红光满面、踌躇满志，一副胜券在握的样子，心想：“看来昨晚他们的行动很顺利。”

下午 3 点钟，老文手里拿着一摞材料，准时走了进来。他开门见山地说道：“我们开始开会。昨天，市里发生了一起命案，今天把大家喊来，是想说说昨天的案件。我先把案情梳理一遍，大家可以谈谈自己的看法。”

老文接着说道：“死者齐为民，22 岁，是煤场运输原煤、装卸煤渣的工人，家庭条件一般，普通工人家庭。据工友反映，他平时为人很随和、很老实，不爱说话，同事、朋友找他帮忙、找他借钱时，他很乐于助人，也很大方。

“他和报案人万萃芳是男女朋友关系，万萃芳是煤场的临时工，24 岁。他们恋爱的事情煤场里的人都知道。他们在一起两年了，据他们的同事反映，齐为民对万萃芳很好，经常给她买吃的、喝的，大家常看见他俩在一起。两人感情很好，已经到了谈婚论嫁的地步，但迟迟没有领证。有人说，是因为齐为民的母亲不喜欢万萃芳，不同意两人的事情，她嫌弃万萃芳是临时工。

“据万萃芳说，案发当晚，两人出来约会，刚出来时遇到了顺河南街面条店老板的小儿子和另一个人，据我们调查，这个小儿子叫王晓，另一个人是他姐夫张志军。没过多久，两人又遇到了赵大军，寒暄了一阵，分别前赵大军说最近手头紧，欠齐为民的钱过段时间再还他。齐为民催他快点儿，说最近准备结婚，也需要钱。后来，两人到了煤场，刚走到仓库旁边，突然从煤堆后面窜出来两个人，就开始打齐为民，一个人拿着大棍子，另一个人拿着绳子。齐为民拔腿就跑，两人在后面追，并把他按在地上，把他的手从后面绑了起来。万萃芳这个时候就跟在后面跑，但是罪犯绑齐为民的时候，万萃芳已经被他们推倒在一边了。之后，万萃芳就到派出所报警了。据万萃芳说，天太黑，而且当时太紧张了，她没看清楚打她男朋友的人。

“昨夜，侦查员连夜找到了赵大军。赵大军也是煤场的临时工，25 岁，未婚，平时他和母亲两人住在东大街上的老平房里。他曾经因为打架斗殴被治安拘留过。我们找到他时，他正一个人在家。他母亲那天正好到他妹妹家照看外孙去了。他说，昨晚他去朋友家玩了一会儿，然后就往家走，路上遇到了齐为民和万萃芳，说了几句话，他就回家睡觉了。他坚决否认和齐为民、万萃芳分开后又去过煤场。咱们的人问他 8:30 ~ 9:00 这段时间在哪里，他说自己已经在家了，但没有人能够证明。咱们的人又问他，是不是问齐为民借钱了，他说是的，前段时间妹妹生孩子需要钱，他问齐为民借了 200 块钱。侦查员问他借条在哪里，赵大军说他们没有立借条。

“走访的同时，我们进行了现场勘查。这个现场一看就是搏斗现场，地上有一长条拖拽痕迹，齐为民就死在痕迹尽头的位置，身上有被五齿叉扎和被木棍打的伤痕。现场搏斗非常激烈，齐为民的裤子都被拽掉了，身上有的地方被扎得、划得露着骨头。死者死因是被人用绳子从背后勒住颈部导致的机械性窒息。

“在死者和凶手打斗的过程中，散落在地上的物证有：1. 压扁的红塔山香烟盒；2. 摔坏的手表；3. 散落一地的手表上的时针、分针、表蒙、压圈；4. 死者的衬衣纽扣；5. 一双朝向相同、位置相距半米远的女士布鞋；6. 死者的外裤和腰带；7. 折断的木棍。

“据万萃芳说，死者有随身携带钱包的习惯，但是在死者身上没有找到钱包，很可能是被凶手抢走了。”

在老文梳理案情的同时，刑警队办公室的文职人员把现场照片和物证资料铺在桌子上，供大家查看。

蔡康明拿起摊在桌子上的熟悉的物证和照片，心里很疑惑，他心想：“既然是考试，那么肯定有答案，难道老文已经知道谁是凶手了，所以才来考验我们？”

蔡康明抬头观察老文，老文一副泰然自若的神情，抽着烟，眯着眼睛看着大家。

蔡康明心想：“案子一定是拿下了，要不老文哪里有闲情逸致来组织考试。从老文提供的这些物证中，一定能找到凶手。”

蔡康明再一次拿起物证和照片认真地看，同时，那个奇怪的地方又一次闪现在他的脑海中。

“好了，案子情况就是这样，大家说说吧，这个案子现在该怎么往下走，侦破方向是什么？”老文吐了口烟说道。

柏传庆离老文最近，他最先开口，说道：“文队，我先讲讲吧，就当是抛砖引玉。”

“好。”老文笑着说道。

“昨天我参与了抓捕嫌疑人的行动，在行动中，我看到刑警队反应迅速、处置得当，第一时间抓捕、审讯了犯罪嫌疑人赵大军，这证明文队指挥得当，多亏有文队，才能带出我们这支刑警队伍。我们警队是一支工作积极性强、效率高的队伍……”

柏传庆滔滔不绝地夸赞起来，老文一摆手，打断了他：“小柏，谢谢你对咱们警队的肯定，但这些不是我们今天要说的重点，你主要说说，在你看来，这个案子下一步应该怎么办？”

柏传庆想的首先是怎样让老文满意，老文这么一说，他立刻转变过来，说道：“昨天晚上，我们已经找到了赵大军，我认为下一步要对赵大军进行突审。赵大军这个人有前科，这种人就是不安定因素，他有作案动机——为财，还有作案的可能性——他知道齐为民和万萃芳去了煤场，而且他没有不在场证明。所以我认为他的嫌疑最大。”

老文听了，点了点头，说：“嗯。”接着，老文继续问道：“还有谁说说？”

东方派出所的实习民警周海举手，老文示意周海发言，周海说道：“我认为这可能是一起抢劫杀人案。目前，从我们了解的情况来看，虽然赵大军有不还钱的杀人动机，但我认为王晓和张志军嫌疑更大。”

“为什么呢？”老文问道。

“因为罪犯是两个人，手表摔得稀巴烂，很可能是在凶手和死者的抢夺过程中造成的，再加上死者的钱包也不见了，所以，这很可能是以求财为目的的抢劫杀人。我建议对王晓和张志军，或者扩大范围，对附近的地痞流氓进行调查。”

“那赵大军还调查吗？”老文问道。

“当然，还要继续对赵大军突审。”

老文笑着问道：“我们哪里有那么多人呢？又要排查地痞流氓，又要调查赵大军，还要调查王晓和张志军？”

“这样调查无异于大海捞针，这种侦查方向就叫作没有侦查方向。”这时，另一个洪亮的声音响起，蔡康明循着声音望去，他也是实习警员，国字脸，鹰钩鼻，一双眼睛炯炯有神。他说道：“这样调查，就成了既可能是熟人作案，也不排除是陌生人作案，我不同意他的看法。”

老文听他说话直接，微微一笑，看起来很赞许他的样子。老文示意他接着说。

“从现场情况看，虽然凶手带走了死者的钱包，但是死者的手表被凶手打坏，掉在地上，这说明，凶手不是为财杀人，因为他如果是为财杀人，就算失手打坏死者的手表，坏的手表还是有价值的，他也很可能带走。而且凶手如果图财，不光会要死者身上的财物，他们还会要万萃芳的财物，但从现场情况来看，他们把万萃芳推倒在一边，只针对死者。”

“你叫什么名字？”老文问道。

“我是刚来刑警队实习的警员张大为。”

“嗯，你是警校毕业的？”

“是的，我是警校刑侦专业毕业的。”张大为自豪地说道。

“你认为这是什么性质的案件？”

“死者是被绑手，由另一个人从背后将其勒死的。如果是抢劫杀人，罪犯已经将死者制服，根本不需要将死者杀死，所以，我认为是仇杀，应该继续针对死者的家庭背景和社会关系进行进一步的调查。因为从现场图片来看，如果是抢劫杀人，凶手会准备刀，而不是准备五齿叉这种凶器，这种凶器有五个尖锐的钢尖，它不容易致人死亡，但扎着很疼。所以我认为凶手对死者是有仇恨的，但他不一定是想杀死死者，可能是下手重了，失手把死者杀死了。而且五齿叉这个凶器很独特，是煤场运煤的时候所使用的。这样看，赵大军的嫌疑增大了，我建议可以查查赵大军和死者之间是否发生过其他的事情。”

“我同意刚才张大为关于仇杀的看法。”说话的是东大派出所的实习民警刘玉林，他说道，“死者齐为民进入现场，这两人突然冲出来，有两种可能性，一种是事先埋伏在那里，另一种是尾随死者。所以，我认为赵大军确实是第一嫌疑人。”

老文问道：“那如果凶手正好在煤场里偷煤，或者是煤场的工人，那晚没有回家，正好看到死者和女朋友进入煤场，临时起意，这可能吗？”

“这……这也有可能。”

“那就是第三种可能了。”老文笑着说道。

刘玉林之前没想过这种可能性，继续说道：“不管几种可能性，我的意思是针对凶手为什么会出现在煤场这个思路做工作。”

“我不认同。”西方派出所的民警倪向阳说道，“我认为工作重心要放在齐为民身上。如果是围绕凶手怎么进入现场做工作，那么工作面又被扩大了，要大量走访问询，调查煤场那晚工人们的去向，还要调查赵大军、王晓等人。这范围太大了，我们没有那么多警力。”

说着说着，大家开始各抒己见，基本上观点都围绕着案件性质到底是抢劫还是仇杀，凶手到底是预谋杀人还是临时起意。大家你一言我一语，每个人都有自己的看法，但没有新的观点出现。

老文听着大家的议论，说道：“好了，之前说过的，我们就不重复了，还有没有新的想法、新的思考？”

大家一片沉默。

在这期间，蔡康明一直在认真地听，沉默不语。按照大家的讨论结果来看，赵大军的嫌疑不断增大。

但蔡康明可不这么看，他的看法和大家的意见相去甚远。

要说吗？蔡康明有点儿犹豫，他没有任何办案经验，也没有学过刑侦知识。

老文注意到了蔡康明，看他欲言又止的样子，笑着说道：“康明，你昨天也在现场，你有什么想法，可以说说。”

大家安静下来，看着他。蔡康明又把思路在脑海里过了一遍，觉得自己的猜测应该是没问题的，然后说道：“我有个看法，大家的观点都基于万萃芳的供述是实事的前提，但我认为这个万萃芳的话有问题。”

老文突然抬头看着他，问道：“怎么有问题？”

“她在撒谎。”蔡康明直接说道。

老文眼神一亮。

蔡康明拿着那张有一双女士布鞋的照片说道：“万萃芳当晚去报警时说，窜出来的两个人在打她男朋友的时候，她跟着在后面跑，保护她男朋友，后来被那两个人推开了。在他们搏斗的时候，万萃芳的鞋子跑掉是很正常的。但是，大家请看照片，这两只鞋子在一个地方，离得很近，脚跟朝着一个方向，脚尖也朝着一个方向，就是顺着他们搏斗的这个方向。但是，这两只鞋挨得太近了，这不正常。

“在搏斗的过程中，如果罪犯在死命地打她男朋友，那她男朋友也在反抗，万萃芳可能是去劝架，也可能是搏斗。如果是劝架，她的鞋掉不了。只有她参与活动，用力大了，鞋才会掉。昨晚，她去派出所报警时，跑了一脚血，那种慌张的样子，给我们的感觉是鞋子是在她自己不知道的情况下跑掉了。但在现场看到的这两只鞋子的位置，说明它们不是被跑掉的，而是被有意脱下来的。”

所有人吃惊地看着蔡康明，然后有人拿起那张照片开始传阅。老文也直起身子，要过照片又认真看了看，在蔡康明说这点之前，他也没有意识到鞋子的问题。

现场万萃芳鞋子的位置

大家议论纷纷，过了一会儿才回过神来。众人一片唏嘘：“这么简单的问题，之前怎么没有想到呢？”

有些事情就是这样，看到了也想不到，等别人点破了，才恍然大悟。但在大量的物证中找出问题是很难的。

柏传庆叹了口气，说道：“人在情绪激动的时候是会感受不到疼痛的，我还以为是她为了自己的男朋友忘记了疼痛，不穿鞋子在煤渣路上跑，脚扎得流血都不知道，所以根本没有怀疑她。”

“苦肉计！我认为应该迅速突审万萃芳！”蔡康明说得直接明确、逻辑清晰，完全没有模棱两可的灰色地带。

“精彩！”老文高兴地喊道，随即露出赞赏的笑容。接着，老文缓缓说道：“其实，今天上午，这个案子就已经破了，罪犯也已经被抓获并交代了。”这就是老文组织的一场练兵。随即，老文讲了整个事情的来龙去脉。

画蛇添足

齐为民长得高大帅气，万萃芳长得漂亮妩媚，在大家眼里，他们十分般配，但是因为齐为民的母亲介意万萃芳临时工的身份，齐为民迟迟不说结婚的事情。万萃芳比齐为民年龄大，她很着急，但也没办法。

半年前，万萃芳通过家人介绍相亲，又认识了副食品公司的正式工人邵文杰。邵文杰家庭条件比齐为民好，但人又瘦又小，长得也很一般。邵文杰一眼就相中了万萃芳，在万萃芳母亲的撮合下，她瞒着齐为民开始和邵文杰交往。他们交往了四个多月，这期间，邵文杰出手大方，再加上本身在副食品公司工作，家里买东西非常方便。逐渐地，万萃芳对邵文杰的态度也有了变化，邵文杰对万萃芳承诺，只要她同意，随时能结婚。在齐为民和邵文杰之间，万萃芳的心开始向邵文杰倾斜。有一天，万萃芳和邵文杰在邵文杰家里发生了性关系。这时候，邵文杰发现万萃芳不是处女，他突然变了脸，很不高兴地问万萃芳之前为什么不告诉他，并且说自己未来的妻子一定要是处女。万萃芳看到邵文杰态度大变，十分紧张，她装作受委屈的样子，突然大哭起来，说自己无依无靠，遭人侵犯。邵文杰问是谁，她说是齐为民。邵文杰听后，找几个朋友一起跑到煤场打听，一打听才知道，原来齐为民和万萃芳是男女朋友关系，在一起很久了，而且最近这几个月，他们还在一起。

邵文杰生气地到万萃芳家找到她，当即提出分手。万萃芳跪在地上求他，说自己爱的是他，早就想和齐为民分手了，但每次提出分手，齐为民就说让她把这几年花他的钱还给他，她还不了，只能拖着。

邵文杰一听，勃然大怒，说道："你欠他多少钱，我给你还！你赶快和他说清楚！"

万萃芳说："560 块钱。"

"什么？这么多？"邵文杰不吭声了。

其实，刑警队后来在对万萃芳的审讯中和她煤场同事的口中得知，齐为民和万萃芳的关系并不是万萃芳给邵文杰讲的那样。当年是万萃芳主动和齐为民发生关系，然后借此拴住他，这一年多，齐为民每个月 40 元的工资大部分都放在万萃芳这里，万萃芳一直没有和齐为民分手，是因为她不想还他放在自己这里的 560 元存款。万萃芳知道齐为民对自己用情很深，每个月都把大部分工资放在自己这里，自己如果提出分手，他一定会想方设法挽留。但如果真的分手了，大家各走各的路，两个人不在一起、没有共同未来了，齐为民一定会逼自己还钱。毕竟，500 多块钱可不是一笔小数目。

邵文杰一听这么多钱，再也不提帮她还钱的事情了。其实，如果此时万萃芳把钱拿出来还给齐为民，和他和平分手，然后一心一意地和邵文杰在一起，可能就不会发生后面的事情了。

但是对于万萃芳来说，她认为自己把“初夜”给了齐为民，分手后还要把工资也还给他，吃了大“亏”。其实，感情的事情本来就分不清楚是非对错。然而很多人在一起时好得像一个人，不分彼此；一旦感情消散，两人之间全是计较。

之后的一个多月里，万萃芳周旋在两个男人之间，她对齐为民越看越讨厌，对邵文杰越来越服从。

但邵文杰每次和万萃芳发生性关系后，都感到硌硬，因为她不是处女，他觉得自己穿了齐为民的“破鞋”。

邵文杰越想越生气，四天前，邵文杰决定和万萃芳分手。万萃芳跪在地上痛哭流涕，极力挽留。

邵文杰说道：“好，你要是还想和我在一起，就把他引到一个没人的地方，骗他把手先捆起来，让我教训他一顿。”

这个要求太龌龊了，要打架，就光明正大地打一架。如果是一般的女孩，听到这么卑鄙的想法，肯定不齿或者拒绝。没想到，万萃芳欣然同意，她当时说道：“好，正好和他说清楚，之前的账一笔勾销，我从此和他没关系了。”

为了不暴露邵文杰的身份，她和邵文杰约好晚上 9 点左右埋伏在煤场，她负责把齐为民引过去。她还给了邵文杰一把五齿叉，说这个扎着疼。

10 月 17 日晚上 8 点，万萃芳和齐为民见面，两人一直在街上晃荡，不一会儿，就见到了赵大军，赵大军主动提出暂缓还钱的事。赵大军走后，万萃芳说到煤场里转转。齐为民觉得那里黑灯瞎火的，没什么可转的。万萃芳说，那里没人。齐为民立刻明白了她的意思，此时他没有察觉出任何异常。

煤场门口有一盏路灯，刚进煤场，眼睛突然进入黑暗，让人很不适应。万萃芳拿出兜里的绳子，对齐为民说道："为民，咱们玩个游戏。"万萃芳的话语间充满了情欲。

齐为民欣然同意。

她绕到齐为民后面，把他的手反绑在身后，边系边嬉笑着说道："我得系得紧一点儿，别你一会儿受不了，挣扎开了。"

"好，你要怎样都行。"齐为民此时以为万萃芳要给他玩新花样，完全不知道在不远处的黑暗中，一双眼睛一直注视着他。

等他们到了仓库旁边，一个人突然冲出来，拿着五齿叉就往齐为民肚子上扎。齐为民疼得"哇哇"大叫，他不知怎么回事，手被绑起来了，挣脱不开，只能任人宰割。他本想跑，可是邵文杰一脚把他踹倒，他只能在地上爬，万萃芳过去拽住他。

齐为民说："萃芳，怎么回事？你们为什么打我？"

邵文杰拿着大棍子往齐为民的头上、身上打，边打边说："谁让你强奸我女朋友！敢动我的人！"万萃芳也在一边动手扇他、打他。

齐为民想解释，但两人已经打红了眼，哪里会听他解释。

万萃芳说道："齐为民，我从今天起和你没有任何关系，你之前给我的钱，是对我的补偿。"

因为手被绑着，齐为民毫无还手之力，他挣扎地往前爬，疼痛不已，边爬边说："好，好，萃芳，别打了，别打了，我都同意。"

邵文杰和万萃芳就是一丘之貉，两人都沉浸在施虐的快感中，此时，他们感觉自己就是神，决定着齐为民的生死。他们从一开始鲁莽简单地"出出气"，到后来在虐待中享受着决定别人生死的快感。万萃芳完全忘了这个人是她曾经的爱人，也许她从来没有爱过他。

两人扒了齐为民的裤子，想要阉割他。但他们身上没带剪刀或者刀子之类的工具，只得作罢。

两人打累了，“玩”够了，齐为民已经奄奄一息，疼得昏死过去。万萃芳准备拉着邵文杰走，邵文杰还没有过瘾，他说：“不能这么轻易地放过他。”说着从兜里掏出绳子，从齐为民身后勒住他的脖子，看到齐为民伸着舌头、翻着白眼，万萃芳才意识到害怕，赶快阻拦，但邵文杰此时完全听不进万萃芳的话，把齐为民勒死了。

齐为民用尽最后一点儿挣扎的力气，一切归于平静。邵文杰和万萃芳也瘫倒在地上，终于冷静下来。

这与其说是一场因为争夺女人而引起的不成熟的泄愤，不如说更像是两个自卑狠毒的人通过欺骗，进行了一场不公平的施虐。

“怎么办？都是因为你！”此时，邵文杰又把责任都推到了万萃芳身上。

“现在怎么办？”万萃芳问道。

邵文杰站起来就打算走。

万萃芳慌张地拉着邵文杰说道：“你能走，我怎么办？晚上我俩在一起，我们场里有人看到！问起来咋说？”她拉着邵文杰不让他走。

邵文杰只好停下来，两人一起商量，编造了整个事情。万萃芳在去报警前，又回头跑到尸体旁边，把鞋子脱下来，放在齐为民被打时匍匐的地方，然后光脚踩着煤渣，头也不回地朝派出所跑去……

这就是真相。

老文讲完犯案的经过，接着讲道：“昨天晚上，小柏带着万萃芳到刑警队报案，我听她说黑灯瞎火的煤场里突然窜出来两个人，一个人绑她男朋友的手，另一个人打她男朋友，就觉得很奇怪，一个男人想要绑住另一个正在挣扎的男人是很难实现的，如果是两个男人，一个人控制，另一个人绑手，这是可能的。我一开始有这个疑问。但当时，我以为是万萃芳受到了刺激，记忆和表达可能出现偏差。因为情况紧急，我就赶快先安排人去找赵大军询问。

"等我到了现场，我发现尸体的手被绑在身后，绳结绑得很牢固。如果人在挣扎时被人绑住，绳结不可能绑得这么牢固，是很容易被挣脱开的，这一看就知道，凶手在捆绑的时候应该是很从容的，齐为民没有挣扎。

"我今天一早又对报案人进行了详细询问，问她当时具体在做什么。她的回答前后矛盾，一会儿说她在打那两个男人，一会儿说她被他们推倒在地上。我问她，她具体被哪个男人推倒了，另一个男人当时具体是怎么打人的，齐为民又在哪个位置，她答不出来了。后来在突审下，她交代了和邵文杰的事情，王晓、张志军、赵大军是她正好在路上遇到，临时起意，故意用来混淆视听的。"

真相是独一无二的，很多细节客观反映着真相。人可以说谎，而物证不会。

世上不存在完美的谎言，更没有完美的犯罪。

老文看着蔡康明赞许地说："我看到的是'绑手'的问题，康明看到的鞋子的问题是我没想到的。"此时，胜负已定，老文决定让蔡康明和张大为留下来。

柏传庆临走前对蔡康明说道："早知道就让你带着万萃芳去报案，我去看现场了。"说完，他悻悻地离开了。柏传庆一心想着破案、立功，而忘了破案最重要的东西——物证。难道当时他留在现场，就能看出鞋子有问题吗？不见得。

观念是主观的，面对一个凶案现场，每个侦查员不可避免地会受到自己固有的经历、情感、认识、思维方式等的影响，产生主观的看法。但真相，是独立于想法之外的。

刑警破案需要在现场纷繁复杂的客观事物中，排除杂念，留意观念的本源，从而找到正确的侦查方向。

这说起来简单，做起来难，现实中，往往是物证摆在眼前，但看不到问题所在。

所以，好的刑警不是靠学习和努力就能成为的，不仅需要天赋，更需要一个个案子去磨砺和成长。

大浪淘沙，刑警像金子，能留下来的都是好的。

会后，老文对蔡康明和张大为说道："明天，正式来刑警队报到吧！"

蔡康明和张大为很高兴，他们此时还不知道，这仅仅是开始，未来，他们会一起侦破一个又一个案子。而且在这里，只有有天赋、有兴趣、能吃苦、具备正确思维方式的人才会真正留下来。

蔡康明被分到刑事科学研究所工作，开始一点儿一点儿学习刑事科学技术，开启了他的刑警之路。

凶案现场的粪便

羞耻

自罪恶播下种子，羞耻与恐惧便开始蔓延于心中；
当压抑和逃避再也关不住憎恶的藤蔓，
那肆意伸展的方向，即是毁灭。

在刑警队工作时，我特别佩服那些侦查员，他们不管见到什么样的现场，到了吃饭的时间，放下尸体，脱掉手套，洗手、吃饭，和往常一样。哪怕手刚碰过尸体的胃和肠子，吃饭时照样对“烧大肠”“熘肝尖”来者不拒。吃完饭，他们从容不迫地戴上手套继续工作。

我一直不明白他们是怎么做到的，直到有一次我跟着老蔡出现场。那是一个年轻女孩被杀的案子，这个女孩是冬天被杀的，死后被凶手扔进了化粪池。发现的时候是三伏天，尸体几乎变成白骨，辨认尸体的唯一线索是一条没有腐烂的腿上面文着的一朵玫瑰花。

那个场景太刺激了，我想我一辈子也忘不了。热气混着臭气熏得我们睁不开眼睛，蝉在树上叫得恼人，苍蝇、飞虫“嗡嗡”乱飞，我们眼睁睁地看着刚爬过尸体的苍蝇飞到我们的胳膊上。满池子白花花的大蛆拖着长长的尾巴，肆无忌惮地蠕动着，有的已经从池子里爬出来了，到处都是。一开始我们尽力避免踩到蛆，后来躲闪不及索性就踩在上面，脚感“软软的”，发出“嘎吱嘎吱”的声音。

中午吃饭的时候，我一口也吃不下。看着那些老侦查员一边讨论案情，一边用勺子舀着蟹黄豆腐，大口吃着，我感到不可思议。

“蔡老师，刚看过那么……那啥的现场，你们还能吃得下去？”

“那是你见得还少！”老蔡笑着说，“习惯就好了。”

看我很难接受的样子，老蔡接着说道：“其实，这都只是表面的恶心，你不想它就好了。你们还年轻，等你们接触的案子多了就知道了，真正让人接受不了、忘不了的是有些案子中透着的阴暗人性。”

“你肯定遇到过喽？”我好奇地问。

“是，有的案子带来的震惊和无力感，让人一辈子都忘不了。”说着，老蔡叹了口气。

“讲一个，讲一个！”大家一听有故事就来了精神。

“好，等我把饭吃完，给你们讲一个比你们年龄都大的案子！”说着，老蔡又扒拉了几口菜，“要不我一讲就真吃不下去了……”

“这个案件是靠粪便破的案。咦？今天的话题是离不开粪了！”

大家哈哈大笑，充满好奇。

远近闻名的唐秀才

那时候的中原地区，人员居住得十分密集，一个院子里能住好几户人家，一条街上的人共用一个厕所，一个镇子的人共用一口水井，人与人的关系很亲密，一起吃饭，一起干农活，一起下棋聊天，低头不见抬头见。

在农村，大部分人都是庄稼人，面朝黄土背朝天，一辈子以务农为生。一个镇子上，偶尔会出几个文化人。

在C市S镇，唐仲伯就是“神仙”一般的存在。

据说他博古通今，四书五经样样精通，十几岁就考取了袁世凯复辟时期的秀才。所以，村里人都喊他“唐秀才”。

唐仲伯已经七八十岁了，高高瘦瘦，身材单薄，戴着眼镜，一副弱不禁风的样子，对人彬彬有礼。平时，他不做农活，沉迷于研究经史子集、文玩字画、周易占卜。他靠卖字画、占卜算卦为生，而且他算卦远近闻名，周围几个镇的人都慕名来找他算卦。

他一辈子没结婚。人们谣传，唐仲伯算卦准是有原因的，因为他没破身，还是“老处子”，接着“上天的神气”。所以，唐仲伯的生意特别好。

谁也没料到，有人会杀这样一个与世无争的人。

1 月 22 日星期四的上午，邻居周大旗吃完早饭，来找唐仲伯下象棋。和往常一样，唐仲伯家的门虚掩着。他嘴里喊着“唐秀才，唐秀才”，推开了唐仲伯的房门，看见唐仲伯躺在床上，身上盖着被子，桌子上还放着翻开的书。

他上前拍拍唐仲伯露在外面的脚踝，晃了晃，说：“起来了，起来了，这都几点了，下棋去！”

没动静。周大旗觉得很奇怪，他突然有种不祥的预感——唐仲伯的身体碰着是凉的。他一把掀开被子，眼前的一幕把他吓得直往后退。

唐仲伯眼睛眯着，舌头微微外伸，透过秋衣，能看到脖颈和胸口黑了一片。

周大旗随即报警。

没有作案动机

老文带着蔡康明、张大为和另外几个侦查员到了现场。

基本情况是这样的：

1. 门锁没有被破坏的痕迹。死者居住在镇上一个大院里，人口密集，周围几间房子里都有人住。白天家家户户都不上锁，互相有照应；晚上睡觉时，从里面插上门闩；只有出远门，才把房门锁起来。周围的人都形成了这样的习惯。所以对于这个现场，门锁没有被破坏的痕迹，不能确定是熟人作案。

2. 根据尸检分析，凶手用膝盖跪在被害人的胸口上，同时双手掐住被害人的脖子，导致被害人窒息死亡，床上有反抗的痕迹。

3. 唐仲伯房间的书桌上放着一本打开的书，以及手表、茶杯和衣物。

4. 一位邻居老太太说，前一天下午快吃晚饭的时候还见过他，说明昨天下午（也就是周三）他还活着。推断死者可能是昨天晚上遇害的。

老蔡说，要找到作案动机，案子才有侦查方向。但当时看完整个现场，大家感觉这个案子找不到作案动机。

首先这不符合仇杀的情况。

死者在屋里面被掐死，尸体上没有反映出仇恨的心理。

死者的关系背景非常简单。唐仲伯就是一个孤寡老头，一辈子没结婚。唐仲伯家一共兄弟两个，他还有一个大哥叫唐仲侯，住在旁边 W 镇。和打光棍的唐仲伯不同，唐仲侯已是子孙满堂。兄弟俩关系不错，唐仲伯常年帮大哥教育抚养唐仲侯的小孙子，把他培养成了镇上的大学生，在省城上大学，这在那个年代可谓凤毛麟角。所以大哥一家对弟弟很感谢，不存在家庭矛盾。除了家人，社会上来找唐仲伯的人也不少，但大多数是来问卦的乡里乡亲，也不存在什么矛盾。唐仲伯平时没有不良嗜好，偶尔在村头找人下下象棋。他话不多，很斯文，和周围邻居关系不错。

那么会是入室盗窃杀人吗？

有人反映，唐仲伯家有一幅唐伯虎的画。有一次在街上下棋，唐仲伯输红了眼，非要和对手再来一局，街坊邻居为了让他把家里值钱的字画拿出来当赌注，就激将他，说："我看你啊，看着天天忙叨叨的，其实手里没好东西！"

唐仲伯一激动，说道："谁说我手里没好东西，我手里可有一幅唐伯虎的画！"

当时周围有很多街坊邻居在围观，有人还说："你这一辈子没儿没女，你存这宝贝有啥用，还不如卖了换钱，把这辈子给过美了！"

他说要自己留着，以后传给他大哥家的小孙子。

这事后来一传十、十传百，镇上很多人都知道他家有一幅唐伯虎的画。

难道有人到他家偷画，把人杀了？

一个镇上算卦的，能有唐伯虎的画？老蔡当时将信将疑。勘查完现场，老蔡把他们家上上下下都翻了一遍，真的找出来了一幅唐伯虎的画，那幅画已经被虫蛀了很多洞，看着年份久远（看起来确实像真迹，但未经过检验，不确定真假）。除此之外，还有《梅花易数》《大六壬》《奇门遁甲》等很多算卦的书。

画也没丢，书也没丢，财物也没丢，家里没丢东西。

这也不符合入室盗窃杀人的情况。

谁会杀一个与世无争的快八十的孤寡老头呢？无冤无仇，也不为财，更不会为色。如果是老太太还有这种可能，可这是个老头，几乎不存在这种情况，这个案子找不到作案动机。

没有动机，就没有侦查方向。侦查员只能采用人海战术，挨家挨户走访询问，把周围邻居以及发现尸体前一天在现场附近出现的人都仔细盘问了一遍，还是没有线索。

这时候，大家猜测，会不会是流匪作案？唐仲伯倒霉，正好撞上了？或者是外村人作案？要不怎么一点儿线索也没有呢？罪犯从哪里来，又到哪里去了？

所有人一筹莫展。

但在工作推进的过程中，老蔡总觉得有个事情很奇怪，他经常想起第一天勘查现场时一个恶心的画面。

原来，在第一天勘查现场时，蔡康明在凶案现场的墙角地面上发现了一坨大便。他当时就很疑惑："咦？这里怎么有一坨大便？"他还蹲下认真研究了一下，确认是人的粪便。

当时张大为还和他开玩笑道："康明，你可别看着看着情不自禁啃一口啊！"

"大为，你正好来尝尝是不是人的！"蔡康明开玩笑地反击道。

"这人真不讲究！"旁边有同事也看到了，随口应和着，一脸嫌弃。

有个老一点儿的民警理解地说道："你们年轻人啊，不懂老人的难啊！人老了没有孩子在身边照顾，就是生活艰难啊！特别是这没儿没女的老光棍，没人操心啊，更不讲究了，自己随便过过日子就行了。"

大家不再说话，都自动忽视了这个恶心的东西，然后远远地躲开了。

可蔡康明总觉得哪里不对。"地上为什么有大便？"之后的几天里，这个疑问经常在蔡康明的脑海中冒出来，挥之不去。

峰回路转

细微之处见真章。

想象一下，如果你是警察，站在凶案现场，你会在意这坨粪便吗？你会把它当作重要线索分析吗？

当时人们居住得比较密集，各家各户还没有独立的厕所，一般上厕所都要到院子外面的公共厕所。

大部分人会忽略这个细节，想当然地认为这是因为死者年龄大了，懒得跑到外面去上厕所。

为什么好的侦查员一定要去现场？在现场，他们能发现问题、提出问题，能注意到别人看不到或者忽略的东西。

直觉，是积累，也是天赋。

蔡康明说："这大便从形状上看是人的，这是没问题的。"

对此，大家都认同。那么到底是死者的，还是凶手的？

蔡康明接着说："我猜测，这个大便不是死者的。死者身体比较健康，没有疯癫的情况，而且他是个知识分子，不会把大便拉在家里；退一步说，考虑到死者年龄大了行动不便，为了省事，或者来不及出门，在家解决，但这是他自己住的地方，他也会垫个纸，或者找东西覆盖一下，完事后赶快处理掉。一般人不会像这样不管不顾地直接在自己屋里解大便。所以大便不是死者的，而是凶手的。"

"就算知道了是凶手的，这能说明什么问题呢？"有人问。

如果放在现在，通过 DNA 比对就能直接找到凶手了。但在那个年代，只能依靠推理分析。

蔡康明答道："凶手为什么会在这里解大便呢？"

"其实我们不用想得太复杂，最简单的就是罪犯憋不住了。他为什么要憋呢？因为他被困在屋里了。什么情况下会被困住？外面有人，他出不去。这种情况的外部条件就是：1. 白天，视线清晰；2. 邻居对他非常熟悉，熟悉到他没办法通过遮挡或者浑水摸鱼溜出去。

"设想一下。罪犯在晚上杀死唐仲伯后，天亮了。按照我们人的生物钟，早上六七点钟是人排便的时候。凶手想排便，必须到街上的公用厕所。但他怕被人看到，困在现场不敢出去，时间长了，憋不住了，只能拉在屋里。反正人死了，也无所谓收拾与否了。然后他在屋里又待了一段时间，等周围没人的时候或者到了晚上天黑以后才偷偷出去。邻居最后一次见死者是在下午快吃晚饭的时候，之后就再也没见过，那么死者可能是晚上被害的。凶手晚上杀人，早上被困在了屋里。

"因此，这个凶手应该是唐仲伯的熟人，而且是周围街坊邻居都非常熟悉的人。"

"会是这样吗？"有人说道，"这样不就和邻居反映的昨天还见到死者相矛盾了吗？如果凶手至少在凶案现场待了一个晚上加一个白天，那死者的死亡时间最迟也得是前天晚上。"

蔡康明道："对，确实如此，所以我认为证人的证词可能有偏差。邻居说，她是在白天见到死者的，这个应该没问题，因为白天晚上一般不容易弄错，但她说前一天还见过他，这个时间就不一定准确。"

"就这两天的事，还能记不清楚吗？"有人反对道。

张大为说："我再去问问。"

张大为又一次找到最后一个见到死者的邻居老太太，想问清楚，到底是昨天白天还是前天白天。老太太年纪大了，耳背，再加上平时不怎么使用"前天"和"昨天"这种确切的说法，这回说不清了。

张大为问她："是昨天吗？"

老太太一脸坚定地回答："嗯，对，就是前一天。"

张大为不放心地又问："那是前天吗？"

老太太还是一脸认真地回答："嗯，对对，是前一天，就是前一天还见到他。”

真是急死人啊！张大为被弄糊涂了，所谓的“前一天”到底是“昨天”还是“前天”？大家一直认为老太太说的“前一天”是昨天，此时他们突然发现，“前一天”也可能指“前天”。

确定死亡时间非常重要，一天之差，能多划进几个犯罪嫌疑人，也能少圈进几个，甚至能直接锁定罪犯。但现实中，死亡时间不一定能推断得那么准确，特别是在那个年代，法医只能推断出大致时间。

所以，死亡时间的突然变化，导致更多的嫌疑人被划了进来，突然有了更多的工作亟待开展。

此时，又有人提出疑问：“罪犯把人都杀了，还憋不住一泡屎？”

“是啊，这不合常理吧？”大家莫衷一是，有的支持，有的反对。

一个专案组一共分为三块，一块是法医，一块是刑事技术员，一块是侦查员。法医负责检验尸体，确定死亡时间、死亡原因等问题；刑事技术员负责现场勘查，提取指纹、足迹、笔迹鉴定等；侦查员负责走访排查，了解死者以及相关人员的外围情况。法医、刑事技术员和侦查员把各自掌握的信息提供给专案组的指挥员，指挥员再汇总所有情况，确定侦查方向，整体布局，安排侦查员进行抓捕审讯，推动案件的侦破。所以，在一个案件中，只有指挥员能掌握所有的信息，当然，除了法医的工作比较固定，刑事技术员和侦查员的工作有时候是有交叉的。那时候蔡康明只是负责现场勘查的刑事技术员，是一个初出茅庐的年轻小伙子，老文才是这个案子的指挥员，只有他才能决定下一步怎样开展工作。

尽管有人提出疑问，但当时仅有这一个侦查思路。

在众说纷纭中，老文把手中的笔往桌上一拍，大手一挥，说道："不用再说了，先按康明这个侦查思路开始调查吧。"

平生莫恨无知己，英雄自古识英雄。

专案组把前天出现的人员也划入了调查范围。

这个时候，案子已经过了一个多星期了，邻居们的记忆已经不清楚了。有的邻居说："那些天在家附近见的人不少，是不是找唐仲伯的不知道，是这附近住的人，但记不清楚都有谁了。"

有的说："有个从外乡来找唐仲伯的，可能是来占卦的。还有个来找唐仲伯下棋的，看着脸熟，见面能认识，但叫不出名字。"

案子似乎更难破了，时间过去这么久了，此时"热剩饭"似的再搜集更早之前的信息，得到的都是不确切的答案。

一时间，士气大减。

蔡康明说："不用那么麻烦，就说大家都认识的、特别熟悉的、能记住的，有没有？"

"有！"

"谁？"

"唐文剑，唐仲伯的叔伯孙子。"

"他是什么时候来的？"

"应该就是发现尸体的前两天来的。"一个邻居说道。

"什么时候走的？"

"不知道。"没人看见他什么时候走的。

唐文剑被唐仲伯从小带到大，他和唐仲伯感情很深，唐仲伯多次表示要把自己的好东西留给唐文剑。他目前正在读大学，假期回来看望唐仲伯。

唐文剑很符合罪犯画像。他来拜访爷爷，晚上可能会住下，而到了早上，他不可能偷偷溜走，因为从小在这里长大，邻居对他太熟悉了。

“孙子为什么要杀爷爷？难道是唐文剑上大学后遇到什么事情了，急需用钱，觊觎他爷爷的名画，就把爷爷杀了？”

“有这种可能，这个阶段的年轻人正处在冲动的年龄。”

专案组人员纷纷猜测。

侦查员立刻对唐文剑展开调查，发现案发后村里的人见过唐仲伯的大哥唐仲侯和他的家里人，但好像没一个人再见过唐文剑。侦查员们到唐家一问，案发后，唐文剑说学校有急事，回学校了。

临近春节，他春节都没过，就直接回学校了？而且他爷爷出事了他也不出现，这很不正常。没多久，侦查员就在学校宿舍找到了唐文剑。

找到他时，他没有任何抵抗，很快就承认是他杀了唐仲伯。

自白书

为什么杀爷爷？所有人都不明白。在审讯期间，唐文剑只承认杀人，坚持不说原因。他一直重复着：“你们枪毙我吧，是我干的，别问为什么了。”问他是不是在学校遇到什么难处了，他也缄默不言。

唐仲侯一家子跑到公安局上访，要求见上级领导，认为公安抓错人了。唐仲侯一见到老文，激动得要下跪，说：“文剑从小聪明伶俐，又懂事孝顺，平时在家，让他杀只鸡他都不敢，杀人这事不可能是他干的。你们根本不知道平时他和他二爷有多亲，只要假期回来，一定去看他二爷，他可是他二爷养大的啊！你们不能因为他二爷死了他没去看就认定是他啊！早知道是这样，当初我就不告诉你们他去哪儿了！你们把好孩子给毁了啊！”唐文剑的爸妈站在一边，也非常激动。

这个时候，虽然唐文剑没有交代，但是老文和蔡康明看出这孩子的动机可能不是之前猜测的金钱问题。一个年轻的男孩和爷爷之间会不会发生过什么？可能有难言之隐？

老文亲自见了沉默的唐文剑，说道："文剑，今天你大爷和你爸妈来了，他们很担心你。"

唐文剑听了，眼神中突然有了一丝光，很快又黯淡下去，低头不语。

老文陪着他默默地坐了一会儿，缓缓地说道："活到我们这么大才会明白，人生的路有时候由不得我们自己选，特别是自己的家庭、自己的父母、自己的亲人，没得选择。"

唐文剑认真地听着，眼睛湿润了。

"文剑，你还年轻，人只要活着，就还有希望。要坚强。"

唐文剑再抬头时，已经是泪流满面，他说道："文伯伯，我实在说不出，我写出来吧。"

"好。"

老文拿来纸和笔，唐文剑戴着手铐，一笔一笔地写下了下面的自白书。

我叫唐文剑，到下个月，我就满20岁了，但我的生命可能就停止在20岁。无所谓了，我觉得我的生命在12岁时已经停了。

我是在周围人的夸赞中长大的。人人都说我命好，说有才高八斗的二爷栽培我，把我培养成大学生。爹妈告诫我，以后就算对爹妈不孝顺，也得孝顺我二爷爷。

我从小就被送到二爷家生活，但我不想和他一起住，我跟爹妈说，他们没有一个人听我说。他们生下我，但不管我。

在他们心里，二爷有知识、有文化，是个能人。但他们不知道，在我很小的时候，二爷就摸我。那时候我八九岁，什么都不懂。晚上我和他睡在一起，他一边摸我，一边摸他自己。长大了我才知道那是手淫。到了我十二三岁时，他不仅摸我，还往我嘴里弄。

一开始，只要他这样，我就往家跑，但总被爹妈送回来。

有一天晚上，也是像现在这么冷的天，我睡得迷迷糊糊的，突然疼醒了，发现我的手和脚被绳子绑着。我很害怕，问他："二爷，你干啥？！"他说："让你舒服舒服！"然后就侵犯了我，钻心地疼。

我吓坏了，求他。接着，他说了一句我这辈子都忘不了的话。他说："傻孩子，慢慢你就喜欢了。"那是第一次。

第二天我就跑回家了。我一回家，爹妈就问："你咋又回来了？不是让你好好跟着二爷吗？"

"我不想去了。"

"为啥？二爷教训你了？"

"文剑啊，你想想二爷多有文化，你要好好跟着他学，听他的话，以后才有出息。而且他还让你跟着他吃住，我们得感恩啊，他教训你几句是很正常的。"

我那时候才十二三岁，懵懵懂懂的，就是觉得害怕。很快，他就来了。

我爹妈看他来了，赶快让座、倒茶，对他殷勤备至。看着他们对他殷勤的样子，我很难过，我觉得对不起爹妈。

爹爹一边赔笑脸，一边赔不是。就听见二爷说："你们别吵他，小孩子吃点儿苦都跑，时间长了就好了。"

我跟着他回去了，从此，我的心空了一块。那天晚上，他又要捆我，我没再让他捆，我自己翻的身，被他压在身体下面，任他摆布。

我觉得我不能对不起我爹妈。

二爷告诉我，爱可以超越一切，他说这是爱的一种方式。平时我想吃什么，他就给我买什么，给我洗澡，教我读书识字。二爷把他的一切都给了我，把我培养成大学生。他说得对，慢慢地我对这种事情不反感了，反而觉得很刺激。

从我 12 岁接触性事，到现在已经 7 年了。我们经常那样，这件事没有一个人知道。长大了，我知道这是乱伦，我觉得我不应该和二爷这样了，我想把这件事情告诉父母，告诉老师，或者直接告诉警察。但每次冷静下来一想，这事怎么能说呢？这事太丢人了，说出去以后自己怎么做人，爹妈怎么抬得起头？而且就算爹妈他们知道了，他们能怎么办呢？依然改变不了已经发生的事情啊！说出去，只能让全家在镇上都抬不起头。

我越长大越痛苦。慢慢地我想明白了，只有离开那个家才能解脱。我拼命学习，终于，我考上大学，离开了家。

我本以为我自由了，不用再担惊受怕，可以忘记这段不堪的关系，终于可以过正常人的生活了。我可以和其他男生一样找个女朋友，建立自己的家庭，过无忧无虑的生活。

但我突然发现，我对女的没有感觉。我试着找一个女的去谈恋爱，可我发现我不行。

我根本融不进外面的世界。我已经是个不干净的人了，这是永远也无法改变的事实。

我怕别人笑话我，于是尽力隐藏自己，可还是藏不住。我有一次在澡堂洗澡的时候，忍不住碰了旁边的人，我装作无意的样子，赶快道歉，但周围同学开始议论我，对我指指点点。他们说得对，我就是个变态，我就是个臭虫。

哪怕这辈子再也没有性关系，我也决定戒了。我想，我不会再爱了。

学校放假了，我原本就是想来礼貌性地看看二爷。他让我住下，我忍不住答应了，我拒绝不了。

晚上，我们睡一个床。我明知道不对，但还是控制不住自己，又发生了关系。

我知道我这辈子完了。我已经沉迷其中不能自拔，我恨我自己。

我不知道以后该怎么办，二爷已经睡了，我偷偷哭着，也迷迷糊糊地睡着了。半夜，他又来摸我，我真的很困、很烦，我不想再继续了。

但他一直摸，还问我舒不舒服，问我为什么这么长时间不回来，是不是把他忘了。

突然，我愤怒至极。他把我这一生都毁了。

我不想再让他碰我一下。我跪在他身上，双手掐住他的脖子，过了一会儿，我看他不动了，就继续睡觉了。

等我早上醒来，发现二爷死了，才想起来昨晚的事。我本以为那是个梦，原来是真的。院子里的人已经开始出来干活了，我怕他们看到我还在这里，不敢出去，一直到晚上天黑了，才偷偷溜了出去。

我杀了二爷之后，害怕极了。我无处可去，又无家可归。我回到家，简单收拾了一下，去了学校。

两周前离开这里时，我是个有前途的大学生，再回来，我已经成了一无所有的杀人犯。收拾东西离开宿舍的忙碌场景好像发生在昨天。同学们都走了，我一个人躺在冰冷的床上，蜷缩成一团。

“要是能回到两周前刚离开学校那会儿该多好啊！要是我没有去二爷家看他该多好！我多么想回到从前啊！不，应该再往前一些，回到小时候，还没有住在二爷家的时候！”

想着想着，我迷迷糊糊地睡着了。我梦见小时候，那时候二爷爷还是个好爷爷，每次去我家都给我买糖吃，给我讲故事，教我背诗词。春天带我去河边钓鱼、捉蝌蚪，夏天晚上带我去树丛里捉知了。他把捉来的知了放在锅里一炸，自己不舍得吃，都给我吃。那时候我觉得他是世界上最好的爷爷。那时候是多么快乐、多么无忧无虑啊！如果他能一直这样该多好，如果他和别人的爷爷一样该多好！

回不去了，都结束了。

此时，我坐在这里写完这封自白书，我从未如此平静过，我终于解脱了。

我对不起爹妈，对不起二爷爷，对不起。

这封自白书交到老文和蔡康明手上的时候，稿纸上每一页都有大片被泪水打湿的痕迹。

最后当问到唐文剑为什么要在屋里拉屎时，他说，多年来的同性行为使他憋不住大便，不及时拉出来就会掉在裤子上。

听完这个故事，我们一桌子人都不由自主地放下了筷子。真如老蔡所言，这个案子后来很多年都萦绕在我心里。

人性是复杂的，有时候它的丑恶会远超我们的想象。

如果唐文剑自己不说，谁能想到“读圣贤书”的爷爷为了满足自己的“癖好”，会把魔爪伸向自己疼爱的孙子？

表面看上去，唐仲伯是人们同情的被害者，是受人尊敬的“文化人”，是饱读诗书的“老秀才”，而实际上，他是品行卑劣、龌龊不堪的伪君子。

他对唐文剑不好吗？

好。

但正是这种来自亲人的复杂的感情才会对人有毁灭性的伤害，这也是唐文剑痛苦的根源。

他不明白为什么二爷爷爱他、养育他的同时，又肆无忌惮地侵犯他、毁了他。他不明白，爷爷到底是在爱他，还是在伤害他。

老蔡说，人可以有“癖好”，他们可以通过其他方式解决，选择发泄在一个弱小无知的孩子身上是最让人不齿的，这样的关系从一开始就不是势均力敌的。

白天，在所有人眼中，他们是一对亲密的好爷孙，晚上，在那狭小的房间里，一个小小的身体任由一个老男人摆布。12 岁的小男孩就像一张白纸，懵懵懂懂的，面对这样的事情，他能怎么样？真是叫天天不应，叫地地不灵。日复一日，年复一年。十几年里，家里竟然没有一个人发现，还把这个禽兽不如的爷爷当成恩人。唐文剑跟着这样的爷爷读圣贤书、学文化，古代圣贤高洁的品德和他们的乱伦关系交织在一起，他心中的矛盾与痛苦可想而知。

他看起来是个人人羡慕、未来一片光明的大学生，其实是个受尽凌辱的无助的人，他从小就注定没有“未来”可言。

他无人诉说，无法排解，只能默默承受。

一种巨大的无力感包围了当时在座的每一个人。唐文剑有无力感，我们当警察的也有无力感。

唐文剑本该是被保护的人，最后却戴上了手铐。

自我保护尤为重要

地狱空荡荡，恶魔在人间。

性侵害从来都不仅限于女性。很多男孩性观念的形成和其早期被性侵的经历有关。因为是男孩，所以很多家长疏于防范，再加上熟人作案，防不胜防。

老蔡说，熟人性侵对受害者的心理创伤是极大的。自责是造成心理创伤的一个主要因素。比如在唐文剑的案子中，他被爷爷侵犯了，但他会觉得这是自己的错。他来二爷爷这里是父母为了自己的前途主动把自己送来的，是自己主动送上门的，这是自己造成的。同时，多年来在二爷爷家吃住，都是二爷爷花销，他认为是自己“理亏”，是他欠二爷爷的。所以他觉得自己“非常恶心”。他和很多受害者一样常说“对不起，对不起，我很脏”。

但是这对受害者来说是一种难以释怀的极大的屈辱，为了化解那种耻辱感，有一些人就会说服自己去爱上对方，或者索性在一起，用表面的性爱压抑内心的恐惧。唐文剑就是这样，他后来对唐仲伯的感情开始变得复杂。一方面他不能接受这种乱伦关系，另一方面他沉迷其中不能自拔。

面对这种案件，我们会有无力感。因为有的受害者会爱上强奸犯，这就导致熟人性侵不好定罪，因为自愿与非自愿的界限非常模糊，比如“林奕含事件”，法律无法惩治这种行为。

“斯文败类”自古就有，亘古不灭。

这个案子已经过去40年了。但据我所知，在我们周围，还有很多未被发现或未曝光的“唐仲伯们”。他们披着美丽的外衣，冠以“爱”的名义，干着天底下最丑恶的事情，欺骗、诱导单纯的孩子们。

一旦侵害发生，代价往往异常惨痛，惨痛到我们无力面对。

老蔡说，作为警察，我们能做的事是很有限的，有时候我们无法保护所有人。所以，我们在破案的同时也要把这些故事告诉大家，让大家提高防范意识，学会保护自己。

作为家长，无论孩子是男孩还是女孩，平时要对那些异常喜欢关心我们孩子的大人们留个心眼。要让孩子们从小了解这些案例，让他们知道别人对自己做出一些抚摩、碰触的行为是坚决不可以的。遇到此类情况，要让孩子们及时告诉大人。

父母要有这个意识，注意观察孩子是否有反常行为，比如，突然对一些熟悉的地方和人表现得很排斥，突然问父母一些关于身体部位或者性方面的奇怪问题。这个时候，我们不要忽略掉这些细节，要站在孩子的角度想一想："孩子为什么会这么问、这么想？"这样我们就能及时发现不轨行为的苗头，保护孩子免受伤害。

假如多年前，还是小孩子的唐文剑回到家告诉父母，自己不想去爷爷家时，他的父母不是自以为是地以为孩子偷懒，而是站在孩子的角度上，多问一个"为什么"，也许就能拯救自己的孩子，阻止一场悲剧的发生。

最后，退一万步说，当我们遭受到此类伤害，该怎么想、怎么做？有一句话送给有时候"没有选择"的我们。

"谁的心灵能永远一尘不染、不蒙尘埃？"

原谅自己，安度此生。

“正”字谜案

色欲

有人云，情不知所起，一往而深；
亦有人说，在爱情里，男人装傻，女人真傻。
爱情有时可以凌驾一切，但当欲望以爱之名蛊惑人心，
超脱与失控的界限便早已不再清晰。

蔡康明喜欢乡村生活，他退休后，我们每次去他家里看望他，他都在家里露台上忙活着种菜、种花。他女儿爱吃石榴，他就在家里露台上种了两棵石榴树。一到中秋节，石榴树上挂满又红又大的石榴。每年中秋节到老蔡家“蹭吃”石榴，成了我们队的保留节目。

有一年春天，我们去他家，见他正在给石榴树“升级”，嫁接“突尼斯软籽石榴品种”。石榴树很高大，他戴着老花镜，搬来椅子，爬上爬下，每条树枝都被他细致地剖开，接入新的树枝，再用塑料布条缠好，打个蝴蝶结。嫁接后的石榴树枝看起来整整齐齐的，就像是理发店里刚接好的头发，每一根树枝的嫁接点看起来都一模一样，煞是好看。

我们不由得感叹：“老蔡果然是老蔡，连嫁接个石榴树都能搞成艺术品，农作物都能被他打理得像文件柜里的文件一样整齐！明年的石榴一定好吃啊！”

而事情总是不按大家希望的那样发展。第二年中秋节，原本高大茂盛的石榴树上稀稀拉拉地挂着几个又小又黄的干瘪石榴。

原来老刑警也被骗了，高价买的嫁接树苗压根儿就不是什么好品种，就是最普通的石榴品种，还不如以前那样。

我们都很失落，觉得老蔡白忙活一场。老蔡却一点儿也不在意，继续修剪着他的石榴树，乐此不疲。

他说："这有什么大不了？那时候我刚进警队，大山里发了一起命案，车进不去，必须徒步翻三座大山。队上人手不够，就派我一个人去。那时候用的检验器材和相机不像现在这么小巧，特别大，得扛在肩膀上。我就一个人扛着，翻了三座大山，去了命案现场。谁知，我还没到，嫌疑人畏罪自杀了。等我到了，案子破了，不需要我了，可是那时候老乡们穷，都是几个人睡一张床，晚上我没地方住，就一咬牙，扛着机器和设备又翻了三座大山，回来了。

"那时候年轻，从天亮一口气走到天黑，又从天黑走到天亮。晚上走在山里，既怕遇见蛇，又怕遇见狼，得手里拿根棍子敲打着走。那次是真把我累得够呛，那才叫白费劲，自己玩自己！"

我们听了哈哈大笑。没想到，在我们眼中，平日里做事严谨妥帖、不苟言笑的老蔡也有这么"衰"的时候。

老蔡自己也笑了，说道："其实，努力过，但没有结果，这是一件再正常不过的事情了。这棵石榴树，只要它还活着，再嫁接，一年一年细心呵护，早晚能结出好吃的果子，不着急。

"可是生活中的有些事情，一开始'根'没扎对，任凭怎样努力，最后都于事无补，而且越做越错，那才叫竹篮打水一场空。"

"什么？"我们好奇地问。

那时，老蔡的女儿正在谈恋爱，他旁敲侧击地说道："比如，爱错了人。"

老蔡竟然要讲爱情故事！我们都来了兴致，他女儿也装作不经意地凑了过来。

那年春天，唐仲伯的案子刚破获不久，在一个小山村里，又发生了一起命案。蔡康明队上的法医老苗陪媳妇回老家时，在山村的一口机井中，偶然发现了一具女尸，女尸的肚子里，有一个6个月大的胎儿……

岳月

青年男子谁个不善钟情？妙龄女人谁个不善怀春？这是我们人性中的至圣至神。

——歌德

4月，一个晴朗的夜晚，皎洁的月光照亮了山坳里的村落。村边有一间再普通不过的砖瓦房。屋内，一个土炕床上铺着稻草，稻草上面铺着一层被褥，床头贴着写满“正”字的报纸，看起来简陋极了。

屋里没有开灯，在夜色的笼罩下，只有月光透过窗户照了进来。岳月正和一个男人在床上做爱，他们相互亲吻、抚摩，岳月快乐地呻吟着，男人看着岳月逐渐到达高潮。

看着岳月迷离的眼神，男人突然抱紧岳月，一个翻身，两人一起从床上滚到地下。男人顺势骑在她身上，把她压在身下，拿起藏在床下的砖头，朝着岳月的头上砸去，一下，两下，三下……岳月完全没有防备，更无力反抗，晕了过去。之后，男人怕她不死，又拿起她的红围巾勒着她的脖子，直到看她吐出舌头。月光透过窗户，斜照在墙上的“正”字上，看起来像野外的枯树枝，阴森恐怖。这个男人拖着尸体，就像在地上拖拽被杀死的牲口一样，出了门，向郊外走去。

真的有人会在做爱的高潮时杀死爱人。

案发那一年，《本能》还没有拍出来，听老蔡讲到这些细节时，我觉得毛骨悚然，情不自禁地想到了《本能》。

性爱是人的本能，自私也是。

离L县50多里处，有个较为封闭、古老的村落，叫承山村。承山村村头矗立着镌刻了古训的青石牌坊，象征着村落悠久的历史。在这样封闭的山村里，如果哪一家生出了一个非常漂亮的姑娘，将是全村小伙子追求的对象。

比如，岳月。

岳月是村民岳为民的小女儿，那年刚刚19岁，她上面有四个哥哥、一个姐姐。岳为民老来得女，对岳月非常宠爱。

岳月有多漂亮呢？据说，平日里，她走在路上，从她旁边路过的人为了扭头看她而忘了看路，撞在一起、撞在电线杆上、掉进路边沟里的情况，经常发生。

岳月与大部分漂亮活泼的女孩不同，她很安静，不爱说话，不喜欢在众人中凸显自己。她的孤冷给她的美增加了一丝神秘感。村里人都说她是个纯净的“冰美人”。

可她越是沉默，村里人对她越是喜爱，平时她到乡里乡亲家串门，主人对她和她的家人都非常热情。岳月是全村人心中“最理想的儿媳妇”。

村里人见到岳月的父亲岳为民，总是羡慕地调侃他道：“你家这漂亮闺女以后得找个啥样的啊？这闺女还不是喜欢什么样的随便挑？以后你就等着享你闺女的福吧。”村里人都好奇，到底哪个幸运的小伙子能入得了岳月的眼呢？这个漂亮女孩以后得有多好的命啊！村里的女孩子们都特别羡慕她、嫉妒她。

人们没想到的是，红颜薄命，大家没看到岳月的男朋友，却看到了岳月的尸体和她肚子里的孩子。

井

这个案子能被发现，要多亏蔡康明队上“爱管闲事”的苗法医。他和老蔡在一起工作了很多年，他“爱管闲事”的性格使他在破案中屡建奇功。

老苗比老蔡大十几岁，从小在农村长大。他媳妇老家就是承山村的。案发几天后（当时还不知道发案了），老苗正好陪着媳妇回娘家，帮着岳丈干农活。干公安的，都特有眼力见，没有不机灵的，不仅知道怎么干活出功，还知道怎么偷懒，趁着大家都在干活，没人注意他，而且老岳父也不在，他就一个人在附近瞎溜达。走着走着，看见一口机井，上面盖着很厚的水泥板，他走过去坐在上面抽烟、看风景。

当他起身往回返的时候，无意瞥了一眼脚下的井盖。他发现机井上面沉重的水泥板有被挪动过的痕迹。老苗“爱管闲事”的劲头上来了。“这水泥板被人抬开过，是不是有人往里扔什么‘宝贝’了？”老苗叼着烟调侃道。他想把水泥板抬开看看，先随便用了点儿力试了试，抬不动。

“这么沉？”

那个年代的老刑警对机井都很敏感，他们知道如地狱一般的深井，就是罪犯的抛尸天堂。

“谁闲得没事搬它做什么？”

想到这里，他认真起来，围着机井绕了一圈，找了个好角度，摆好姿势，又试了一次。水泥板被挪开了一个口子，一股难闻的气味飘了出来。老苗觉得身上的血都涌上了脑子。这个味道太熟悉了，尸体腐烂的味道！他工作时就是泡在这种气味里。他一拍大腿说道：“还真让我给遇上了！有死人！”

蔡康明和张大为到现场的时候，当地警方正在安排人打捞尸体。他们见到老苗，和他开玩笑道："一看就知道你又'管闲事'了。"

"谁爱管闲事了？千万别让你们嫂子知道，知道了她还不得说我，好不容易回她家帮忙干点儿活儿，这下可好，回来还是干工作。"老苗朝他俩调皮地说道。

蔡康明说道："这荒郊野外的机井，也就你能想着打开看看怎么回事。要不是你熟悉这味道，这事估计没人发现，就成隐案了。"

案件就是各种偶然碰撞的结果。

这个机井很深，井口很小，捞尸体是个大麻烦。警方派出警队最瘦小的一个警员小徐，脚拴在绳子上，倒挂进了井里。他把铁丝缠在尸体上，固定好。然后，警员和尸体"脸对脸"一起被拉了上来。

抛尸机井

4月，山里还很冷，井下更是又湿又冷。试验了几次，最后终于成功了。尸体捞出来后，那个瘦小的警员坐在地上愣愣地沉默了好久，才缓过劲儿来，毕竟刚才和女尸来了一次“黑暗中的凝视”。

大家终于见到了尸体。她全身赤裸，只有脖子上缠着一条红围巾。尸体腐烂程度不高，能看出死者生前非常漂亮，而且死者身材非常好，小腹有点儿微微隆起，但腰非常细。

人群里不知是谁说了一句：“这不是岳为民家的那个漂亮闺女岳月吗？”

这就是岳月，19岁。

村民们都无法接受这个事实：“怎么会掉到井里死了？！还没找对象呢，人就没了！感觉上周还见过她！”村民们无不感到震惊和惋惜，来围观的群众议论纷纷。

接着，更让大家震惊的消息是，法医尸检后发现，岳月怀孕了！她的肚子里有一个6个月大的胎儿，一尸两命。

这个消息如同一声惊雷，乡亲们都炸了锅。“什么？岳月怀孕了？她怀的谁的野种？”

“你看她平时和谁都不说话，原来是这副德行啊，没想到啊，也不知道有过多少个男人了，说不定人尽可夫。”

“没结婚就搞大肚子，我看，多半是自己觉得丢人，自杀了。”

“多亏她没看上我儿子啊，不然我家娶个这样的媳妇，想想都可怕。”村民们议论纷纷，各种谣言满天飞。

曾经在村民口中的“圣女”，不但人死了，也突然“社死”了。

岳月到底是什么样的人？没有人真正了解，可能最了解她的，就是孩子的父亲吧，也是此刻蔡康明和张大为正在寻找的杀人凶手。

岳月的恋人到底是谁？

日记

蔡康明和张大为到了岳月家，岳月的父母听到消息悲痛欲绝，岳家亲戚几十人都来家里帮忙。村干部岳建国接待了警方。

“你和死者什么关系？”张大为问道。

“论起来，她是我妹。”岳建国说道。

“你妹？你这年龄都快能当她爷了吧？”警员看着五六十岁的岳建国一脸不可思议地说。

“我们岳家人多，我爷爷生了七个孩子，我父亲生了六个孩子。我是我家长子长孙，岳月她爸是我爷爷的第七个儿子。所以，他们家辈分大，她爸和我年龄差不多大，但我喊她爸得喊叔，我儿子比岳月大 2 岁，和她一起长大的，还得喊岳月姑。他们家这一支，整个辈分都大。”

“你们家没发现岳月不见了吗？怎么不报案？”张大为问道。

岳建国接着说：“前段时间，岳月问我叔要了点儿钱，说要到县里去见见她的初中班主任，让他帮忙在县里找个工作。我叔一直很宠岳月，她要钱，我叔就给她了，都以为岳月去县里找工作去了。没想到……”

“你们知道岳月怀孕的事吗？”张大为问道。

“我们不知道。”家里人也没有一个知道岳月怀孕的事情。

“平时她和谁关系好？有男朋友吗？”警察继续问道。

“没有，就和家里人往来。”岳建国想了一下，扭头进屋，站在门口喊道，“岳池，你过来给警察说说，你姑之前咋跟你说的。”岳池此刻正在屋里伺候躺在床上有气无力的岳为民，被岳建国喊了出来。

面对蔡康明和张大为的询问，岳池说道：“我姑和她初中班主任关系不错，他还追求过我姑。”

蔡康明和张大为听完，心中一阵狂喜，这么说来，岳月最后见到的人很可能是她的初中班主任，两人的关系很可能不简单。而且岳月的父亲也说，他最后一次见岳月、给岳月钱的时候，岳月就是说要找她的班主任。

专案组立刻对岳月的初中班主任展开了调查。

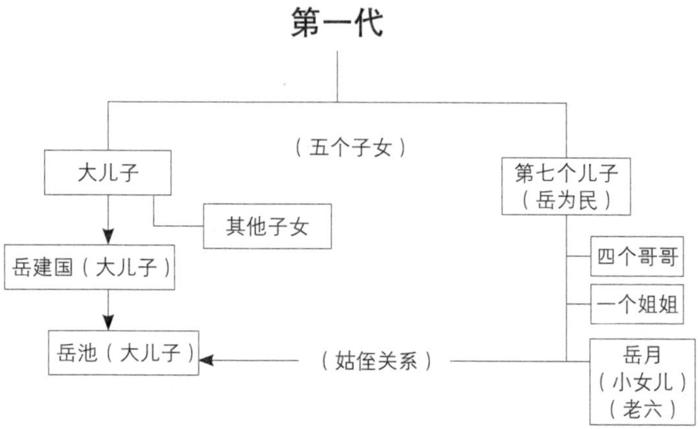

这个班主任叫张知周，他有家庭，有稳定的工作。他和岳月是师生关系。

很显然，他符合凶手画像。

这个案子是典型的“卸包袱”杀人。死者是19岁女孩，未婚先孕。一般情况下，这种案子的凶手往往都是有一定社会地位或有家庭的中年男子，和女孩有了婚外恋之后，女孩以公开恋情或者以腹中孩子逼迫男方离婚，或是提出对方难以实现的要求。男方不愿意破坏本来的家庭，被女方逼迫，害怕事情暴露，于是杀人灭口。

警方对张知周进行调查，发现张知周一年前才结婚，结婚后就调到县里工作了，后来举家搬到了县里。据岳月的同学反映，张老师对岳月特别好，甚至在大家眼里，有时超过了老师对学生的好。

有一次上体育课，岳月的腿摔流血了，张老师竟然冲过去，将岳月抱到了办公室，亲自给岳月包扎。这件事，当时在学校被传得沸沸扬扬。

了解这些情况后，蔡康明和张大为找到了张知周。

张知周坚决否认和岳月有那种关系，他说自己和岳月就是普通的师生关系。对于体育课曾经发生的事情，他说那只是作为一个老师应该做的。而且他说，这半年内，他压根儿就没有回过承山村。

对于岳月和老师张知周的事情只是猜测，没有任何证据。

就在此时，警方在岳月家中发现了一本日记。

这本厚厚的日记是岳月从初中就开始写的，断断续续写了 6 年，全部都是她的感情生活。

蔡康明和张大为原本如获至宝，可是翻开日记本，两人大失所望。

为什么呢?

原来，岳月在日记中写的所有的人，都是用字母替代的。比如：W 今天在我的包里塞了一张字条；M 晚上又偷偷在后面跟着我。蔡康明和张大为研究了起来，发现这些字母既不代表这些人的姓，也不代表名字，根本不知道岳月写的是谁。但有两篇日记还是引起了蔡康明的注意。

5 月 26 日，星期二，晴，夜

今天，我不知道是应该高兴，还是伤心。S 要到县城去了。我的高兴和伤心与他无关，而是因为另外一个人和一件猝不及防的事情。

S 前天给了我一封信，他说他要到县城去结婚了，走之前想再见见我。晚上，我到村口送他。突然，他拉着我的手说，只要我说不让他走，他就不走了，就不结婚了，也不去县里了，留下来和我在一起。

我知道他一直喜欢我，对我很好，我很感激他，但我对他没感觉。我知道他是很好的结婚对象，但是，人不就是应该找一个自己爱的人吗？如果只是为了结婚而在一起，我宁愿一直一个人。

所以，我选择放手，不耽误他。

临走前，S说：“月，我走了，你以后再也遇不到像我这样对你这么好的人了。”我听完，心里一动。

把S送走后，我一个人淋着小雨走在路上，虽然有点儿伤感，但如释重负。

走着走着，竟然遇见了C，他看我衣服湿了，一个人在淋雨，问我是不是心情不好，我回答“是的”。那会儿雨越下越大，他就把我带到他家避雨。

到了家里，我心里边想着事情，边把外面的湿衣服脱掉了，拿毛巾擦头发。

C看出我有心事，问我怎么了，我就把S说的最后一句话告诉了他，我说，我感到莫名地失落。

C听了，让我看着他的眼睛。我第一次认真地看他，我突然觉得，他还是很好看的，特别是他的眼睛，很深情。我突然有点儿紧张。他说：“就算世界上所有人都对你不好了，还有我，虽然我是最后一个，但我永远都在。”

从小到大，第一次见C这么说话。为了掩饰我的尴尬，我就继续擦头发。我用余光看到，他坐在旁边一直看着我。突然，他说：“月，我能抱抱你吗？”我没想到他会这么说。我问他：“你什么意思？”他说：“你真美，我知道这辈子你嫁给谁，都轮不到我。我唯一的愿望就是抱抱你，只要抱抱你，我就知足了。至少这辈子让我知道抱你是什么感觉。”他看着特别可怜。我突然鼻子有点儿酸，有点儿心疼他。我过去抱住了他。我们拥抱着站在房子中间……

6月2日，星期二，晴

我不知道该怎么办了，C说就只有那一次，可是我根本控制不住自己。

我和C是不可能的，我真后悔让他抱我。这都是我自找的。我终于明白，S说得对，爱情就是"镜中花，水中月"。我绝对不能再越雷池一步！

这个C是谁？写完这两篇，岳月再也没写过日记。

如果按照去县里工作这个事情推断，这个S应该是张知周。这个C会是谁呢？

谁会让岳月放下警惕，晚上一个人到男人家里避雨，还无所顾忌地脱外衣呢？

第一凶案现场

案子没有了头绪。蔡康明提出："我有一个想法。既然我们从死者周围的人际关系上找不到突破点，不如换个思路，一竿子插到底，找凶手杀人的第一现场。"

大家表示同意，但怎么找呢？

蔡康明接着说道："首先，我认为，第一现场一定就在村里。我之前来过山里一次，比较熟悉周围的地形，承山村三面环山，从别的村到承山村还要翻一座山。所以，如果死者在外村被杀，那么凶手一定不会把尸体运回来抛尸。因此第一现场一定在村里！

“其次，第一现场与机井的距离应该不会太远，因为凶手运尸体很不方便。所以，我们以机井为中心，向外辐射，一间间屋子进行排查。”

这个侦破思路得到了大家的肯定，警方开始对机井附近的房屋进行搜查。

果然不出蔡康明所料，侦查员很快找到了第一现场。就在机井旁边，有一排房屋，其中有一间房子，侦查员进去后，在屋子里面发现了血迹。蔡康明和张大为立刻赶到了现场。

这个房子非常简陋，一个土炕床，上面铺着稻草，稻草上面铺着一层被褥，四周墙上贴着报纸，报纸上涂涂画画写了很多字。床下压着死者带血的衣服，地上有带血的砖块。屋子外的窗台上有手扒拉窗户的痕迹，但提取不到指纹。

“这是谁的房子？”张大为问道。

“这是岳建国的房子，就是岳月的那个堂哥。”此时在现场配合警方工作的村支书答道。

蔡康明和张大为大吃一惊，一对视，接着问道：“平时谁住在这里？”

“岳池！岳建国的儿子。”

“正”字

是岳池？岳月的侄子？

“怎么可能？”大家都非常吃惊。

岳池坚决不承认自己杀了姑姑，他说岳月和张知周有恋情。他和姑姑关系很好，为了成全姑姑的恋情，他就给了姑姑这间房子的钥匙，有时候她会来这里住。至于其他的，他什么也不知道。

岳月是死在她侄子岳池的房子里的，这点确信无疑。但是岳月的情人是岳池吗？

岳池说他平时自己住在父母家。这时候，岳建国也声称，自己的儿子这一个月都在自己家住，很久没来这间房子了。

张大为把蔡康明拉出屋，说："康明，咱们会不会搞错了？姑姑和侄子发生关系？侄子把姑姑杀了？一般来讲，确实不应该出现这种情况。会不会还有其他的人？屋外窗台上有痕迹，说明有人在那里扒着窗户往里看，会不会是有人路过，临时起意进入屋子把人杀了？"

蔡康明说："这种情况也不能排除，可死者肚子里的孩子又是谁的呢？"

蔡康明想了一会儿，又说道："岳月日记里的'镜中花，水中月'，还有那句'绝不能越雷池一步'到底是什么意思？这个岳池会不会就是'C'？"

两人不由得叹了口气。一切都只是猜测，案子还是不明朗，没有能直接显示岳月和岳池到底是不是恋人关系的东西。

蔡康明经常这样，当案件不明朗、心里有疑问的时候，就会再次回到案发现场。

屋里有一张床、一个书桌，书桌里有一个岳池的本子，是他的记事本，上面记了一些电话，还有他剪下来的报纸和他抄写的一些诗歌。

这时，蔡康明一抬头，又看到了床头贴的报纸，报纸上写满了"正"字。

有的人记录次数，就喜欢用"正"字，一笔代表一次，一个

“正”字就是五次。

听老蔡讲到这里，我就想起我小时候看的动画片《崂山道士》，上面那个总想“找捷径”的小道士，把学“道”的日子一天一笔地记录下来，写了一墙的“正”字。

老蔡说，当时的现场，就是那种情况。

看着满墙的“正”字，蔡康明想：“他在记录什么呢？”

他拿起岳池的笔记本又翻了翻，上面没有用“正”字记录过东西。

“他记录次数怎么不写到笔记本上呢？为什么专门在床头贴张报纸，把这‘正’字写在床头呢？”

突然，一个念头出现在他的脑海中。

这会不会是在记录他们每一次发生的性关系？

满墙的“正”字

他们每发生一次关系，他就在墙上划一道，做一次记录。

墙上的字迹就是岳池的笔记，确认无疑。

再加上日记中的那句话，蔡康明喃喃自语："'绝不越雷池一步'，岳池！"

蔡康明心里一下子就确定了：岳月的情人一定就是岳池！

再次审问岳池，在岳池还在狡辩的时候，张大为突然高声呵斥道："你别再狡辩了，你在那个床头报纸上画满了'正'，你跟我说，你是在记录什么呢？是不是记录你俩发生关系的次数？！"

审讯就是这样，是双方心理的对抗。突然，你把对方隐藏在内心深处不为人知的东西点出来了，对方的心理瞬间就崩溃了。

岳池的眼泪瞬间流了出来，承认了："我实在张不开口啊！我真没脸说啊！农村人说，这是最坏的人才干的事。"

岳池和岳月从小一起长大，青梅竹马，他比姑姑大2岁，看着这个漂亮的姑姑从小身后跟着一群男孩子，他特别自豪。

张知周一直很喜欢岳月，他总是小恩小惠地收买岳池，让岳池帮他们创造条件。岳池说，他自己也不知道为什么，帮着帮着，心里非常难受，他就是不想看到他姑姑和张知周好，就在中间挑拨两人的关系。

直到一年前，张知周追求岳月失败，正好遇到工作调动，准备离开承山村。岳池知道岳月那晚会去送张知周，他也跟了去。后来，如岳月在日记中写的那样，有了那次拥抱，两个人都有了"心动"的感觉，当时就在一起了。

但这一次之后，两个人都很后悔，有两个星期没有再见面。但当他们再见面时，两个人的感情再也按捺不住了。之后他们就经常在这个小屋子里发生关系。

岳池说，他知道他不可能和姑姑结婚，但他很爱她，所以他们每次在一起，他都在床头划一道，记录一次。他知道“正”字不会一直写下去，总有一天会停的。

所以，写“正”字，是一种仪式感。

有时候，他一个人躺在床上，看着一个个“正”字，对应地回味和姑姑在一起的一次又一次，他觉得特别享受。

直到姑姑怀孕了，他害怕起来。

岳家在当地是个大家族。按辈分，岳池是岳月的侄子。两人经常在一起，村里的男孩子追求岳月，首先就是找岳池帮忙，让他给姑姑递情书、递字条。

岳池实在无法想象，如果他们的情人关系被人发现，那在村里将是怎样惊天动地的消息，以后岳家人还怎么在村里继续生活？不光自己没法做人，全家都抬不起头来。

他带着岳月到县里找老中医开打胎药，可是岳月吃了一个月，完全没有效果。岳月的肚子还是一天天大了起来。

岳池心急如焚！怎么办？

岳月提出和岳池远走高飞。岳池不同意，因为他们一走，村里人还是会知道他们乱伦的事情。这种事在村里是最下作、最让人看不起的。

看着岳月越来越大的肚子，岳池决定杀了她，一了百了。

他骗岳月说，同意和她到外地一起生活，让岳月到岳为民那里要点儿钱，出去一段时间，借口是张知周帮她在县里找了份工作。

他们出走的前一天晚上，岳池让岳月在小屋等他。他本想在外面守着，等岳月睡着了再进去，趁她睡觉时杀死她。

岳池说，那晚月亮特别亮，月光透过窗户照在岳月身上，岳月美极了，他趴在外面的窗户看着她。他还是忍不住想和她再发生一次关系。就这样，他拿着砖块走进屋里，放在床下，装作什么也没发生，又和她发生了最后一次性关系。岳月看到他拿砖块进来，但什么也没问。岳池趁着做爱的高潮时杀死了岳月。

岳池到最后都一直强调：他爱岳月，非常爱！他实在没办法才会这样。因为他仔细想过了，就算岳月不死，她有了性经历，有了孩子，这辈子也嫁不了好人家了。可他们又不可能在一起。所以岳月无论如何这辈子都完了。他杀了她，也成全了她。

爱，究竟是什么？

几周后，距离这里 50 多里地的一个山村又发生了一起案件，一个孕妇被杀，肚子里的孩子不见了。老蔡因为调查这个案子，去了一家乡村诊所，在询问老中医的时候，突然看到了老中医的病历本，上面竟然有岳月的就诊记录。

2 月，岳月来过两次。老中医说，他对岳月有印象，是个很漂亮的女孩，第一次有人陪着，那男人没进来，要求开的是打胎药。他当时就知道他们关系不正常。一周后，那女孩自己又来了，要求抓点儿安胎的中药，岳月是想背着岳池偷偷保住这个孩子。

一个 19 岁的少女和一个 21 岁的少年，从小一起长大，因为一次拥抱，有了欲望，产生了情愫，进而一发不可收拾。这是人的本能，是我们人人都有的本能。

但是，在欲望的背后，有的人的爱是自私的，有的人的爱是虚假的，有的人的爱是真挚的，有的人的爱是幼稚的，有的人的爱是包容的。

岳池自始至终都在强调自己非常爱岳月。

可是，他对她是真正的爱吗？

他连张知周的分毫都比不上。张知周的爱是付出，他一直光明正大地爱着岳月，处处为岳月考虑，等着岳月长大，让岳月自己选择，甚至想为她放弃大好前途。

反观岳池，他的爱是极度自私的。岳池明知他和岳月绝不可能在一起，但为满足性欲，他装可怜、求拥抱，挑逗她的情欲，把她骗上床；得到她后，又为了自己的名声而杀了她，然后还虚伪地狡辩杀她是为了成全她。

岳池从头到尾，心里只有他自己。

而可怜的岳月，看似有许多选择，但对于那个猝不及防的夜晚，单纯的她可能难以抵抗、无法选择。事后，虽然知道这是没有结果的爱，但还是傻傻地一头扎了进去，无法自拔。对于她来说，她付出了最真挚的感情，得到最惨烈的结果。

她为了岳池拒绝了所有人，不惜放弃自己的一切要为岳池生孩子。可是到头来，不仅被爱人杀死，还被不明真相的乡亲们辱骂。谁知道她对爱情的捍卫和付出？在世俗的眼光中，她对爱情的选择使她的人生不可逆转地被牢牢钉在耻辱柱上，没有人会在乎她到底是怎样的一个人。只有养育她多年，如今已经垂垂老矣的父母会心疼她、理解她。

岳月为爱情的付出不值得，这就是越做越错，越付出越痛苦。

所以，爱，是本能，也是理性。从根子上，一定要扎正。女孩们，一定要擦亮眼睛，要知道，在一段不伦的爱情中，某个让你心动的瞬间、一时的忘情欢愉，日后可能会产生毁灭性的伤害。无论你多么真挚、多么努力，都毫无意义，终将“竹篮打水一场空”。

“全人身”案

冷漠

教化者，文明之所以者也。

所谓无知者无畏，其最可怖的极端，

便是不懂敬畏，乃至泯灭了人性。

当刑警的人大部分都很直爽。蔡康明说，队上有人公开说，最不喜欢搭班的法医就是老苗。确实，老苗平时不但事多，还是个“铁公鸡”，一毛不拔，特别是去外地办案的时候，他绝不吃一点儿亏。

无论多远的路，大家轮流开车，他都坐在一边一声不吭，从不开车；队上聚餐，花钱的人里也从来没他；上专案，无论住在哪里，他总能不动声响地占个最好的位置；他还是个甩手掌柜，等别人跑前跑后把事安排好了，扭头一看，他不知道什么时候早已躺下，鼾声如雷了。

所以，队上的人出去办案都不带老苗，只有蔡康明带着老苗。因为他心软，看不得老同志没面子。慢慢地，蔡康明、张大为和老苗自动组成了搭档，成了标配。

张大为因此很不高兴，嘟囔蔡康明是软柿子，人家挑剩下不要的，他偏收着。

蔡康明为老苗找理由说：“别小看老苗，他有丰富的基层经验，看问题细，说不定我们哪天遇到个疑难案件，还得靠他呢！”

“画饼充饥，自欺欺人。”张大为不屑一顾。

蔡康明也不反驳，上案件就带着老苗。但老苗完全不领情，他知道自己不受欢迎，可他完全不在意，还是倚老卖老、自由散漫。

拖后腿的老苗

“正”字案破获后不久，在离承山村 50 多里地的太溪村，又发生了一起命案。村民在村边打水时，发现水桶的铁钩挂着什么东西了，水桶拉起来异常地沉。这个井不是机井，是村里人吃水用的水井。几个村民一起往上拉，拉着拉着，看到了一具尸体，身上裹着花布，头露在外面，头发很长，盖着脸，看样子感觉很年轻。几个人不敢认真看了，吓得一松手，拔腿跑了。

年轻女性被抛尸水井，这次还是“卸包袱”杀人吗？

接到报案后，蔡康明和张大为赶快收拾东西，急着赶往现场。但当地警方说，尸体情况比较复杂，需要带一个法医。

队里就剩下老苗在，只能带上他。

张大为开着队上唯一的一辆吉普车载着蔡康明和老苗，以能在乡间开动的最高速度在土路上颠簸着。

开着开着，他们到了一个人潮涌动的集市。

前面有人吵架，一群看热闹的人把路挡住了，车被迫停了下来。

“我下去看看。”蔡康明和张大为还没反应过来，老苗已经推开车门，下了车。

县里警方着急地等着他们出现场，这时候老苗竟然还有心情看热闹？

蔡康明侧身去阻拦，但此时，老苗已经头也不回地挤进了人群中。

张大为气得把车停在大路中间，拧钥匙，熄火。他无奈地说道：“这下可好，去晚了，影响办案咋办？还是咱俩的责任，可是咱们还能捆住他的腿不成？！”

“我把他喊回来！”蔡康明也推门下了车。

蔡康明挤到人群最前面，看见一个老汉和两个年轻人在吵架，地上一大群小猪。这些小猪个头儿差不多，非常可爱，在他们脚边绕来绕去。

原来，他们都是在市场上卖小猪的，摊位相邻，不知什么时候，一些小猪从笼子里跑了出来，弄混了。巧合的是，两家都在小猪左前腿绑了红绳作标记，这下弄巧成拙，更分不清楚了。

两个年轻人说从他们笼子里跑出来了 9 只，老汉说他的笼子跑出来了 11 只，可地面上总共只有 17 只。双方都说对方想讹诈自己的小猪。

两家越吵越凶，两个年轻人准备捉小猪，老汉拼死拦着，周围看热闹的老乡也跟着起哄，七嘴八舌地分析着小猪到底是谁家的。

老苗一言不发，站在他们的摊位前，一边淡定地吸着烟，一边饶有兴致地看着笼子里的小猪。

老苗这人一直不修边幅，那天穿着便服，衬衣一半露在裤腰外面，一条裤腿卷在小腿部位，乍一看，就是个无所事事还爱管闲事的农村老头，偶尔还用手挠挠屁股、挠挠腿。

农村的事情不好管。蔡康明估计老苗也看不出个所以然，准备拉着他走。老苗不走，他回头对正在争吵的三人高声喊道：“老乡，老乡，你们都别吵了，你们吵下去也没用，我来给你们评评理，怎么样？”老苗竟然有办法！

蔡康明听老苗这么一说，也来了兴趣，他倒想看看老苗有什么招。

老苗往地上一蹲，立刻进入角色，两眼发亮，好像身上每个汗毛孔都顺畅呼吸起来。他对他们说道：“你们各抱来一只你们自家的。”

他们各从笼子里抱出了一只小猪，放在他面前。他嘴里叼着烟，眯着眼睛，左手抓着小猪的左前腿，右手的拇指和食指熟练地捻着红绳。红绳被他一捻，线头散开了。

“1、2、3、4、5……”老苗开始一根一根数线头。

小猪腿上的红绳是纳鞋底用的绳。在农村，这种绳子都是自己家手工捻的。为了保证绳子结实、耐磨，纳鞋底的绳子一般是由几根、十几根甚至二十几根线扭成的，这个线头在土话里叫作“穗”，扭的穗越多，绳子越粗、越结实。

但因为是手工捻搓而成的，每家扭的穗肯定是不一样多的，而自己家的绳子都是一段一段地从一根纳鞋底的绳子上截下来的，穗肯定是一样多的。

老苗这么一数，周围看热闹的人立刻都知道了老苗的用意，大家也帮着数。老苗埋头数了好一会儿，抬头说道：“弄清楚了，老爷子，您这里的是16个穗子，年轻人这里的是18个穗子。”老汉和年轻人都点头认同。

“来吧，一只一只地拆开数吧，只要是16个穗子的，就是老爷子的；18个的，是年轻人的。”在大家的帮助下，老汉捉小猪，老苗拆解绳子，一只一只地数穗数。几人忙活了半个多小时，最终，证实了老汉确实有11只小猪跑了出来，年轻人的只跑出来了6只。如果不是老苗，这两个年轻人就讹诈了3只小猪。

那两个年轻人还跃跃欲试地想赖账。

老苗指着那两个年轻人说道：“小伙子，本事还没练好呢，就想出来讹人！下次再让我遇到，小心你们吃不了兜着走！”

那两个小伙子心虚地辩解道：“那不是凑巧嘛！谁能想到是这样。”

老苗说道：“有这么巧的事吗？绑绳子绑成一样的，还都用纳鞋底子的红绳？”

两人不吱声了，装出一副委屈的样子，悻悻地低着头，但手脚麻利地快速收摊了。

老汉拉着老苗，激动地连连道谢，说道：“多亏你帮忙啊！家里7岁的小孙子生病，就指望着用卖小猪的钱给孩子看病呢！”

事情解决了，人群散去。

在车上，蔡康明问老苗是怎么想到的。老苗说：“小时候家里穷，就靠着我母亲做手工养家，我天天在家里看着母亲纳鞋底、织布，对这些事情太熟悉了。”

这就是生活经验。没有这种经验，就没有这种意识，也就想不到这个问题。

“老苗真是和群众打成一片啊！”蔡康明和张大为无不感慨。

老苗摆摆手，说道：“这都是苦出来的。你们还年轻，都是城里出来的，没在农村生活过，没吃过苦。你们不知道，人穷了，走投无路的时候有多难啊！你看刚才这个老汉，急着给孩子治病呢！要不是我去解决了问题，他孩子咋办？！”

蔡康明和张大为相视一笑，心知肚明，狡猾的老苗是给自己找台阶下呢！他刚下车的时候，还不知道为什么吵架呢！

但他们都没揭穿他，而是一路上听着老苗讲他的农村生活经历。

蔡康明没有在农村长大，但他吃的苦不比老苗少。他开始对老苗的“小气”多了一些理解。但理解归理解，他和张大为不会因为理解而改变对老苗的看法。

太阳快下山了，他们还没到现场，蔡康明和张大为心里暗暗骂老苗拖后腿。

不知去向的胎儿

当蔡康明一行人到案发现场的时候，天已经黑透了。

尸体没有捞出来，还在水井里。

这个水井井口比较大，老苗打着手电，下到井里看了一眼，上来后说道：“今天太晚了，不好捞，明早天亮了再说吧！”

在农村，没有路灯，天黑了就很少有亮光。那天晚上，天上没有月亮，关掉手电筒，伸手不见五指。听老苗这么一说，蔡康明和张大为也觉得明早再打捞也行。

当地警方一听，市局来的人都发话了，就把水井周围拉上警戒线，只留下来一个协勤守着现场，其他人都回家睡觉去了。

第二天一大早，尸体被捞了上来。尸体外面包裹着花布，看起来是农村普通的带条纹的粗布床单，尸体的头露在床单外面，头发盖住了脸。

老苗熟练地戴上手套，上前扒开尸体的头发一看，惊呼道：“咦？昨天我看着脸还是好好的，今天怎么就成花的了？”

“什么？！成花的了？”蔡康明也赶快看过来。

死者的脸被刀或者类似尖锐的东西划烂了，弄得血肉模糊，看起来十分可怕，应该是凶手拿着刀或者剪刀戳在脸上后，转圈拧着划，目的就是毁容。

那协勤说：“我没见有人来啊，连点儿光都没看见。”

警方没想到，昨晚黑灯瞎火，罪犯竟然趁协勤不注意，估计是打瞌睡或者上厕所的时候，又下到井里，偷偷把死者的脸给划了。

“没想到凶手这么胆大，要是昨晚再来转转，说不定都已经抓住了。”张大为遗憾地直跺脚。

“说明这罪犯和死者认识，离咱们比较近。他知道尸体被发现了，他怕警察认出死者，所以才会又回到现场，把死者的脸划花。这人应该就在附近这几个村，很可能是有预谋杀人。赶快看尸体，找尸源！”蔡康明催促道。

老苗掀开裹尸布，终于见到了尸体全貌，但大家都惊在原地。

尸体全身赤裸，肚子被划开一个大口子。刀口的皮肤有明显的卷边，好像掰面包时那种撕裂开的感觉，这就是明显的生活反应，说明死者的肚子是在她还活着的时候被划开的。（生活反应就是只有机体活着的时候才有的反应，比如：人或者动物活着的时候，在身体上划一刀，创面呈鲜红色，边缘有卷边；而死后再划刀，创面的颜色接近皮肤的颜色，而且边缘整齐。）可能是因为裹着床单，泡在冰冷的井水中的时间不长，尸体的腐烂程度不高。

“是把内脏取出来了？”有人问道。

老苗赶快在死者的肚子里翻找。

“不是，内脏都在。”老苗说。

“少什么了？要不割肚子干吗？”蔡康明说道。

“死者是孕妇，罪犯把孩子活着取走了。”

蔡康明和张大为心里一惊，问道：“什么？人还没死，胎儿被取走了？”

“是。”

专案组的人倒吸一口凉气。

蔡康明和张大为一听这么恶劣，也蹲下来看尸体。张大为感到不可思议地说道：“会不会是个变态？”

蔡康明冷静地说：“会不会是凶手早就盯上了死者肚子里的孩子，他想要孩子？”说到这里，张大为立刻安排人手第一时间在村里找刚分娩的婴儿。

他们心想：一个哇哇啼哭的婴儿，需要吃奶，需要照顾，一定会引起周围人的注意。

侦查员挨家挨户入户走访，把有新出生婴儿的家庭都调查了一遍，又把村里废弃的房子、水井附近的民宅之类的只要有可能藏孩子的地方都搜查了一遍，一无所获。

自相矛盾的线索

孩子找不到，侦查员们的关注点又集中到现场情况和死者身上。

死者被发现时全身赤裸，只裹着一条床单。

一般情况下，像这种从现场发现的证物都是非常重要的，因为它很可能透露凶手的信息。

蔡康明认真看了看床单，但是他发现，这是一条再普通不过的老粗布床单，白底，左右两侧有两组红蓝相间的条纹，上面血迹斑斑。

在农村，家家户户都有这样的床单。这种床单大多是一些村民用家里的织布机织的，然后拿到集市上去卖，在市场上流通，但由于花样差不多，上面又没有商标或者其他什么明显特征，所以找不到任何能表明死者或者凶手身份的东西。

蔡康明非常失望地放下床单，将视线集中在死者身上。

从凶手半夜划脸的行为来看，应该是熟人作案，必须了解死者的情况。

抛尸水井位于太溪村。太溪村坐落在中原地区太行山脉连绵起伏的山坳里，旁边还有个太白村，两个村子相邻。

死者是当地村民吗？

经过调查发现，太溪村和太白村近期并没有失踪妇女。把调查范围扩大后，终于比对上了离这两个村子 30 多里地的 A 县一户刚报失踪的人家。丈夫来认尸后，确认了死者的身份。当知道孩子被活着剖出来时，丈夫抱头痛哭。

死者为什么来太溪村？丈夫说，都怪自己。

死者叫马英，21 岁，已婚。娘家是旁边太白村的，她平时和丈夫住在县里。在丈夫和亲戚朋友眼中，马英是个再普通不过的家庭妇女，丈夫鲁平是县城橡胶厂的工人。马英怀孕前打点儿零工，怀孕后就安心在家等候生产。鲁平和马英是相亲认识的，结婚后，鲁平对马英非常好，特别是怀孕后，鲁平就没再让马英干过家务活。

但怀孕后，可能受激素影响，马英脾气越来越大。两周前，鲁平早起做好早饭，等马英起床后，两人一起吃完，鲁平收拾完碗筷，准备上班。突然，马英拉着他不让他走，非让他上午请假陪自己。她还说，前几天去接鲁平下班时，在厂门口看见他和厂里其他女工说说笑笑。鲁平说马英就是闲的，没事找事。两人为此大吵一架。马英气得收拾东西要回娘家。

鲁平当时也很生气，平时，马英一生气就威胁他要回娘家。他以为这次她还是在说狠话，就冲着马英喊道："回就回，有本事回去就别再回来！"

说完，鲁平气冲冲地上班去了。

等他晚上回来一看，马英真的不在家，贴身衣物也带走了一些。鲁平知道她真的回娘家了。

鲁平说自己气坏了。他想不明白，他对马英这么好，马英有什么好生气的，而且已经怀孕 8 个月了，竟然对自己这么不负责任，挺着大肚子就走了。

鲁平当时想，爱去哪里去哪里，不能总这样惯着她，不理她的话，说不定过几天自己想明白了，就回来了。

谁知，这一去，就是一个星期。鲁平有点儿着急了，买了点儿烧鸡和酒，周末迫不及待地到太白村老丈人家，想接马英回来。到家里一问，马英压根儿没有回来过。这下鲁平慌了，赶快回县里报警。

过了几天，他接到公安局电话，就急忙赶来认尸了。

这说明死者是两周前失踪的，结合现场情况来看：

1. 抛尸的水井位于太溪村村边，水井附近没有找到可疑的痕迹。

2. 死者舌骨断裂，推测是被扼颈或者掐颈导致窒息死亡。

3. 尸体全身赤裸，裹了一条白底、左右两侧各有红蓝相间条纹的粗布床单。

4. 死者腹部被划开，刀口有明显的生活反应，腹中胎儿被活着取出。

5. 根据尸体腐烂的程度，推测遇害时间为两周左右。死者胃里有未消化的食物残渣，是绿豆芽，说明死者进食后 2 ~ 3 个小时内就被杀害了。

“马英回娘家那天早上吃的是什么？”张大为问道。

鲁平想了想：“好像是我炒了点儿绿豆芽，她当时还很生气，说不喜欢吃豆芽。”

这和死者胃部的食物对上了，说明死者就是离家后没多久，大概在当天上午 9 点至 11 点这个时间段遇害的。

看到这个结果，蔡康明很疑惑。

之前，大家一直认为是有预谋杀人，因为凶手回到案发现场去划脸，明明就是为了隐藏死者的身份，说明凶手和死者可能有比较直接、密切的联系，而且凶手作案很可能是为了马英肚子里的孩子，那么这就应该是有预谋犯罪。但如果是有预谋杀人，作案时间怎么会选在大白天上午 9 点至 11 点？这个杀人时间很特殊，这个时间段不是罪犯预谋杀人的理想时间。而且马英吵架回娘家这个行为是一时兴起的，这样看来，又不像有预谋犯罪，凶手有可能是临时起意。

这个案子呈现出的这两点是矛盾的。

有人提出："会不会是凶手早就盯上马英，一直尾随马英，终于找到机会，虽然不是最佳作案时间，但还是动手了？"

确实无法排除这种可能。

情况不明朗，凶手是蓄谋已久还是临时起意，这个没法确定，但是熟人作案应该是比较确定的。

所以，专案组的工作重点还是调查马英的人际关系。

那么，马英的娘家在太白村，她为什么会去太溪村呢？

鲁平说，马英有个好姐妹住在太溪村，叫沈红。以前过年回娘家的时候，马英会去找她玩。

侦查员立刻询问了沈红，但沈红说，她知道马英怀孕了，自从她怀孕后，她俩就没见过，主要是离得远，马英挺着肚子不方便。而且沈红家里的人都能证明，马英最近没来过。

侦查员进而猜测，马英有可能是在找沈红的路上遇害的，也有可能不是去找沈红，而是去找别人，那么这条线索又断了。

专案组又围绕马英、鲁平，包括马英的七大姑八大姨在内，把相关的人全都问了个遍：有没有得罪什么人？家里人有没有得罪什么人？会不会是马英和鲁平祖上得罪过什么人？马英有没有恋人，或者有没有人一直暗恋马英？警方恨不得往上问三代，都快问到民国时期的什么姑姨太的风流韵事了，掘地三尺也没有找出个嫌疑人来。

两家人背景简单、干净，家里几代人就是地地道道的农民，没有得罪过什么人。马英到县里后，和鲁平两人安安稳稳地过日子。两口子吵架拌嘴再正常不过，鲁平对马英确实是一心一意的。

根本没有可疑对象。不应该啊！警方被搞糊涂了。

会不会是马英离开家后，在太溪村遇到了某个熟人，看到了不应该看到的事情，凶手为了灭口，激情杀人？

但是，据马英的丈夫讲，在太溪村，马英唯一认识的人就是沈红，沈红周围的很多邻居证明，马英失踪的那天上午，沈红在家，而且没人见到马英。

而且，如果是这种情况，凶手也不应该剖孩子啊！马英听到或者看到不该听的、不该看的，这和她肚子里的孩子也没关系啊。罪犯何必费劲去活剖孩子呢！

这个案子十分奇怪，有线索，但是根据线索得出的推断竟然都不正确。

一星期过去了，案子连侦查方向都没有。

马英回娘家的路上到底遇到了什么？

“康明，这次咱们可能真是遇见变态了。”张大为一脸坚定地说道。

“怎么说？”

“咱们都查成这样了，怎么什么也查不出来呢？要有点儿什么可疑的，早该发现了啊。”张大为郁闷不已。

“肯定是咱们遗漏了什么。”蔡康明一遍一遍地翻着案卷。

张大为把面前的案卷往前一推，说道：“这些东西咱们看了也没用，肯定是变态干的。村里这么多人，白天看着都正常，晚上关起门，谁知道谁是变态。我们到哪儿找去？！”

“是啊，之前唐仲伯的案件也是找不到动机，但现场线索很明确。

“但是这个案子，你说是熟人有预谋杀人吧，死者背景干净，没有仇人，而且作案时间点不大对。你说是路上遇到什么事情，激情杀人吧，那也不应该把孩子剖出来啊，而且到现在也不知道孩子的情况。还有，凶手为什么要去划花死者的脸呢？”蔡康明纳闷地说。

在这个案子面前，好像所有的推理都失灵了！

那几天，蔡康明和张大为把案情从头梳理了一遍又一遍，他们没事就回到案发现场，围着水井一圈又一圈地走，苦思冥想。

即使这样，他们也无法排解郁闷的心情。

蔡康明后来说，估计当时不明情况的村民肯定以为是哪里来的疯子，大晚上不睡觉，夜里围着水井不停转圈。

蔡康明说过，侦查员不怕干工作，就怕没工作干。案子迟迟没有进展，局里开始催了。

还有别的案子压着，蔡康明和张大为不能为了这一个疑难案件一直留在这里原地打转。

马英和腹中的孩子无辜惨死，只剩下鲁平一个人形单影只地活在世上。看着本来幸福安稳的三口之家突然遭受无妄之灾，蔡康明不甘心。

他知道如果就这样走了，这个案子就放下来了，除非再有重大发现，重新启动，否则很难再召集这么多侦查员扑在这个案子上。

一条生命消逝得悄无声息，可怜的孩子估计也凶多吉少，而杀人凶手却逍遥法外。不公平！

他还是想再等等，虽然他自己也不知道等什么，他知道答案一定就在眼前这些线索中，只是自己还没有找到。

到底是什么呢？

意想不到的线索

这时，干完法医工作，这几天来都到处转悠、无所事事的老苗突然找到正关在小屋里像疯了一样、一遍遍翻阅案卷的蔡康明和张大为，说："我发现个问题，不知道对不对。"

"有话就说，不说就走，都什么节骨眼了，还卖关子！"张大为生气地说。

老苗说道："你们是侦查员，我是法医，我又不负责破案，所以我一直没说。看你们实在没办法了，我才提出来，可以讨论讨论。"

"都这时候了，只管说，什么都行！"蔡康明焦急地说。

"你们注意裹尸体的粗布床单了吗？"老苗问道。

"一开始就注意了！我认真看过，没什么特别啊。"蔡康明答道。

"我发现这个粗布床单织错了。"

"织错了？"

发现尸体的时候，蔡康明就认真看过这块裹尸布，此刻，他又拿起来仔细看了看，还是没发现什么特别之处。

"怎么错了？"蔡康明问道。

"你看，这块布，左边有5道条纹，右边有6道条纹，不对称。"

"啥？还真是！"蔡康明和张大为拿起布认真地数了数。

果然，和老苗说的一样，两边的条纹确实不对称，但是不明显，被血污弄脏后，更难发现了。老苗不说，蔡康明根本没注意到。

"可是这能说明什么呢？"蔡康明问道。

老苗非常有把握地说道："织布这事，我知道，我之前跟你们说过，我是从小看我母亲织布长大的。织布要起头，起头起错了，那么这一大张布都是错的。这个床单就是。你们看，它起头的这个线就排错了，左边起了5条，右边起了6条，这两边不对称。估计是织布的人在排线的时候没发现自己排错了，等织了开头，发现线排错了，已经改不了了，只能继续织下去。所以，这就成了一块废布。”

“嗯，可是这和凶手有啥关系呢？”蔡康明和张大为瞪大眼睛听着。

“一张布，一般一开始织就是一大块，绝对不会只有裹尸布这么小。”

蔡康明和张大为认真地听着，完全就像哥伦布发现了新大陆，因为不懂织布，所以他们根本没想到这上面去。

老苗接着说：“虽然乍一看，看不出来是废布，可能让你们看，你们也不觉得是废布，但那是因为你们不会织布，不懂。农村会织布的人一看就知道，这是废布。买家大多数都懂，买布的时候肯定会仔细挑选，这种布肯定没人买，所以这块布肯定不会在市场上流通。”老苗狡黠地笑了。

接着，他好像想起什么似的，突然补充道：“当然，我说的是一般情况，要是真有人脑子坏掉了，买废布，那就当我没说！”这种时刻，老苗都不忘给自己留个台阶下。

“那么，你们好好想想，凶手怎么会有这块布呢？”老苗突然发问。

张大为看着老苗，因为是完全没有接触过的领域，他还没有反应过来。

“那很可能是他，或者他家人织的。因为卖不出去，只能自己用，或者送人。”老苗说完，长长地吐了一口烟，身体往椅背上一靠，一副很笃定的样子。

“可是凶手的这块布已经包尸体了，家里可能没有了。”张大为还是没反应过来。

“那块布太大了，这只是一小块，凶手或者凶手认识的人一定还有剩下的布！我们只要找到谁还有这样的布，就找到了和凶手有联系的人。”蔡康明两眼冒光，豁然开朗。

张大为也明白了，激动地说道：“老苗，你真厉害啊！这布里竟然有这么多道道！我们哪里懂这个啊！”

当人们不了解一个事情的时候，就算这个事情放在面前，他们也还是看不到。

负责这个案子的侦破人员如果不懂织布，是绝对想不到这个问题的。但是，如果不在农村生活，又有几个人能懂得织布呢？

老苗悠闲地接过张大为递上的烟，夹在耳后，说道：“土经验！土经验！”

蔡康明痛快地承认：“老苗，这次真服了你了！”

世事就是这么有趣，被他们嫌弃的老苗，此刻成了“香饽饽”。生活不要求你有多么优秀，重要的是你的才能是否正好顺应你所处的环境和时代，你的特长是否正好符合工作的需求。

顺其自然，一切都将是最好的安排！案子峰回路转，柳暗花明。

孩子到底去哪儿了

接下来，侦查员们要做的，是找到谁家有相同的布料。

当时，蔡康明担心，如果挨家挨户进屋搜查，嫌疑人发现警方在找布料，把布料销毁或者藏匿，那就彻底找不到了。

怎么能在不惊动罪犯的情况下找到布？

老苗还提供了一点儿信息：“在农村，这种废布料一般会自己家留着用来做床单。”

当时正值夏季，酷暑难耐，在那个年代的农村，村民们晚上睡觉，有时候直接就在屋外打地铺。农民是很有智慧的，虽然粗布床单本身睡起来就很凉快，但为了防止夏天的湿气伤了身体，得风湿之类的病症，村民们打地铺时会尽可能地多铺几层，最下面铺凉席，上面再铺一层或几层粗布床单，这种铺法又凉快又不会进暑湿。

蔡康明找来村主任，让村主任跟乡亲们说，村里来了流窜犯，为了保证大家的安全，要求每家每户晚上到村口的一个广场上，集中打地铺睡觉。

夜里，趁乡亲们睡着了，侦查员们拿着手电筒，在广场上，蹑手蹑脚地，一张一张床单地悄悄进行比对。

真的找到了！

一家三口正躺在和裹尸布一模一样的布料上睡得香甜。

当时侦查员们并没有惊动这家人，而是先从侧面了解情况。

和警方推测的不同，这家人和马英家一点儿交集也没有，素不相识。这块布是这家的女主人织的。据她自己讲，她当时已经织了开头，发现织错了，想着自己用吧，就把布织完了。织完后，她把布分成了三块，一块给了父母，一块给了亲哥张民，一块留着自己家用了。

当时侦查员们分析，有条件实施杀人剖腹的，一般要有独立的空间和独处的时间。

最近一段时间，张民一直一个人住。张民的老婆回娘家了，走了很长时间了。

张民的嫌疑增加了。

和马英素不相识，还能干出这种事的人，会不会精神有问题？

为了防止抓捕时出现意外，在实施抓捕前，他们对张民这个人进行了调查。

调查结果和警方想的又不同，张民家里没有精神病人，也没有家族精神病史，张民绝对没有精神病。这个人就是个老实巴交的农民，在人们眼里，他简直老实得过了头，背地里，大家都喊他“软蛋”。30多岁了，妹妹都有了孩子，他还没找到媳妇。他太老实了，平日里笨嘴拙舌的，不爱说话，唯唯诺诺。好不容易从外村讨了个媳妇，媳妇还三天两头回娘家，日子过得鸡飞狗跳，据说是因为两人生不出孩子。

警方一听是这种情况，突然觉得有了一丝希望。会不会是他们夫妻想要孩子，他就把马英的孩子剖出来，让他老婆偷偷带回娘家养去了？

这么一分析，警方立刻对张民实施了抓捕。抓捕过程中，张民老老实实的，没有丝毫抵抗，并对杀人剖腹之事供认不讳。警方在张民家里找到了马英的衣服，都被张民洗干净放起来了。

抓捕后，留有一丝希望的张大为赶快问张民：“孩子呢？”

张民低着头，不说话。

“问你话呢，快说，孩子呢？”张大为急得踹了张民一脚。

张民嘴里憋出了两个字：“吃了。”

“啥？”大家一听，都倒吸一口凉气。

“吃了？！为啥吃了？”

“我想治我的病啊！郎中跟我说，要想治好我的病，得吃个人……”

杀人动机

四个月前，张民的媳妇给张民下了最后通牒：“赶快去治好你那玩意儿，半年内，你要是治不好，咱俩就离婚。”说完，就像马英似的，张民的媳妇卷着铺盖卷，气呼呼地回娘家了。

原来，张民性功能有问题，那方面有障碍，不仅没法过正常的夫妻生活，生孩子更成问题。张民好不容易骗来的媳妇，眼看要飞了。

张民又苦恼，又着急，他听说县城里有一个老郎中，对治这种病很有一套。

张民到县城里找到了老郎中。

老郎中给他把了脉，开了药方。

临走时，他问老郎中，多久能见效，他很着急。

老郎中对他说："你这病比较严重，要是想快点儿见效，必须吃一个'全人身'。"

张民一想："人家都说，吃啥补啥。这老郎中说得对啊！吃身子肯定补身子啊！"

张民赶快问郎中："去哪里找'全人身'？"

他说："那'全人身'是你想找就能找到的？一般人根本找不到，就看你有没有决心了。"

从老郎中那里回家后，他每天满脑子里想的全是去哪里找"全人身"的事。

他想："去哪里找'全人身'呢？而且人那么大，怎么吃得下呢？老郎中说了，必须是'全人身'，说明全部吃下去才有效，这怎么办呢？"他百思不得其解。

那天，他正一个人坐在空荡荡的院子里，晒着太阳，想着"全人身"的事，马英就这么挺着肚子，气呼呼地从他家院子门前经过。

张民一看，"噔"的一下从凳子上跳起来。这不就是送上门来的"全人身"吗？大人吃不下，婴儿能吃得下啊！

他一把把马英拽进院子，掐晕了，把孩子剖出来，找了条家里的废床单，把马英的尸体一裹，趁着晚上没人看见，扔进井里了。

听到这样让人匪夷所思的动机，大家大吃一惊。是不是他在编故事糊弄大家啊？这人讲的时候像在讲天书，看他面无表情的样子，像是在说别人的事情。难道他从别人那里听说了尸体缺少胎儿的事，胡说八道呢？

看他这样痛快地承认，又讲出这样的动机，侦查员们反而拿不准了。

张大为赶快又问："后来你还干了什么？"

"后来我听村里人说，警察来了，我就趁晚上天黑，下到井里，把尸体的脸划了划。"

这下，确定无疑了。

张大为气得破口大骂："怪不得村里人都叫你'软蛋'，自己不行，就对最弱的人下手。你光想着你自己，就想着你有病，你想过你杀的那个孕妇多可怜吗？你光想着你媳妇走了，你想过人家的老婆孩子都被你害死了吗？"

"我的病很严重。那郎中说，我要想治好病，必须吃个人啊！可是吃了之后才知道，根本没有效果。早知道吃了没有效果，我绝不会干出这种事情啊！都怪那个郎中！"

竟然有人光天化日宣扬吃人治病！

看着眼前痛哭流涕的张民，蔡康明和张大为私下讨论："这人看上去精神很正常，就是个普普通通的农民，平时在村里也很老实。而且他和马英一家素不相识，如果不是受人蛊惑，他根本没有动机杀人剖腹。他说的或许是真的？"

如果有人在村里宣扬封建迷信，就像鲁迅先生文章里写的"人血馒头"那一套，那多么害人啊！这种人比张民更可怕，这将是个更严重的问题。

张大为非常气愤，立刻准备组织人对老郎中实施抓捕。

蔡康明却阻拦说："大为，先等等，只凭张民的口供怎么抓捕？如果他拒不承认，你怎么办？"

"对对，到时候没证据，反而拿他没办法。那怎么办？"张大为问道。

"咱们也装成患者，先去探探风。"接着，蔡康明若有所思地说道，"也许还有另外一种可能。我们先看看郎中怎么说。"

蔡康明和张大为立刻按照张民说的地址，找到了那个老郎中。这个老郎中不是正规医院的医生，是个江湖郎中，在家里坐诊。

他们进去之后，张大为扮成患者，装作有和张民同样的病情，找老郎中问病。

老郎中把了把脉说："没什么大问题，你这种情况应该是肾虚，开点儿药补补就行了。"

"老先生，我着急得很，您帮我想想办法，有没有什么特殊的药能让我快点儿好？"张大为装作很着急的样子说道。

老郎中说道："要想快点儿好，就得吃个'全人身'。"

蔡康明和张大为心里"噔"的一下，两人一对视，又是"全人身"！就等他说这个呢。

蔡康明赶快装作迷茫的样子，趁热打铁，继续问道："老先生，老先生，您给我这兄弟支支招，家里人逼得紧，着急要孩子，我们去哪里能找到'全人身'呢？"

老郎中故弄玄虚地说："那'全人身'多珍贵啊！那是你们想找就能找到的？一般人根本找不到！"

"那怎么办呢？我们有钱啊，我们能从您这里买吗？"张大为一边装作着急的样子，一边讨好地递上一支烟。

老郎中一挥手，说道："我这里也买不到。"

"那怎么办呢？老先生，您给我们指条路，要不，我去杀个人？"蔡康明看老郎中一直在兜圈子，索性突然挑明了。他们认真地观察着老郎中的反应。

老郎中先是一愣，好像没听明白似的反应了一下，然后一脸惊恐地说："你在说什么啊？杀什么人啊，你们有毛病吧！为什么要杀人啊？山上才有人参啊！去山里找啊！是地里长的人参！你们连这都不知道吗？！"

原来，他跟张民说的是长在山里极其珍贵的全须的"全人参"。

张大为刚想泄气，但蔡康明紧追不放，他看这郎中情绪激动，不知是真是假，心想，莫非是他故意引导？蔡康明继续追问道："我之前咋没听说过吃个人参就能治好生不出孩子的病？"

老郎中轻蔑地说道："那你们肯定不知道，自古相传，一个人病重将要断气之时，如果喂他几口浓浓的全人参熬制的参汤，就能多活个一时三刻。你们看看，这人参连死人都能救回来，难道还治不好你这病？"

蔡康明和张大为一对视，叹了口气，果然是江湖郎中。中医治病讲究"辨证"，可他根据道听途说就草率开了药方。看来，确实是张民理解错了。

回去的路上，张大为气得直骂张民："这张民真是个傻子，咋会把人参当'人身'呢？多亏你拦着我没有抓捕这人，要是抓回去一问，发现原来是这么回事，咱们都跟着丢人！"

蔡康明说道："要不我当时怎么拦着你呢，咱们不能用正常人的思维去想这个人啊！"

张大为恍然大悟："你之前就想到是吃的人参了？怪不得你说还

有别的可能，原来是这意思，你怎么不早说？”

“如果那时候说了，咱们探风的时候，你带着主观的认识了，还能装得这么像吗？而且对他进行调查，咱们肯定要做得不留隐患。早说晚说没区别。现在看来，虽然老郎中医术不怎样，但确实是没问题的。”蔡康明道。

“真行，你个蔡康明，为了破案，无所不用其极，把我都给蒙在鼓里。”张大为不忿地说道。

蔡康明笑而不语，他知道张大为肯定理解他。果然，没过一会儿，不快的心情烟消云散，张大为又凑上来问蔡康明：“说真的，康明，你说怎么会有张民这样的人呢？他不懂，为什么不能再问一句呢？”

蔡康明叹了口气，说道：“这就是人的思维的局限性。因为他不知道人参，所以他从没意识到自己想错了，就如同我们不懂得织布，我们也永远想不到这块布会有问题。这是一个道理。”

蔡康明补充道：“人的认识分为四种，第一种是我们知道自己知道某件事情，第二种是我们不知道自己知道某件事情，第三种是我们知道自己不知道某件事情，第四种是我们不知道自己不知道的事情。前三种都好改变，最难的就是第四种，只能通过学习来改变，否则我们根本意识不到。”

“好吧，我已经被你绕晕了。”张大为说道。

事后，关于划脸的事情，大家还是想不通，又问张民：“你又不认识人家，你事后又跑去把人家脸划花干什么？”

张民茫然地说：“我听说警察来了，我很害怕，我怕警察知道死的是谁！”

“你认识死者吗？”警察问道。

张民摇摇头。

张民都不认识死者，警察找到死者和他又有什么关系呢？

张民这个人思维混乱、愚昧无知，却又胆大包天、不计后果。不管警察对他说什么，张民好像没有丝毫感觉，只是眼神空洞茫然地看着警方，简直是对牛弹琴。

在张民的带领下，警察在他家院子树下挖出了吃剩下的孩子的头、骨头和一些腐烂的内脏。张民的老婆回来收拾了东西，头也不回地走了。

老苗后来把人参的事情和杀人的严重性给张民解释了，张民抱着头，呜呜地哭了，说那个时候一门心思只想着自己有很严重的病，一定要治好，不能让媳妇走了，别的什么都想不到了。

同是在农村长大的老苗感慨万千，对蔡康明说："如果不是我母亲含辛茹苦地织布卖布供我上学，坚持让我读书、学知识，也许我现在也和张民一样，脑子空空的，不知道人参是什么。"

可怜的马英一家，猝不及防地遇到了这样的无妄之灾。鲁平说，他真后悔和马英吵架，更让他自责的是，最后一句对马英说的话竟然是："有本事就别回来。"马英真的没有再回来。本以为只是一次再平常不过的吵架，竟成了永别。

怎么会这么倒霉呢？能不能避免呢？不知道，谁也左右不了。

这就是每个人不同的人生。生命脆弱得出乎我们的想象，我们不知道下一秒会遇到什么，不知道我们哪一天会死亡。

愚昧害人

老蔡说，当刑警时间长了就会知道，大千世界，无奇不有。

其实，罪犯有匪夷所思的作案动机而且"不按套路出牌"的案件是最难侦破的。侦查员按正常逻辑去分析是没用的，可他们并不知道常规思路行不通，因为他们根本不知道当时遇到的到底是什么样的对手。

所以，破案的过程也是一个不断打破自己的思维壁垒，大胆推测、小心求证的学习过程。

在本案中，凶手张民虽然智商不高，甚至十分愚昧，但是阴错阳差地办了一件极其难侦破的高难度案件。如果不是张民用家里的废床单包裹了尸体，如果不是专案组成员老苗正好懂得织布技术，有农村生活经验，那么要侦破这个案件，就可能要等上十几年，甚至几十年，直到能够使用现在成熟的 DNA 技术。

而且，当时在现场，侦查员们并未采集到张民的 DNA。就算当时采集到了，如果张民不再犯案，没有再次采集到他的 DNA 检测样本，这个案子就不知何时才能重见天日了。

这个案子之后，蔡康明开始对刑侦工作有了更深的认识。

他说，很多东西不是在书本上能学到的，而是在生活中通过经历各种事情习得的。所以，侦查员要去认真感受生活，体悟人生，不断打破思维壁垒。生活会给你带来大智慧，会在破案时给你带来源源不断的灵感。

好的侦查员，一定是有丰富生活阅历和经验感悟的。一个缺少生活实践、高高在上、脱离群众、只会死读书本的侦查员，一定是个“绣花枕头”，中看不中用。

从此，他开始喜欢跟着老苗往农村钻。他说，在农村，有大愚昧，更有大智慧。

蒙羞的家族

多疑

人们总是会相信自己愿意相信的事情。

常理中，真相永远只有一个，但奇怪之处就在于，

很多时候人心掺杂其中，真相仿佛就并非必须，

而只是一种选择。

我从小不喜欢警察这个职业。

警察太忙了，忙得只有工作，没有生活。案件一个接一个，他们日复一日、年复一年地忙活着别人的事情。

我不能理解。

有些职业是有一技之长的，比如医生、老师。有了自己的专业，退休还能发挥余热、充实生活。

刑警的专业就是破案。退了休，还有什么用？一个人能破案吗？肯定不能，所以退休后只剩下落寞。

老蔡退休后就不适应平淡正常的家庭生活。他变成了在菜市场虚张声势地讨价还价、其实根本不懂菜品、傻傻“被宰”的倔强大爷；变成了闯红灯、挤公交不谦让、带着“老年公交卡”倚老卖老、说话强硬的不讲理的老头。

人们不知道，这是他们独有的职业病。长期以来高强度、快节奏的工作使他们闲不住，长期面对罪犯所养成的强硬态度也不知不觉地带到了日常生活中。

曾经的英雄变成了普通得不能再普通的、不受人待见的小老头，还要重新学习好好说话。

老蔡说，工作的时候不觉得，退休了才有落差。我顺势问老蔡：“这辈子干刑警，选择这个职业，后悔吗？”

奇怪的凶案现场

20世纪80年代初，全国掀起“全民经商”热潮，国家提出“实行国家、集体、个人一起上的方针”。

在这种浪潮下，X市C县有一个老先生，叫方建儒，快70岁了。他在当地很有名望，是新中国成立前参加工作的老干部，14岁参加革命，解放战争时还当过交通员，为解放军传递过情报。新中国成立后，他在县法院工作。

他的家族很大，有六七十口人。方建儒弟兄五个，他是老大，是家族的“领头羊”。单是方建儒，就生了六个孩子。最有出息的是大儿子方永军，40多岁，是省化工厅的一个副处长。三儿子方建军在县政府工作。小女儿方兰在学校当老师。其他几个孩子，有的在工厂工作，有的在铁路系统工作，都不用他操心。

方建儒家里并不缺钱，他退休后响应国家号召，把自己家的大院子一分两半，在前院建了一个家庭式的小作坊，专门做包装盒。后院由自己和未出嫁的小女儿方兰住着。

他雇了两个女工在前院的小作坊，都是年纪轻轻、十八九岁的小姑娘。这两个女孩在他家的作坊干活，一个白班，一个夜班，一星期轮换一次。包吃，想住下休息的话也提供住处，主要工作就是糊纸盒。

就这样，小作坊开工了大半年，生意还不错。

直到11月23日，一个深秋的夜晚，睡梦中的方兰被前院的声音吵醒，当她想仔细听时，前院又安静下来。深秋的夜晚已经很冷了，她没起床，翻翻身继续睡了。

第二天早上起来，方兰没见着老爷子，但看到连接后院和前院作坊的门是开着的。她估计老爷子是去作坊了，就去前院作坊里找父亲。这个作坊也就是两间屋子，一间仓库，一间工作房。仓库比较大，用来放置女工的私人物品和做好的成品；平时做工，就在工作房。工作房里有一个小床，女工累了，可以在上面躺躺。这两个屋的门一般都是不锁的。

方兰看见工作房的门虚掩着，推门进去。

结果，眼前的一幕把她吓坏了。

方建儒压在夜班女工王慧芳的身上，他们身上、地上有大片的血迹，两人均已死亡。

方兰没敢再看，赶快出门报警。

当地的警察很快赶到现场，进行现场勘查。

工作房是中心现场。一进入工作房，右手边是一排靠着墙的架子，架子上放着半成品，左手边有个小床，房子中间是一个工作台，上面放着刷子、胶水。

方建儒和王慧芳双双倒在小床与工作台中间的地上，离小床很近。床上的床单是凌乱的，能看出在床上有活动迹象，可能是打斗的痕迹。

王慧芳仰面躺在地上，上衣有被扯拽的痕迹，领口被拽破，胸口露出一大半，露出贴身穿的红色胸罩。

方建儒上身没穿衣服，赤裸着，面对着王慧芳，倒在其身上，头压在王慧芳的胸部，看上去像是抱着王慧芳。

方建儒身上盖着一件他平时穿的黑色外衣，裤腰带没系，松散着，裤子脱落到臀部附近，内裤露了出来。

王慧芳胸部、腹部有 7 处刺伤，方建儒胸口有 4 处刺伤。经检验，死因就是胸部和腹部动脉被刺破。

凶器是一把沾满血迹的大剪刀，掉落在尸体旁边，剪刀上有混乱的指纹。方兰证实，这个剪刀是工作房里的，平时就放在工作台上。

现场有搏斗的痕迹，剪刀上提取不到有用的指纹。

工作房的地面是水泥地面，地上有血迹，但提取不到血指纹和血脚印。

工作房里架子上没丢任何东西，库房没锁，库房里也没有丢失东西。

法医对女工王慧芳进行尸检，发现王慧芳死前没有遭到性侵，处女膜有陈旧性破损，说明在此之前，她已经有过性行为了。

经现场勘验，这个院子的出入口只有一个，就是作坊所在的前院的大门，家里人平时到后院去，都要经过前院的作坊。方兰告诉警察，她昨夜 8 点多睡觉前把门闩插上了。深夜她听见了前院有声音，但她早上出门报警的时候，没有发现异常，门闩插得好好的。当天夜里，只有女工王慧芳、方建儒和方兰他们三人在家。

方家的房子很高大，院墙也很高，有 3 米多高。当地警方围着院墙找了一圈，墙里墙外的墙脚下都没有遗留垫脚石，地上也没有因翻越围墙而掉落的碎石块，墙面上没有发现攀登的痕迹。

面对这样的案发现场，当地警方很疑惑，一个老头，衣冠不整地倒在女孩子身上，双双死亡，现场找不到第三人进入现场的进出口。

这是什么情况？

会不会是老爷子想去强奸女工，女工不从，两人发生争执？打架时，一人拿起剪刀刺向另一方，双方争夺剪刀，互刺导致双双死亡？

或者，现场有第三人，老爷子和女孩偷情的时候，正好被女孩的男朋友或者追求者看见，一气之下，激情杀人，把他们双双刺死了？

或者是其他什么情况……

当地警方工作了三天，这个案子还是没有头绪。

第一是确定不了这个案件的性质。第二是确定不了是否有第三人进入。

到底是熟人作案，还是外人作案？是什么性质的案件？下一步的侦查方向在哪儿？侦查范围是多大？……

因为这个案件影响比较大，又是疑难案件，案发第四天，老文亲自上阵，带着蔡康明、张大为，还有几个侦查员到了现场，和县局的人一起成立了专案组，接手案件。

老蔡说，这个案子，他们一到现场，就从当地警方那里感受到了畏难情绪。大家都不想沾这个案子，一是因为现场很奇怪，都觉得案子不好破；二是听说死者家属有自己的想法，非常不配合。

方家老宅出事后，小女儿方兰搬了出来，和从省城赶回来的大儿子方永军暂住在方建军家里。

蔡康明和张大为刚走到方建军家门口，明显感受到方家的冷清和压抑。房子所处的位置不偏僻，可是门口很久都没人经过，周围邻居都绕道而行，偶尔有一两个路过的，也指着他家窃窃私语，随手把垃圾扔在他家门前。

这可能就是所谓的“破窗效应”。他家的“丰碑”倒了，好像这家的“魂”被抓走了一样，什么人都能来“踩”两脚。

方建军的丈母娘为蔡康明和张大为开了门，他们坐在堂屋里等了半天才见到方建儒的大儿子方永军从外面回来。方永军见到他们先是一愣，然后点头示意了一下。

张大为刚想迎上去，方永军摆摆手说道："我不了解情况，有什么你们问我小妹吧。"说罢，扭头进屋去了。

又等了一会儿，方兰出来，见到他们开口就问："你们就是市局专门派来的？我父亲的案子有进展吗？"

看着方兰期盼的样子，蔡康明觉得有点儿说不出口，但还是硬着头皮解释道："我们来，就是想再了解下情况。"

听蔡康明这么一说，方兰眼神随即黯淡下来，说道："非常抱歉，大哥、三哥心情都不好，不能来配合调查。"

张大为刚准备劝说，方兰直接打断他，根本不想让对话再进行下去，直截了当地说道："父亲已经去世了，案子破不破，都不能改变他去世的结果，我们家里人都很悲痛，不希望被打扰。相关情况，我之前已经和你们说过了，没有什么可说的了。请回吧。"

蔡康明和张大为被堵得无话可说。哪有这样的家属？父亲死了，不着急破案，竟然是这种态度。

张大为看着蔡康明说道："难道是熟人作案？他家自己人有问题？"

蔡康明沉思了片刻："也许是他们害怕面对真相吧。"

老爷子有另一面

早在几个月前，对于父亲在家里办作坊这件事，家里人都很反对。作坊开办一个多月的时候，大儿子方永军专门回家劝父亲："爸，我妈走得早，这几年，小妹也要出嫁，她一走，家里就剩您一个人了。您干了一辈子革命了，好不容易退休了，跟我去省城享清福多好！现在又开作坊，咱家又不缺这点儿钱！”

老爷子倔得很，腰杆一挺，说：“你们都别管我，这是国家号召的，我要积极拥护国家政策！我干了一辈子革命，我要干到我动不了为止。”

“爸，这我都知道，但您没做过生意，不知道这里面有多少事要操心，有时候还得低头哈腰地求人。再加上雇两个小姑娘在家里，都年纪轻轻的，不是安分守己的岁数，再惹出什么事情来怎么办？咱们日子过得好好的，别没事找事了！”

方建儒说道：“都是小姑娘，又不是男孩，调皮捣蛋的，能惹出什么事来？这俩小姑娘家庭条件都不好，穷人的孩子早当家啊，年纪小小的就出来找活儿干。其中一个叫王慧芳的小姑娘特别可怜，父亲死得早，母亲改嫁了，从小跟着爷爷长大，家里还有一个妹妹在上学。现在爷爷奶奶也老了，她想出来打工赚点儿钱，赶快养家。另一个叫李丽，条件比这个好一点儿，但家里也是一大家子，也是有弟妹要养活，也是可怜的孩子。”

“确实可怜，女孩子结了婚，就稳定了。”方永军被方建儒说动了。

“是，以后帮她们在县城找对象，赶快安定下来，她们就能在厂里长久干下去。这俩小姑娘又踏实又勤快，我看都不是街上瞎跑瞎玩的那种女孩，都老老实实的。这样的好孩子，咱能帮一下就帮一下。”

孝顺，孝顺，不仅要孝，更要顺。

儿子看父亲这么坚决，不再强求。

之后，方建儒还多次跟儿子提起这两个女工，说李丽已经找到男朋友了，王慧芳还没找到。小女孩人很好，在当地有几个男孩喜欢她，但她都看不上，让儿子帮忙在省城找个条件好一点儿的。

大家相处得很愉快，就像一家人。

就在方家人慢慢接受了老爷子开作坊这件事时，发生了命案。本来方家在当地是受人尊重的家族，很快情况就天翻地覆。

60 多岁“老革命”死在年轻女工身上的消息不胫而走，这事简直就是重磅炸弹。

王慧芳的亲人找上门讨要说法。

李丽的男朋友带着李丽赶快来方家收拾行李，说不想在这里干了，要回老家。

街坊邻居议论纷纷。

有的人说：“知人知面不知心啊，看着是响应国家号召开作坊，其实是想找年轻女孩啊！”

还有的人说：“原来是个老不正经的，看他老伴死了好多年了，还没等孩子都离开家独立生活呢，就着急了，干出这种事！”

大哥方永军听到消息，悲痛万分，马上从省里赶了回来，立刻召集家族六七十口人，准备到当地公安局，要求当地公安抓住凶手，还老爷子一个清白，给方家一个交代。

这时候，方永军的亲弟弟，也就是老爷子的第三个儿子方建军拦住了大哥。方建军就在当地政府工作，对当时案件的进展和周围的情况了解得比较全面。

他悄悄地对大哥说：“你就能保证，真的那么了解父亲吗？也许父亲有他不为人知的一面，只是我们当儿子的不知道。”

方永军当时一听，心里不禁一颤。

方永军看着方建军，生气地说：“你……你怎么这么说？”

方建军说：“小妹跟我说了，早上她起床的时候，咱家大门门闩插得好好的，没人动过。我亲自去看过现场，咱爸就倒在那女孩的身上，脸都埋在那女孩的胸上。我在公安里的朋友也和我说了，他们把咱家围墙也检查了一遍，没有翻墙进入的痕迹。

“退一步说，就算有人进去杀人，咱爸怎么会没穿衣服，裤腰带都没系？最怕的是万一父亲和那女工真的有什么关系，被人撞上，因一时生气杀人灭口，警察把案子破了，事情捅出来，更丢人！咱爸已经死了，破不破案，咱爸也活不了了。”

“那你的意思是，咱们不管了？”方永军痛苦地继续说道，“可是爸为国家奉献了一辈子，为家操劳了一辈子，咱不能让咱爸这样不明不白地死啊！”

“谁没为国家奉献过？历史上，受委屈、受冤枉的人多了！不比咱爸严重？这都是命！人得认命。问题是，你得想想咱们这个家，想想咱们这些活着的人，咱们还要发展啊！哥！这事成了悬案，慢慢地大家就遗忘了。万一弄清楚，是咱爸的问题，这怎么办？这事就麻烦了，到时候就是板上钉钉。”方建军动之以情，晓之以理。

方永军突然想起父亲曾经多次在他面前夸赞这个死去的女工王慧芳，好像的确对王慧芳更偏爱一点儿。

他迟疑了。难道父亲真是一时糊涂，晚节不保？

方永军泪流满面，这对他来说是一种沉重的打击。在他心里，父亲为人高风亮节，一直是他的精神丰碑。他想不明白，为什么干了一辈子好事的父亲，最后落了个这样的结局，不明不白地死在一个女人身上？

就算是案子破了又能怎样？这件事怕是永远都说不清了。

如果是这样，他宁愿不知道真相，也不想看到父亲有“另外的一面”。

本来，他鼓足劲儿准备号召家里亲戚到当地公安局，要求警方尽快破案，这下他泄气了，认命了。

如果调查下去，情况真是这样，还不如像现在这样不清不楚的，甚至永远是个悬案更好。

在外人看来，方家人的想法不可理喻。我们都知道，家里出了命案，全家应该统一思想，全力配合警方才对，但当时的实际情况就是，方家一人一个想法，不配合调查。

其实，现实生活中从来都不缺方建军这种自以为是还能说会道的人，他们做事打着“小算盘”，“歪理邪说”一套一套的，乍一下把人唬得一愣，以为是“卓见”，其实经不起时间的考验。接触的时间长了，一琢磨才意识到，他们的一切做法都是从利益出发的，他们看的都是小处，说的都是私心，罔顾事实，误人误事。

方永军作为家里的顶梁柱，心里是非常矛盾的。虽然弟弟这边不配合侦查，想让这事稀里糊涂地快点儿过去，但他还是控制不住，想了解案件的进展，一直在多方面打听。

三天过去了，听说案子还没有任何进展，他很失望。后来他又听说市局专门派人来办案，本来燃起一丝希望，当他火急火燎地赶回家，看到市里派来调查案子的竟然是两个20多岁的“毛蛋孩”，他心灰意冷。

看来，这就是天意。

他远远看了一眼就进屋了，让妹妹方兰去接待他们，给他们大致说说情况就行了，并让方兰转达，家人们很悲痛，不希望再被打扰。

树欲静而风不止，案发已经四天，依旧没有进展。王慧芳的奶奶带着王慧芳的妹妹又来方家了。

案发后，她们积极配合警方调查。王慧芳死在方家，主要活动轨迹在方家，爷爷奶奶对自己长大的孙女不了解。小妹在上初中，她知道王慧芳曾有过男朋友，后来到方家后就分手了，其他的没听姐姐说过。所以，要想破案，主要还是需要方家配合。

上次来时，方家承诺她们，小姑娘是死在方家的，如果警察对案件不重视，一定带着她们一起去公安局，给警方施加压力，尽快破案。

这次来，她们是想再次联合方家，一起去公安局问问情况。

但方家态度大变，还准备给王家一笔安抚金，息事宁人。

王慧芳的妹妹不同意，她站在方家门口，哭着大喊大叫："杀人凶手，我才不要你们的钱，还我的姐姐！"

周围邻居都来看热闹，纷纷指责方家真是烂透了，家大业大的，不仅杀了人家辛辛苦苦养大的女孩，还欺负孤儿寡母的弱小家庭。

大家恨不得人人路过方家时都啐一口吐沫，七嘴八舌地议论道："你看看，这就是做贼心虚，要是清清白白的，他家肯定不会是这种态度。好戏在后面呢，等着慢慢看戏吧。"

一枚指纹

事情闹得沸沸扬扬。

蔡康明和张大为回来，把情况跟老文汇报了。老文一听方家的态度，不免也产生了怀疑。

难道方建儒和女工真有私情？

老文派张大为找到了在方家工作的另一个女工李丽，试图了解王慧芳和方建儒的情况。之前当地警方已经找她问过方家的情况了，没有收获。

这时，李丽和男朋友已经回了老家，准备结婚了。

李丽不知是不是受了方家的指示，没有提供太多王慧芳的个人信息，只说两人虽然都在方家工作，但一个白班，一个夜班，相互之间并不熟悉，没有发现方老爷子和王慧芳有什么特别之处，就是普通的老板和员工的关系。而且她告诉侦查员，自己已经不在方家工作了，马上就要结婚了，不希望再被打扰。

李丽也不配合。

老文听完汇报后，大手一挥，说："爱配合不配合，无论怎样，都要破案。谁也挡不住！"

下一步怎么办呢？

破案要大胆推测，小心求证。

老文说："我们就先以现场有第三个人来做工作。

"现在定不了现场到底有没有第三人。如果我们做了大量工作后，发现现场确实没有第三人，那嫌疑人已经死了，案子也就结案了。

"所以，首先还是要确定进出口，进出口定不了，很多东西都不好定。"

当地侦查员一听还要检查院墙，都不愿意干了，说道："找了好几遍了，我们就是因为找不到，才认为现场可能没有第三人。现在又要找，不是又回到原点了吗？净是白费工夫。3米多高的墙，一般人不借助外力不好爬，而且怎么会不留下脚印？同时，有些墙头的砖头也已经松动了，如果有人爬上去，砖头是会脱落的，但地上一点儿碎砖都没有。"

蔡康明直言不讳地说道："不一定！这是你们主观的看法。

“一般情况下，如果攀登正常的平整的围墙，脚能擦出印子。但方家的院墙是石头做的墙面，外面涂抹了一层水泥。时间长了，没有整修过，墙面上磕磕碰碰、破破烂烂的，有些地方凹凸不平。

“在这种情况下，如果罪犯身体素质好，找的爬墙的位置好，踩踏着缝隙，爬上3米多高的墙，既不留下脚印子，也不落下碎砖块，这不是没有可能。”

大家一听，蔡康明说得有道理，都跟着出来看他能不能有新发现。

墙高3米，一圈围墙有90米长，蔡康明溜着墙根走走停停地看，特别注意那些墙头砖头比较牢固的位置。

“确实没发现什么。”蔡康明说道。

大家一阵失望。

难道罪犯是搬梯子或者通过工具进入的？他遇到的其他案子中有这种情况。

但他随即否定了自己的猜想。这个案子不同，方家是独门独院，附近邻居离得远，梯子那么笨重，不好搬运。

“应该还是翻墙。”蔡康明心想。

“我爬上去看看。”蔡康明不放弃，又爬上了墙头，像走平衡木似的走在墙头上。有的砖块已经松动了，走在上面有一些危险，但他不管这些，一点儿一点儿地找起来。

大家看到他像小孩子一样走在墙头上，不理解地说道：“下面都找不到，上去就能找到？有什么区别？”

有一些人不抱希望地进屋去了。

蔡康明的办法是先找到罪犯翻越围墙的位置，确定位置后，再在这个位置上下来回地寻找可用的指纹或者痕迹。

走着走着，他突然发现有一个地方有划痕。

“这个地方是动过的！”蔡康明心里一亮。

这里有很重的物体从上面走过留下的划痕，猫或者其他动物过去的时候不可能留下，人翻过去的时候会留下。

“就是这个位置！”他开始在这个位置附近寻找。

站在3米高的院墙上，他先朝院内一看，在墙内对应的位置堆放着一大堆柴火，不好取证。

他把目光聚焦在墙外，从上往下，一点儿一点儿地找。突然，他发现在墙外有一个凸出一点儿的石块，上面有一点儿光滑的平面，平面上有手扣的痕迹，仔细看，是手指留下的一枚指纹。

这个指纹正好在一人多高的位置上，如果人站在地上，根本看不到，必须爬到墙头俯瞰才能看到。

这也是之前勘查现场的警察没有找到痕迹的原因，他们怕麻烦，没有再翻上来看看。

案子能不能破，有时候，差的就是这么一点儿。要实实在在地过去看看，不能凭着“以为”和“想象”。

蔡康明小心翼翼地把指纹提取了下来。

这下明确了，现场确实有第三个人，而且是徒手翻墙进入的，能够推测这个人的上肢力量很强。

消息很快传进了方家。

方家人刚一听到，先是一阵激动，但随即又冷静下来，不知到底是忧是喜。不过现在至少说明，不是强奸互搏这种最坏的情况。

那么罪犯进入的动机到底是什么？

肯定不是偷东西，因为家里什么都没少。

如果是杀人，案发现场在工作房，说明罪犯可能不是冲着方建儒去的。

如果是冲着方建儒去的，那么凶手会直接到方建儒的房间；就算方建儒恰巧在工作房，如果是因为和方建儒的私人恩怨，那凶手连带杀死女工的可能性虽然也有，但不大。相比之下，凶手更可能是冲着这个女工去的。

因为是个年轻女孩，有性侵的可能，后来可能是因为各种原因没有实施成功。而且他知道王慧芳那天晚上在这里上班。

侦查员们围绕王慧芳展开调查。比如：以前有谁追求过她？有没有谈恋爱分手的，是否有矛盾？家庭里有没有跟什么人员有过矛盾？王慧芳事发前有没有谈恋爱？现在是不是还有什么人追求她、骚扰她？

经调查，王慧芳之前确实有男朋友，到方家后，她就和男友分手了。王慧芳在这里很受欢迎，挺多人喜欢她，明确表示追求她的，就有两个。

一个是方家旁边开小卖部的老夫妻家的年轻男孩。另一个是王慧芳的老乡，在县里一个小餐馆打工。

调查到这么多信息，侦查员们很激动，大家认为，凶手一定就在这些人当中。

特别是小卖部的那个男孩，常年搬货，上肢力量强壮，侦查员们越看越觉得像。

他们把这些重点人员的指纹认真采集了一遍，带回来一一进行了比对。

结果都不是。

一号嫌疑人

大家很纳闷。

怎么会不是呢？

有人提出："会不会是指纹错了？"

这枚指纹，可以说明有人翻墙进入，但翻墙进入的人不一定是凶手。如果凶手翻墙而入，没有留下指纹，大家拿着不是凶手的指纹找凶手，当然找不到。

也许，凶手就在比对的这些人之中，是因为指纹误导了警方，所以没有找到凶手。

有这种可能。

还有人提出："难道凶手是针对方建儒的？我们的侦查方向搞错了？"

案子一到难关，大家就开始众说纷纭、不知所措。

老文说道："通过指纹，我们只能确定有人爬墙进去，确实不能确定爬墙了就一定杀人了。有人提出指纹有问题，但目前找不到这个人。无论怎样，这个人到底是谁呢？"

这时蔡康明提出了一个思路。

会不会是了解方家内部环境的人作案？

他在勘查现场的时候发现，罪犯翻越围墙的位置对应的墙内，正好堆放了一堆木柴，这给他取证带来了困难，却方便了罪犯翻越围墙。

能选择这么好的位置，会不会是罪犯对方家的情况很了解？难道是他运气好，正好挑选的位置好？

听蔡康明这么一说，老文点了点头，喊上张大为："走，还得去方家。"

老文亲自带着蔡康明和张大为去了方家。老文和方永军年纪差不多，可能是因为知道了现场确实有第三人，方永军主动接待了他们。

老文开门见山，说道：“方处长，我知道你们有顾虑，我们也很理解，你们家大业大，这件事情一旦传出去，确实影响不好。更何况，这是上一代的事情了，不能让这事影响下一代的名声。”

老文这么直接坦诚，方永军没想到。他一愣，说道：“是啊，老爷子死得不明不白，我们心里也难受，但这种事情怎么说得清，他怎么会没穿衣服倒在那女工身上呢？就算老爷子是清白的，有人信吗？案子破不破，木已成舟。”

老文说道：“如果是事实，我们就信。无论人们怎么想，事实就是事实，有就是有，没有就是没有。我们一定会破案的，事实终将大白于天下。只不过，有你们帮助，我们破得快一点儿；没你们支持，我们破得慢一点儿，但总有水落石出的一天。何况，现在情况还不明朗，万一老爷子是清白的呢？你们难道忍心看着他蒙受不白之冤？”

听到这里，方永军放在桌上的手微微一动，这细微的肢体语言被观察细致入微的老文看在眼里。

方永军想了想，又说道：“他是我爸啊，我比谁都心疼他！但是我不相信人性啊，我妈走了好几年了，我真是怕他一时糊涂啊！”

老文知道他快被说服了，又加了一把火，说道：“老兄，说句难听的话，是你糊涂啊！你想想，案子破获与否，是你能控制的吗？事实，是你能改变的吗？你不面对，能怎样？还不是一样稀里糊涂的，被人私下议论？你只能面对啊！”

方永军的脸一阵红一阵白，老文说到他心里去了。

方永军下了决心，说道：“嗯，你说得对，案子既然到这一步了，我们全力配合。”

成了。

老文让方家列了一张名单，把只要是他们所能想到的，来过作坊的，和方家认识的、有联系的人，全部都列了上去。

侦查员把这些人的指纹都采集了一遍。

老蔡拿着指纹，一一进行比对。

最终，比对成功，人找到了。

这个人叫陈辛。

陈辛是谁？

他是白班女工李丽的未婚夫，平时没有固定工作，在县里打打零工，仗着身体素质好，经常惹是生非。

他坚称，自己只见过王慧芳几面，根本不熟悉。至于墙面上的指纹，是李丽几天前上夜班，他翻墙进去和她约会时留下的。陈辛和李丽都没有单独的住处，所以他们会趁着李丽上夜班时约会。警方按照陈辛所言，到陈辛的住处了解情况，的确，他和另一个人合住。

李丽也承认，她上夜班时，陈辛会翻墙来找她。警察问陈辛为什么不走大门要翻墙，陈辛说，方老爷子不让男人在家里留宿，所以他晚上趁他们睡着了，偷偷翻墙进去，快天亮了再翻墙走。

后来，侦查员们又找李丽和方家核实情况，发现方老爷子确实有这样的规定，不能留宿外人。李丽承认，陈辛确实翻墙进来过几次，最近的一次是李丽上夜班的最后一天，也就是王慧芳被杀的4天前，11月19日晚上。

大家一听是这个情况，不由得犯嘀咕。会不会又定错人了？他都要和李丽结婚了，去找王慧芳干什么？而且他和方老爷子更是无冤无仇。如果是看到王慧芳和老爷子偷情，这和他有啥关系？陈辛缺乏作案动机，而且有一套很合理的解释。

难道真有这么巧的事？

关键证据出现

如果不是陈辛，那翻墙的一定另有其人。

蔡康明重新回到案发现场，又仔细把院墙检查了一遍，一无所获。

难道罪犯真能翻墙不留痕迹？难道这个指纹没用，还有别人？

蔡康明说，很多事情到了关键节点上，会出现各种杂音。如果你因害怕失败而听信别人，就会功亏一篑。

蔡康明找到老文说："不能这么快就把一号嫌疑人给排除了。这个人，指纹对上了，外貌特征也对上了，上肢力量比较强。而且，就是因为他对方家围墙很熟悉，所以翻墙而入没有留下明显痕迹，这样看来，他是非常符合罪犯画像的。我觉得还要再对他做做工作。人可以编造各种谎话，但指纹是不会骗人的。"

老文点点头，对蔡康明说："你和大为再去他家搜一遍。"

陈辛家很小，是他在别人的大院里租住的房子，也就是一间屋子，几平方米，他和一个朋友合住。屋里只有两张床、一个桌子，桌子两人共用。

陈辛床上的被子没叠，乱成一团，床头歪歪扭扭地放着他叠得不整齐的衣服，床底放着鞋子。

桌子上放着暖瓶、搪瓷茶杯、一沓空白稿纸、铅笔、老虎钳、钉子等乱七八糟的东西，什么都有，都是他的生活用品或者平时打零工的工具，可能经常用，没来得及收起来，都撂在桌子上，混在一起。

蔡康明和张大为搜查了一遍，除了一个用小刀刻着李丽名字的小镜子，没有特别的发现。

张大为垂头丧气地说道："就真的啥也没有？"

临走的时候，蔡康明鬼使神差地又回头看了看桌子上的那沓空白稿纸。

这沓稿纸特别干净，上面什么也没写，他一进门就注意到了。陈辛这人，平时没有正当职业，就是到处打打零工，和他合住的人也是一丘之貉，而桌子上竟然放着一沓稿纸。这没有什么异常，但蔡康明总觉得不对劲。

他又折回去，看着稿纸，用手摸了一下，发现稿纸凹凸不平，有笔压的痕迹。

"陈辛会给王慧芳写字条吗？这印在纸上的笔压痕，会是他给王慧芳写信的痕迹吗？"

在那个时空、那个气场里，蔡康明突然想到这里，他心里"咯噔"一下。

"事情发生至少一周的时间了，就算是写过，还会留在这里，正巧被我们发现吗？"

想到这里，蔡康明既兴奋又紧张，赶紧拿起稿纸，迫不及待地走到窗户旁边。他歪着脑袋，斜着用侧光一看，稿纸的左上角竟真的隐约看得见"慧芳"两个字。

当时，蔡康明觉得心里的一块石头终于落了地。

他赶快把稿纸带回专案组，用侧光一打，字迹就出来了。

上面写着：

慧芳：

我跟你说的事情，你想了没有？我会真心对你好的，只要你同意，我可以和她分手。11 月 23 日晚 10 点，我知道那天你是夜班，我在方家东边的大槐树下等你，你一定要来见我。

陈辛

这下，指纹对上了，动机对上了，连时间都很清楚。

张大为立刻着手对陈辛再次进行审讯。

审讯前，蔡康明拦住张大为，说道："目前，现场证据还是不足，现如今能证明他翻墙，也能证明那晚他约死者、追求死者，但是还不能证明一定是他杀了人。一定要让他自己交代现场的东西。比如，让他自己说出拿什么扎了死者，还有死者穿着什么样的衣服，等等。"

围猎

陈辛 31 岁，无业，平时靠打点儿零工为生。他身边有个小圈子，也都是年龄相仿的男人。一个月前，陈辛和两个朋友吃饭，这两个朋友都已经结婚了。饭桌上，陈辛说起自己的女朋友李丽在方家工作，钱赚得挺多，两人考虑年底结婚。

谁知，一说起方家，这两个朋友都说自己帮方家运过货，而且说着说着，扯到了王慧芳身上。两人在给方家运货期间，都和王慧芳发生过性关系。几杯酒下肚，两人一言一语地描述起细节，说这个王慧芳很好骗，从小没父亲，不喜欢十几岁的小男孩，就喜欢年龄大一点儿的成熟男人，一哄就上钩，在床上猛得很。

陈辛听得热血沸腾。说者无心，听者有意。他心想，既然这个王慧芳这么随便，稍微一勾搭就能上床，那自己也想玩玩去。

陈辛志在必得，他一边和李丽谈恋爱，一边暗地里开始对王慧芳展开猛烈的追求。可是王慧芳就是对他爱搭不理，越不理他，他越着急。他认为王慧芳早已不是处女，对贞操没那么在乎，要是真来硬的，她也就屈服了。

案发前几天，李丽最后一次上夜班，他翻墙进去和李丽约会，趁李丽不注意，他到库房，把那封信放在了王慧芳叠好的几件衣服中间。他估计，王慧芳明晚来干活的时候就会看到。

他约她在树下见面，盘算着：如果王慧芳偷偷出来，他就好言好语把她骗上床，他之前和李丽约会，知道方家工作房里有小床；如果她不出来，他就翻墙进去，因为之前翻过方家的院墙，他轻车熟路。

那晚，他等了很久，王慧芳没有出现。等到夜深人静，他估计方家人都睡着了，翻墙进去。

王慧芳没想到他会来，先是一愣，然后说道："你都是快结婚的人了，来找我干什么？"

陈辛说："你就和我在一起吧，为了你，我可以和李丽分手。"

王慧芳不信，不同意。

陈辛最后急了，说道："你和别的结过婚的人都行，为啥和我就不行？"

王慧芳说道："我和别人谁行了？你怎么知道？"

陈辛把那两个朋友说了出来。

王慧芳愤怒地说道："好啊，原来你追我不是喜欢我，就是想玩玩。原来你们这么无耻，背地里还这样讨论我。今天就是不行，和你就是不行，你想都别想！"

经过陈辛这么一说，王慧芳生气了，更加坚决了。

陈辛认为，王慧芳这种女的，只要制服了她，她就老实了。他把王慧芳扑到床上，拽她的衣服，王慧芳坚决不从，两人打了起来。

动静越来越大，他有点儿着急了，顺势拿起桌子上的剪刀往她肚子上扎了两下。谁知，王慧芳大声呼救。她一呼救，陈辛着急了，又捅了她几下。王慧芳躺在地上，大口喘着气。陈辛害怕了，正准备跑。就在这个时候，睡眼惺忪的方建儒提着裤子、披着衣服跑进屋来，和陈辛打了个照面。方建儒一看地上浑身是血的王慧芳，刚喊出："你……你……"陈辛过去"噗噗"几下，捅了方建儒。还没等方建儒有什么反应，陈辛就把剪刀一扔，头也不回，拔腿就出屋。他一出屋，就把身上穿的沾了少量血的衣服脱了，拿在手里，顺着来时的路翻墙跑了，所以墙上没有沾上血迹。

后来方建儒顺势倒在了王慧芳身上，可能是因为年龄大了，一会儿就没有了呼吸。衣服和裤子都还是他进屋时没来得及穿好的样子。

侦查员们听到是这样的结果，无不感慨万千。

老文摇了摇头，说道："老爷子哪里来的另一面？他家人都不信他。人性这个东西很有意思，有的人是伪君子，有的人是真英雄，而我们看待别人，就可能把伪君子看成真英雄，把真英雄看成伪君子。这案子要是不破，老爷子干了一辈子革命，最后落得这个下场，真是冤死了！"

"是啊，老爷子要是听见动静，不管，可能就没这一劫。"蔡康明点点头说道。

张大为说："老爷子为国家做了一辈子的贡献，要是不开这作坊，也没这事了。"

老文说："老爷子是清白的。"

大家纷纷点头。

过了一会儿，张大为看着笔录，若有所思地说道："话说，这王慧芳和那两个人都行了，为什么就是和陈辛不行，还为这个付出生命代价？"

蔡康明说："女人的心思最难懂。也许是她突然意识到，陈辛就是想玩玩而已。"

"看过美国著名作家海明威的《老人与海》吗？"蔡康明知道张大为没看过，故意逗他，把"美国著名作家海明威"这几个字强调了一下。

张大为撇撇嘴，说道："故弄玄虚。"

蔡康明接着说道："这就是生存法则。人有钱了，围着你的人就来了；女孩随便了，追你的男人就来了。围着你的人真的是你的朋友吗？追你的人真的爱你吗？所以，这个女孩本以为是自己在挑选男人，得意扬扬，其实不知，自己早就成了他们的猎物。王慧芳还不到20岁，很单纯，可能在那天晚上，陈辛的话让她突然意识到，她成了他们的玩物。她很震惊，也很愤怒，所以坚决不同意了。当然，这只是一种猜测罢了。"

听蔡康明对此事突然发表长篇大论，张大为一脸惊讶地看着蔡康明说道："乖乖，原来你这么懂女人啊！"

"去你的！"蔡康明看着一脸坏笑的张大为骂道。

发自肺腑的感谢

案件破了，老百姓们听后，都感到十分惊讶，原来真相竟是如此！

老文专门让人给方永军捎话，明天专案组在县公安局宣布结果，到时会专门强调下，老爷子方建儒是无辜受牵连的，让他们放心。

真相大白，方家一家人抱头痛哭。

离开的那天上午，老文在县公安局宣布了作案人，然后讲述了作案过程。

老文心里纳闷："这么关键的时候，方家人怎么一个也没来？罢了，他们知道结果就好。"

随即，几人走出县局大门。

没想到，一拐弯，他们就看到方永军带着家族六七十口人跪在那整条大街上，黑压压跪了一大片。一看老文他们走出来，他们突然高声呼喊："感谢公安，感谢政府！"

几个人被这突如其来的场面吓了一跳，都不知道该做何反应。除了老文，其他的侦查员都是20多岁的年轻人，看到跪在面前的很多人比他们年龄都大，他们非常不好意思，赶快去搀扶大家起来。

方永军专门找到蔡康明，一个劲儿地鞠躬致谢，甚至要下跪。

那时候蔡康明还是个20多岁的小伙子，他很不好意思，说道："您的职务比我高，年龄还比我大，您这样，我怎么受得起啊！"

方永军说道："不是这回事啊！如果你们没查清楚，我父亲不管生前做了多少事，这辈子最后就这么不光彩地盖棺定论了。你们不知道，我们全家人的压力有多大啊！死去的小姑娘家来找我们讨说法，乡亲们对我们另眼相待，我们为了不受更大影响，只想着就这样不清不楚地把案子压下来就算了。我们对不起老爷子啊！我们做儿子的都不相信他！我们一时糊涂啊！本来，我们自己家的事，我们自己都不抱希望了。你们是外人，最后，是你们抓了罪犯，帮我家老爷子洗清了冤屈，还了老爷子一生的清白啊！我们整个家族感谢你们啊！”

在那一刻，所有人无不为之动容，老文和侦查员们都激动地流下了热泪，全被这种激昂的情绪感染了。

那种场面，没多少人能遇到，有幸遇到，终生难忘！

蔡康明说，揭开真相，还好人清白，不让弱者含冤受屈，是最正义的事。

那一刻他就觉得，干刑警，坚守正义，这辈子值了！

我不喜欢警察这个职业。这个职业非常忙碌，经常接触社会的阴暗面，身不由己，把握不好，还可能受到牵连，身陷囹圄。

我承认，我做不到，我坚持不下去。因此我更加崇敬这个职业，崇敬那些能在这条路上一直坚守下去的老刑警。

一个人从事刑警这个职业，到退休时，可能在公安系统做得不错，当上大队长、支队长甚至局长；也可能干了一辈子，退休时，还只是个普普通通的法医、技术员、侦查员。职位的差别并不能看出什么，这可能是性格决定的，也可能是机遇、运气使然。

无论人生的最终结局如何，只要是办过成百上千的案子、有成熟办案经验的刑警，一定是体会过人间疾苦，看过世间大喜大悲，熬过无数寂寞黑夜，还依然坚守光明和信仰的人。

我问老蔡：“当刑警的乐趣到底在哪里呢？”

老蔡轻描淡写地说：“我也说不太清，可能是一种弄清事实真相、揭开谜题、维护正义、充满力量和激情的工作状态吧！”

“乌鸦”的悲剧

阴毒

人，特别是女人，总会不断找寻身体与心灵的归属感。
期许是一种本能，但理想的丰满往往对应着现实的骨感。
纯洁总会输给邪念，良知终被欲望抹杀，
成人的世界，谁又能独善其身。

有一次，队上去老蔡家聚餐，大家喝着酒，聊着天，电视里放着一档综艺节目。

年轻时的老蔡一本正经，现在年龄大了，退休了，也絮叨、八卦起来，喜欢跟着师娘看综艺。

有一期节目采访了一个明星。突然，这个明星扬扬自得地说出了一番“男人反正不吃亏”的理论。

大家的注意力突然被这话吸引了过去。

几杯酒下肚，大家都是微醺状态。

一个师兄接着说道：“他说的确实是部分男人的心声啊！前两天我一个哥们儿还感慨，这世上，男的只对一个女的没邪念，除此之外，随便换个人，不管长得多丑，只要是个女的都能上！”

“对谁没邪念？”我好奇地问。

“他老婆！”

大家听了哈哈大笑。

老蔡指着他，笑着说道：“这家伙，真是口无遮拦。不过，有这种想法的人还真不少。很多人都觉得，自己反正是个男的，遇上这种事不会吃亏，怕什么？这些人还是不成熟啊，他要是遇过事，就不这么想了！”

“什么意思？遇过什么事？”

“30 年前，我就听人这么说过。”

“怎么回事？快讲讲！”大家顿时都来了兴致。

喝着小酒，老蔡开启了他的故事会。

挖坟踩“小船”

人最终喜爱的是自己的欲望，而不是自己想要的东西！

——尼采

当时正值初春，天气还很凉。那天是阴天，没有阳光，天灰蒙蒙的，云层很低。

这是一个用砖一层一层砌起来的坟，和平时用土封的坟不一样，看着跟个小窑洞似的。

站在坟边，冷飕飕的，张大为看着不远处站在棺材上艰难保持平衡的蔡康明，幸灾乐祸地说：“真是一个适合开棺验尸的‘好日子’啊！”

蔡康明端着相机，在坟坑的黑水中漂浮的“小船”上站着，就像人们站在真的小船上一样，控制不住地左右摇摆。“小船”是一副已经下葬了三年，刚刚被警方掀开棺盖的棺材。

开棺前，它就像一艘普通的小船一样浮在黑水上。由于棺材密封性差，开棺后，警方发现已经有少量污水渗进了棺内，浅浅地泡着尸体。

“小船”的吃水深，加上蔡康明的体重后，棺材的上沿已经逼近污黑的水面了，再加上左摇右摆，一不小心，泡了三年尸体的黑水就漫过蔡康明的脚，灌进了棺材里。

坟里怎么会有这么多黑水？

这座坟位于S县。跟之前的“正”字案和“全人身”案的地理情况不一样，这里水位高，打井稍微一打就出水了。所以，这个坟不知何时被地下水淹了，就像挖掘很多古代大墓的时候发现墓被淹了，是一样的道理。

虽然黑水给挖掘工作带来了困难，但水有隔绝空气的作用，会相对更好地保存和保护证据。

此时，蔡康明两只脚正一边一只地踩着棺材边沿。下面的尸体已经高度腐败，在黑水的浸泡下，变成了黑灰色的。虽然死者的头骨只剩下一层灰色的皮包裹着，但隐约还是能看出此人死时痛苦狰狞的表情。他身上的衣服也腐败成了一缕一缕的灰黄色布条。

“咔嚓、咔嚓”，蔡康明给尸体照了相。照完相后，他保持着平衡，弯下腰，把已经腐烂成布条的衣服揭开，在胃部附近，还能看到一些灰黄色黏稠状的腐烂的物质。

“多亏了这地方水大，胃部组织还是可以提取到的。”他边说边弯腰用舀勺从死者胃部舀了一些腐烂的组织。

我们不知道世界上有多少这样的骸骨默默地躺在地下，身后的秘密被永远埋藏。

但这一具骸骨的秘密，将要被揭开了。

县城民办教师

S县是那个年代比较富裕的县城，阳光小学是县城里的重点小学。

李西蔓是这个小学的民办教师，教小学语文。老师们都认识她，对她的评价也很高。

李西蔓虽然长得不好看，但课教得非常好，而且她诗词歌赋样样精通，甚至能大段背诵《红楼梦》的选段，是名副其实的才女，学生们都很喜欢她。

这种沉浸在文学世界的人，情感往往比常人更细腻，偏偏李西蔓的人生经历也比普通人更加不幸。

人生三大悲哀——少年丧父，中年丧偶，老年丧子。李西蔓年纪轻轻，至少经历了两个。

事情发生在三年前，那时李西蔓刚到学校教课不久，挺着大肚子，很快就要生了。

一个周日的晚上，她知道老公蒋冀爱吃面条，专门给他擀面条吃。

他们晚上在家吃完饭，邻居张道义喊他们打扑克，蒋冀就带着李西蔓去他家打牌。

当时，李西蔓坐在蒋冀身后，小鸟依人，其间有说有笑。张道义的媳妇看着李西蔓的肚子，直说看着肚子尖，一定生男孩。

前一天还开开心心的，第二天一早，蒋冀却突然死了。

那天，他骑着自行车到临县上班，刚骑到厂门口，连人带车，一头栽在了厂门前，人送到医院，没抢救过来。又过了没多久，李西蔓的儿子在四个月大时，也因呛奶窒息而亡。

半年之内，一家三口就剩下李西蔓一个人。大家都说，李西蔓真是个可怜的女人，运气不错，找了个家庭条件好的老公，但没好命享福。

丈夫去世后，李西蔓没有再婚，但熟悉她的人知道，她和办公室对桌一个已经离婚的男同事张化舟谈恋爱了。

在那个年代，农村人对改嫁这事不能接受，但老师这个群体思想比较开明，周围人都对李西蔓很同情。有时，学校的人还会开玩笑，问他们什么时候结婚。还有人好心劝李西蔓，虽然张化舟不如前夫蒋冀赚得多，但是怎么说也是有正规编制的人民教师，赶快定下来也不错。

李西蔓总是推脱，说自己遇过最亲近的人突然死亡，心有余悸，不想那么快结婚。

对于李西蔓的心情，大家或多或少都能理解，但也希望她能早日收获幸福，和张化舟修成正果。

让人们没想到的是，突然有一天，张化舟带着前妻薛莉到派出所举报李西蔓杀人。

隐案

方建儒的案子破获不久后，在老文的带领下，整个队伍干劲十足，发案一两天就能破案，所以手头没有积案。没活儿干了，大家在办公室都闲不住，光想找案子干。

在那个年代，来派出所举报的人又很多，有说有人要害自己的，有说老家谁谁谁干过什么坏事的，还有的是想借公安机关的手打击报复。这种警情很常见，很多是假警，所以如果报警人说得含含糊糊，警察很多时候是不管的。

那天，蔡康明和平时一样，一早到了办公室，把衣服挂在衣架上，拽整齐。接着，他挽起衬衣袖子，洗手，然后进入暗室洗照片。

突然，张大为风风火火地推门而入，两眼冒光地看着蔡康明说：

“康明，别洗了，赶紧走，来案子了！有一对前夫妻到派出所报案，举报一个女教师，说她三年前把她丈夫杀了。派出所也不知道要不要管，打电话让咱们帮忙去看看！”

蔡康明看着他激动的样子，泼冷水道：“三年前的案子，现在突然来报案？会不会是报假警？”

“派出所说听着像真的，说得很合理！好像是这个男的和他举报的这个女的谈恋爱，后来不谈了，又想和前妻复合什么的，就把杀人这事扯出来了！”张大为解释道。

蔡康明一边听，一边赶快洗手、擦手、穿衣服，说道：“我还是觉得不大像真的，一个大男人好端端地死了，亲戚朋友都没人怀疑吗？”

“走吧，去一趟！”张大为说道。

“最好喊上老苗。”

“行，我去喊他！你赶快收拾！”张大为知道蔡康明讲究，出门总得收拾停当。

三人驾车开往S县公安局。

到了S县公安局，当地警察带他们见了张化舟和薛莉。

张化舟和薛莉一见蔡康明他们三人进屋，立刻站起来，点点头，打了个招呼。

薛莉看起来有20多岁，皮肤黑黑的，手大脚大，像是干农活、料理家务的好手。

张化舟看着也很年轻，皮肤白白的，戴着一副黑框眼镜，尖下巴，长得挺清秀。他眼神闪烁，一副非常顺从薛莉的样子。

“怎么回事？说说吧？”张大为问道。

“我们要举报S县小学的女老师李西蔓，三年前她把她丈夫杀了！这是她跟我丈夫张化舟说的，他们俩好过。他还多次给我下毒，想毒死我。”薛莉气愤地答道。

“怎么回事？”张大为上下打量着薛莉，心想，下毒了，怎么还活着坐在这里，“你是怎么发现的？”

“我对那毒药敏感！”薛莉说道，“三年前，他把毒药拌进面条里、米饭里，我吃一两口，‘哇’地就吐了。他又整了点儿毒药放进茶水里面，我喝一口，‘哇’地又吐了。这样的事发生了好几次。”

蔡康明、张大为和老苗听了面面相觑，竟然有这种体质。

“没事，薛莉，你接着说。”蔡康明对薛莉说。

“一开始，我也不知道是怎么回事，一吃他端给我的东西就会吐。几次之后，我就纳闷了。平时他在家啥也不干，饭不做，碗不刷，油瓶倒了也不扶。他是人民教师，我也心疼他，不想让他干这些。可他怎么突然勤快起来了？而且只要是吃他喂我的东西，我就会吐。那一个星期里，我一连吐了 5 次。我这人爱干净，身体很敏感，平时也容易过敏，但不会这样没理由地吐。

“我就问他怎么回事，他吞吞吐吐的，不是说饭没做熟，就是说东西过期了。我就开始非常注意卫生，锅和碗刷得很干净，米和菜都淘得、择得很干净，还注意小飞虫什么的。就算这么小心，我做好饭，他去厨房盛饭，端给我，我吃了还是吐。我心里就犯嘀咕。等他走后，我又吃了锅里的剩饭，一点儿事也没有，就是他的问题。

“我害怕了，心想，他肯定给我下毒了。

“我虽然没工作，但也不能为了和他过日子，最后死在他手上啊！我还有孩子呢！我俩的孩子当时才 2 岁多，我要是有个三长两短，我的小娃娃怎么办？我赶快抱着孩子回娘家了。”

“这种情况，你当时怎么不报案，现在才来报案？这都过去三年了。”蔡康明问道。

“那时候，我不知道怎么回事，只是怀疑。我回娘家后，我们就离婚了，很少联系。直到前几天，他跑到我家，非要和我复合。我不愿意，他就一遍一遍地跑来我家。

“我一直也没找对象，父母也劝我复合。我想着孩子小，他要是回心转意了，复合也行。我就和他说：‘复合可以，但有个条件。你得和我解释清楚，那时候你一给我端东西吃，我就吐，到底是为啥？你是不是给我下毒了？’他不说。

“我说：‘你不说清楚，我绝不会跟你回去，万一你再给我下毒怎么办？我不能在你这儿不明不白地死了。’

“被我逼得没办法，他才说实话。

“三年前，我们还在一起的时候，他就和他们学校一个叫李西蔓的老师好上了。那时候，他俩为了在一起，李西蔓把她老公杀了，然后让他下毒害我。

“我一听，竟然是这种情况，我说：‘那走吧，这事可不是小事，必须去公安局说清楚。’他不同意，怕公安局把他抓了，再影响他工作。我说：‘不行，这是人命关天的大事。你必须去公安局说清楚。’他被逼得没办法，就和我来了。”薛莉说完了，一脸笃定。

“是这样吗？”张大为转向张化舟问道。

张化舟沉默不语，点点头。

“她亲口跟你说她杀了她丈夫？她是怎么杀的？”蔡康明问张化舟。

“具体的我不知道，但她就是这个意思。”张化舟低着头说道。

“你怎么知道她是这个意思？”

“她丈夫没死的时候，她跟我说：‘你解决你家的问题，我解决我家的问题。’后来，她丈夫死了，她见我没动静，就拿给我一包药，逼着我，让我下到薛莉的饭里。”张化舟说道。

“那是什么药？”蔡康明问道。

“毒……毒老鼠的药，李西蔓在集市上买的。”张化舟尴尬地答道，同时偷偷看看薛莉。薛莉此刻已经完全沉浸在对李西蔓的愤恨情绪里了。

“她丈夫叫什么名字？干什么工作的？”蔡康明问道。

“她丈夫叫蒋冀，是隔壁县化肥厂的工人。”

“一个大男人，好好的，突然死了，他周围的亲戚朋友和同事没人怀疑吗？”

“他是死在单位门口的，而且医院诊断是急性脑膜炎。那天周一，他早上上班，从家骑自行车到单位，骑到单位门口，连人带车一头栽倒在地上，然后就神志不清、抽搐，像发了癫痫。路过他们厂的人赶快把他送到医院。人到了医院，已经不行了。医生说，急性脑膜炎。李西蔓那时候怀着孕，快生了，她家人怕李西蔓看着亡夫伤心，动了胎气，就赶快把人下葬了。医院都说是急性脑膜炎，所以没人怀疑。”

“孩子是谁的？”张大为问道。

“蒋冀的。”张化舟惜字如金，尽管不情愿来报案，但他已经没有退路了。

蔡康明他们让薛莉先回家，把张化舟扣押了下来。

砷中毒

这到底是不是真的？下一步该怎么办？

薛莉讲述的事情的来龙去脉非常合理，但是，距离蒋冀去世已经过去三年了，侦查要从何入手呢？

张大为说："要不直接提审李西蔓？"

"不行，光凭口供，还没有证据说明李西蔓杀人。"老苗说道。

"案子过去三年了，如果是她干的，在这几年里，她有很多时间考虑将来某一天案发后，她要如何应对警方，想必想得非常周全。没有证据提审，难度太大。"蔡康明说道。

三人一阵沉默。

"只能先确定她老公是不是被毒死的。"蔡康明说道。

"怎么确定？"张大为问。

"开棺验尸！"老苗说完，和蔡康明相视一笑，他俩想到一起了。

"什么？开棺验尸？尸体已经埋了三年了，都不知道腐败成什么样子了，能验出啥来？"张大为吃惊地看着他们。

"得看用的是什么毒药。"蔡康明想了想，接着说道，"张化舟说李西蔓给他的毒药是毒老鼠的。那个时候，大家毒老鼠用的就是'老鼠药'或者'毒鼠强'，'毒鼠强'是'老鼠药'的加强版。三年前，估计'毒鼠强'产量不多，市面上卖的基本都是'老鼠药'。如果是'老鼠药'，那这事就好办了！"

"为什么？"张大为问道。

"'老鼠药'的成分是三氧化二砷，就是砒霜，那就是砷中毒。"老苗笑着说道。

"而且据我刚才听张化舟说的，蒋冀倒在厂门口，神志不清、痉挛，听上去很像急性砷中毒的症状。"

"急性砷中毒？怎么回事？老苗快讲讲！"张大为说道。

"其实，砷单质本身无毒，但其化合物却有毒。砒霜三氧化二砷就是砷的化合物，是白色、无味的霜状粉末。

"我们人体组织中均含有痕迹量的砷。正常人体含砷量不一，各脏器分布量也不一，头发中最多，一般是100克中含有3至32微克。一般100克身体组织中含砷量不超过20微克，超过这个剂量，就可以考虑是砷中毒。”

“但医院怎么检测的是急性脑膜炎呢？”张大为说道。

“砒霜中毒，一般会伴随呕吐、腹泻，但如果是一次服用大剂量的砒霜，就可能迅速出现中枢麻痹的状态，几乎不出现胃肠症状，直接出现呼吸困难、昏迷、痉挛的症状。但这些症状也是很多疾病的症状。换个角度想想，如果你是医生，可能平时会遇到很多猝死的病例，而且很多病例都可能存在发热、意识模糊、痉挛这些症状，除非病人有很明显的投毒史，有亲戚朋友反映患者可能接触过某种毒药，否则你不容易往这上面想。”

“确实，这样想想也是。三年了，还能检测出砷吗？”张大为问道。

“能，我在书上看到过关于拿破仑之死的故事。”蔡康明说道，“人们一直以为拿破仑是因为胃癌死的。直到拿破仑去世一百多年后，有一位崇拜拿破仑的瑞典牙医看拿破仑的侍从写的目睹回忆录时发现，拿破仑死前曾出现全身汗毛脱尽、双脚浮肿、心动过速、胃痛、腹泻等症状。这个牙医很有心，同时对毒理学也很在行。他觉得拿破仑的这些症状和慢性砷中毒的症状很像，不由得对拿破仑的死因产生了怀疑。他千方百计找到了拿破仑死时剃下的头发，一化验，发现头发的砷含量是正常值的13倍，果然是慢性砷中毒。从此，拿破仑的死因才真相大白。你看，一百多年后还能检测得出！这才三年，应该没问题。”蔡康明自信地答道。

张大为一听，原来是这样，兴奋地说道：“走，开棺验尸！”

接着就是故事开头“开棺验尸”的一幕。

后来，经老苗检验，蒋冀确实死于急性砷中毒。

警方随即对李西蔓进行抓捕。

乌鸦造窝

蔡康明和张大为连夜对李西蔓进行了突审。

老蔡说，相由心生，他们见到李西蔓的时候，这李西蔓长得一看就特别阴毒，皮肤黑黑的，坐在对面，仿佛有一团黑云压在头顶。

两人都不理解，张化舟长得不错，怎么会找个这么丑的女人？虽然薛莉不算漂亮，可是比李西蔓长得好看太多了，张化舟找的女人还不如自己的媳妇！

张大为问道："李西蔓，你知道自己为什么坐在这儿吗？"

她不回答。

"我们已经把你丈夫蒋冀的坟扒开了，鉴定结果是中毒身亡。"

她依旧低着头不回答。

"李西蔓，你把头抬起来，看着我！你是老师，应该知道，我们跟你说话，你看着我们是最起码的尊重吧！"蔡康明说道。

在审讯中，审讯员最怕的就是被审讯的人低着头不说话，审讯员看不到对方的反应，就不知道下一步该怎么问。

李西蔓依然没有任何反应。

"你回不回答都不重要了，我们有口供，有鉴定书，就能定你的罪。我们问你，就是想给你一次为自己辩解的机会。"蔡康明说道。

李西蔓终于开口说话了，声音听起来很沉、很柔，在这种时刻，她也没有一丝慌乱，依然很淡定："我没什么好说的。"

"人是你杀的吧？"蔡康明直截了当地问。

李西蔓还是不回答。

“你对你丈夫没感情，对张化舟就是真感情？”张大为换了一种策略。

李西蔓的眼睛里似乎闪过一丝光芒，随即又黯淡下去。

蔡康明一看，李西蔓在乎的还是“情”，他趁热打铁，说道：“其实，我挺替你感到不值的，你为了和张化舟结婚，把丈夫都杀了。但现在你看看，你折腾了一圈，最后什么也没得着啊。”

蔡康明说到这儿，李西蔓终于抬头看着他，开口说话了：“我以前确实很爱张化舟，但这是我自己的事。”说完就低下了头。

“后来你和张化舟终于在一起了，怎么不过下去呢？”蔡康明接着问道。

李西蔓又不说话了。

蔡康明说道：“李西蔓，既然你不愿意说话，那你就听我说吧。”

听蔡康明这么一说，李西蔓抬起头，看着他。

“我先给你讲个寓言故事吧，这是我自己改编的啊，你是老师，正好听听我改得怎么样。

“从前，有一只乌鸦到山里建窝。

“它先把窝建在了南边的山上，那里树木低矮，草木丰茂。住了一段时间，它被东边山上高大的松树吸引，心想：这里太乱了。它把窝拆了，在东边的山上建了窝。

“东边的山上到处都是高大的松树，大风吹来，松树‘呼呼’作响。乌鸦住了一段时间，又被西边山上安静的环境吸引，它不满意地说：‘这里太不清静了，松树会吵得我睡不着觉。’它又把窝拆了，把窝建在了西边的山上。

“西边的山上没有绿草，没有松涛，山顶只有几棵桦树。住了一段时间，它又不满意了，说道：‘这里太单调了，我会感到孤单的。’它又把窝拆了。

"它想再去北边的山上看看，可是那里依然令它不满意。它筋疲力尽，发现世界上根本没有自己的窝。

"它失落极了，不再建窝，索性从此就站在树上休息。

"结果，晚上天降白霜，打湿了它的翅膀。第二天，一身湿透的乌鸦连飞也飞不动了。这时，恰巧有只老鹰经过，把它抓走了。"

听着听着，李西蔓的眼睛从有一点儿湿润，到积满泪水，眼泪不自觉地流了出来。

蔡康明的故事讲完了，他和张大为目不转睛地盯着眼泪直流的李西蔓，等着她说点儿什么。那一刻，时间仿佛停止了。

过了一会儿，李西蔓深深叹了口气，啜泣道："我这辈子就是那只乌鸦。"

蔡康明和张大为看着她，等她继续说下去。

她喃喃自语道："拆了旧窝，建了新窝，最后，发现其实都一样，我还是没飞出这片林子，只是不停地在原地打转。我这只乌鸦啥也没得到，还没好结果。"

"也好，说出来，也是一种解脱。"李西蔓捂着脸说，"蒋冀是我杀的。"

蔡康明和张大为松了一口气。

又停了一会儿，她幽幽地说道："我后悔的是把我的孩子也杀了。"

"乌鸦"的自白

我 3 岁的时候，父亲就死了，我跟着母亲生活，我们两人相依为命。

我知道我长得不好，家庭条件也不好，我从小学习就很认真。长大了，为了赶快改善经济条件，我母亲找人把我介绍给了蒋冀，他比我大 10 岁，在化肥厂工作。我一见他就不喜欢他，他不爱说话，是个“只会搅臭化肥的大老粗”，没有情趣，更不懂我。但我的条件也不好，他说婚后能找人把我的身份办成民办教师，我就同意了。

四年前的 3 月份，我被分到 S 县张化舟的学校，成了民办教师。我比张化舟大 1 岁，我俩都是教语文的，分到一个办公室，坐对桌。

虽然我们民办教师不像张化舟那样是列入国家教员编制的老师，但我的水平不比他们差，甚至比很多人都强。所以，同事们对我还算尊重。

我一直向往爱情，遇见张化舟之后，我觉得他好像就是我一直想要的。

我们在一起上班，那段时间特别开心，天天坐在一起，经常聊工作上的事情，偶尔也说说诗词歌赋。慢慢地，我们开始聊各自的生活。

我知道他和我一样，和他老婆不合拍，他说他老婆是“大嗓门”，没情调。

我就想，要是我俩能生活在一起多好。那时候我满脑子都是他。这时候，我突然发现自己怀孕了，怀了蒋冀的孩子。我很苦恼，我没告诉张化舟我怀孕的事，怕影响我们的感情发展。

蒋冀平时不在家，他的单位在临县，他住在单位，一周回家一次，一次只待一天，周六晚上回来，周一早上就走了。

我怀孕两个多月的时候，当时来学校有三个月了，那天快放学的时候，我突然肚子疼，蒋冀也不在家。那时候张化舟和我关系已经很好了，但是还没到情人关系，我就让张化舟和办公室的另一个女同事一起送我回家。到了家里，那个女同事要回家给小孩做饭，先走了，张化舟留下了。他跑前跑后，给我铺了床又烧了水，我特别感动。我觉得，他对我也是有意思的。他去厨房烧开水的时候，我就把衣服脱光了，坐在床边上等他，后来他进屋，我们就……做了那事。

那是第一次，后来，我肚子越来越大，但没有影响我俩的感情，那事也越来越频繁。为了不让邻居发现，我们有时在学校，有时在野外。

时间长了，我俩越来越好。张化舟长得好，也很懂我，我和他聊诗词能聊到一起。我看他不在乎我肚子里怀着蒋冀的孩子，就提出想和他结婚。

我一说结婚的事，他就犹犹豫豫、支支吾吾的，或者不说话。有一次，我郑重地提出来，说："咱俩必须结婚，你是有正规编制的国家教师，我是民办教师，要是被人发现咱们的关系，我大不了回老家去，可你就惨了，工作可能就没了。"

他想了想说："但是咱们都是有家庭的人了，而且你马上就有孩子了，怎么结婚？"

我当时突然明白，原来他不同意是因为我有家庭。

晚上，我一个人躺在床上，因为这事，翻来覆去地睡不着。要是我和蒋冀提出离婚，他肯定不会答应，我的工作是他安排的，现在还怀着他的孩子，他这人很倔，是根本说不通的。

那只能杀了他。杀了他，我就自由了。

但怎么才能不让人发现呢？

我想了很长时间，最好是能让他死在单位。

投毒前的一个周六，蒋冀回来，我问他想吃什么，他说，吃面条。

听他说吃面条，突然，我想到了办法。

我去兽药店买了几包老鼠药。

和蒋冀结婚后，我家条件确实不错，三间瓦房，我们都住堂屋，两边是东厢房、西厢房。但是厨房在这三间房子外面，是一个单独的房子，那个房子有点儿破。

我知道蒋冀爱吃面条，周六晚上他骑着自行车回到家，周日晚上在家做做饭，周一早晨5点多，他就起床去上班了，到单位再吃饭，这是他的习惯。但是他喜欢吃面条，如果周一早上走之前看到厨房有面条，他肯定会热一下吃完再走。

周日晚上，我专门做了很多面条，吃不完，剩了一碗，我就在面条里下了毒，放在厨房，故意装作忘了锁厨房的门。

我想好了，万一真的有人发现蒋冀是被毒死的，追究起来，我可以说，有人和我们有仇，晚上看我家厨房门没锁，来家里投毒了，这样就不会怀疑到我身上。而且我还专门和蒋冀一起去邻居家打扑克，显得我们关系很亲密。

第二天，情况如我所料，蒋冀在他们厂的门口死了。

然后我听说人被拉到了医院抢救，我很紧张，赶快挺着肚子跑到医院。

到了医院，确定人已经死了。我一看那个医生，年纪轻轻的，对于蒋冀的死因，他支支吾吾地说不出。当时蒋冀有个同事直接说他：“作为一个医生，人死了，你连啥病都弄不清，你这水平真不怎么样！”那个年轻的医生当场脸就红了，又着急又心虚地辩解。

我猜测，这种人水平不高，但死要面子，而且我当时挺着大肚子，大家都很同情我。那医生当时既生怕我们家属责怪他，也怕被人嫌弃他水平差。

我看准了他的这种心理，特意大吵大闹，逼他赶快下结论。他就说了个急性脑膜炎。

我听了，暗暗松了一口气。我婆家看我大着肚子，哭哭啼啼的，也没再多说什么，就说好好安胎，把孩子生下来，然后赶快把蒋冀下葬了。

我这边解决完了，但张化舟那边一直没动静，我问他准备什么时候下手，他一推再推。

没过多久，我生了个男孩。孩子平时是我婆婆带着。

我就继续和张化舟提结婚的事。

但他还是一直推脱。

我就想，是不是他嫌弃我有孩子了？

我知道自己长得不好，遇到一个我爱的又爱我的人不容易。爱情这事是可遇而不可求的，我想我好不容易遇到了，绝不能让任何人挡我的路，我亲儿子也不行。

那天下午，我婆婆去她姐家串门去了，我带着孩子在家睡觉，一会儿孩子醒了，一直哭闹着要吃奶。

我那会儿瞌睡得很，他一直不停地哭，我越听越烦，就坐起来，照他身上打了两下，他哭得更厉害了。

我气得一骨碌坐起来，然后站在床边，默默地看着哇哇大哭的他，心想：以后我和张化舟也能生。想到这里，我看着“蒋冀的种”，听着他哭个没完，越来越烦，恨不得直接把他摔死。

但我控制住自己，慢慢平静下来。不能让人发现，想到这儿，我拿起床上的针线筐，戴上顶针，找了一根细一点儿的绣花针，解开他的衣服，对准他的心脏位置。小孩的身体小，我不能确定，我感觉应该是那个地方，顶着针一下子就按进去了。

孩子又哭了几声，脸色越来越青，一会儿就死了。我看孩子身上就留下了一个很小的出血点，不仔细看，看不出来。我赶快给孩子穿好衣服。

我婆婆回来发现孩子死了，我说可能是呛奶呛着了。她也没办法，我们一起找了个地方把孩子埋了。

后来，我们无拘无束地在一起了。但时间长了，感觉就那么回事，还和以前的生活差不多。张化舟对我也是不冷不热、漠不关心，不像以前那么有情趣了。慢慢地，我们就淡了。现在想想，其实蒋冀也没那么差啊！不知道我当时为什么那么想摆脱他，所以，这么想想，我就是那只傻乌鸦啊！我不想再飞了。

蔡康明和张大为沉默了很久。

张大为觉得怎么都理解不了，问蔡康明："你说这女人是怎么想的呢？为了一个男的，把自己老公和孩子都杀了，最后也没和这个男的好！"

蔡康明说："这种人一方面是最阴毒的，另一方面又是最简单的，她只能看到自己想要的，为了这些，不管不顾，不考虑后果！"

蔡康明和张大为立刻带着李西蔓找到埋葬孩子的地方，扒开一看，根据骨骼发育情况来看，这是个才三个月大的小婴儿，小小的。他们在孩子体内、心脏的位置上，找到了一根生锈的针。

警方判定李西蔓犯故意杀人罪，张化舟犯故意杀人未遂罪。

张化舟听到自己也要受到刑事处罚，后悔不已，痛哭流涕，说道："遇到这事，我真倒霉啊！我以前总觉得，男的身边哪有没这事的，家里一个，外面一个，多正常啊。其实，我从头到尾对她都没感觉啊！你们看她长那样，我怎么会喜欢她呢！是她先勾引我的！

每次她找我，我都是能推就推，我不杀我老婆，她就威胁要去学校告我。

“后来我和她生活在一起，我也害怕啊，我一想起来她老公死这事，心里就发毛。我问过她好几次，到底是不是她干的，她一直不说。

“我心想，这个女人毒得很，我和她在一起了，万一她以后要是再找一个，把我给杀了呢？

“她就是个毒妇！有她在一天，我都胆战心惊啊！我现在真是怕了女人了，只想好好过日子了！这事不能怪我啊！”

张化舟把自己说得就像个受害者。

张大为撇撇嘴，不无嘲笑地说道：“我们以为你审美独特，好这口呢！这路不是你自己选的吗？你不喜欢她，你俩会好上？你会一次又一次地去杀你老婆？”

张化舟垂头丧气，懊恼地拍着腿说：“我想着，这种事男的又不吃亏，人家女的送上门来了，先弄了再说！我是男的，我怕啥！谁知道，唉……”

一瓶酒喝完了，老蔡的故事也讲完了，大家都意犹未尽，刚才开玩笑的师兄也沉默不语，若有所思。

人的一切行为都源于本能和欲望。男人归根到底是雄性动物，广“播种”的本能让有些男人只用下半身思考；而有些女人在爱情中盲目，容易沉浸于幻想，罔顾现实。男女之间的碰撞和交融，是本能的驱使；冲动的外衣下，包裹的是难以克制的欲望。

当激情消逝，理性回归，结局总是令人唏嘘，但一切却早已注定。

审傻子

妒忌

嫉妒能蒙蔽双眼、扭曲心灵，

让人由内而外地丑陋，直到面目全非。

原罪的可怕，在于它深眠于心，

却能随时醒来，化身恶魔，成就偶然。

而一切偶然，却都只是命中注定的另一种表达。

有一天，我突发奇想，对老蔡说："老蔡，老蔡，我想写侦探小说，你给我讲一个侦破过程逻辑严谨、证据链条环环相扣、作案动机出人意料的大案吧！"

谁知，老蔡一脸鄙夷地看着我，然后一番戏谑："你别找我，你去找阿加莎·克里斯蒂给你讲吧。我可讲不出来！"

我撇了撇嘴。

他继续说道："来刑警队这么久，见的案子也不少了，对案件，你还没有正确的认识吗？如果案子的走向真能按小说家写的那样，破案过程和逻辑公式一样，那还要我们警察干什么？找一些逻辑学家，坐在家里不出门，写写画画不就破案了？"

我以为老蔡是在自吹自擂，显示自己有多重要，就顺着他说道："对对对，破案是警察的专业嘛，不是谁都能干的，你们的水平很高！"

"不是这个意思！"老蔡摆摆手说道，"有时候我们的水平也不怎么样！"

"不怎么样？"老蔡竟然说自己的水平不怎么样！

怎么都说不到老蔡心里，我嘟囔着问道："那到底是什么样？"

老蔡说道："小说家逻辑确实严谨，一二三四五，分析得头头是道，好像有啥样的开头，就一定会有啥样的结局。但事实往往并不是这样。

“实际上，案件的侦破过程会受到各种因素干扰。生活可不是小说，任何人都不是上帝视角，你永远预测不到下一秒会发生什么，好多微妙的变化和意外情况都在不断发生。当案子破了，回头看看，才知道原来如此。所以，谁都不可能坐在家里，只凭掐指一算或者头脑风暴就能猜出结局。这跟任何人水平高低无关。

“这就是事实。”

我似懂非懂。

老蔡说道：“给你讲个案子，你就知道了。”

麦田

那年夏天，风吹麦浪，X 县坊南大队的四周是一望无际的黄灿灿的麦田，看着让人欢喜。

“玉珍，赶快去喊你妹回来吃饭！”

坊南大队村民卢文杰的媳妇李梅擀着面条，全身颤动着，双臂一压一压，劲头十足，还不忘对大女儿卢玉珍发号施令。

“就她金贵！咱们吃完再去喊她不行吗？我们割麦子，她在家歇着，中午我们回来做饭，她去看麦地，还不就是换个地儿歇吗？做好饭还得赶快喊她，让她多看会儿麦地怎么了？再说，她就看个地，还三心二意的，总不注意麦子被羊啃！”听到母亲的催促，卢玉珍一边手忙脚乱地做着面条卤子，一边嘟嘟囔囔地唠叨了一串。

当时正是三夏时节，这是北方农村地区一年里最忙的时候。割麦子的这几天难有闲暇时间，中午的时间更是宝贵。李梅一家正在紧张地忙活着，李梅在擀面条，卢文杰在院子里砍柴火，大儿子卢金生在院里用水擦身子，大女儿卢玉珍在做面条卤子。大家各司其职，赶着吃饭、睡午觉，养足精神，下午继续收麦子。

只有小女儿卢小妹此时不在家，正在河对岸的麦地看麦子。

那时候的一个自然村叫生产大队，收割时节，村里人在生产大队长的统一安排下有序劳动。大部分人都要下地割麦子，还有一小部分年老体弱或者刚毕业的学生，队里比较照顾，能分到看麦地或者晒麦子这种不太累的活儿。看麦地的人一般是在收割麦子的间隙，比如中午人们回家吃饭时，到地里看守本大队的麦田，主要是防止麦子被羊啃食，或者被邻村的人偷偷收割。

卢小妹是家里最小的女儿，在家里最受宠爱，从小到大没干过农活。这个夏天，她初中毕业，刚刚 17 岁，队上比较照顾，安排她看麦地。

那天中午，12 点半左右，在母亲李梅的催促下，卢玉珍做好面条卤子就出门喊她妹妹去了，没过多久就回来了，对李梅说："她让咱们先吃，她一会儿就回来。"

李梅就在锅里给卢小妹留了点儿面条，然后一家人开始吃饭，边吃边等。

可半个小时过去，一家人都快吃完了，卢小妹还没回来。李梅问卢玉珍："你妹怎么还没回来？"

"谁知道，她不是一直都爱磨蹭吗？反正我喊过她了。"卢玉珍头也不抬，边吃边说。

又过了半个小时，卢文杰和大儿子已经睡觉去了。李梅觉得纳闷，卢小妹怎么还没回来，从麦地到家也就十来分钟的路程。

李梅看看表，都下午 1 点半了，离卢玉珍出去喊人已经过去一个小时了。她让卢玉珍把锅里的面条盛到碗里，自己刷完锅，带着卢玉珍一起去给卢小妹送饭。

她们出家门，沿着小路朝麦田走去。从家到麦田要跨过青流河，麦田在河对岸，卢小妹就在那里看麦子。

当时正值晌午，大地仿佛都被晒焦了，路上连个人影都没有，只有知了在树上聒噪。

她们顶着日头，快走到桥上的时候，就大声地喊起来："卢妹儿，卢妹儿！"平时这个时候，河对面的卢小妹听到，就会边答应，边走到桥头。可今天喊了半天，没人回应。

李梅心里犯嘀咕，继续边喊边往前走。走到桥上，卢玉珍突然拉住李梅，慌张地指着不远处的河里，示意她往那里看，吓得好不容易才说出话来："妈……妈……你看那边是什么？"

一个人正仰面躺在水里，离岸边很近，水淹不住，一动不动的。熟悉的身形，熟悉的衣裤。就算离得不近，李梅也能看出，那是她的小女儿卢小妹。她和卢玉珍吓了一跳，呼喊着卢小妹的名字跑到河边，水不深，只淹没她的半个身子，但她仰面躺着，鼻子和嘴完全浸泡在水里。李梅一边呼喊，一边跳进水里托起女儿的头，卢小妹没有任何反应。李梅让卢玉珍赶快回去喊人。

很快，卢小妹一家子和生产队队长刘宝全、村里的赤脚医生以及周围的邻居们赶来了。看到这场景，大家纷纷跳进水里，七手八脚地帮忙把卢小妹从水里抬了出来。

赤脚医生趴在卢小妹身上听听心跳，把把脉搏。所有人期待地看着医生，希望还有一线生机。医生无奈地摇了摇头……

大家都失望地叹了叹气，一阵沉默。

已经死去的卢小妹双眼紧闭，脸部有些肿胀，惨白的面色下透着黑青，嘴角有溢出的泡沫；身上衣服被扯破了，露出半个乳房；脸颊、脖子、胳膊上都有被抓伤的痕迹。

“现在咋办？”有人问道。

“让他们卢家人拉走，准备后事吧！”

“这么浅的水咋会淹死了？”

“会不会是被人害了？”大家议论纷纷。

“呀！就是，那赶快报警吧！”大伙这才想起要报警，生产队队长赶忙派了一个村民去报警。

接着，村民胡根岭突然又说了一句：“听说公安办案都要保护现场，咱是不是把现场都破坏了？”

“对啊，那咋办？难不成再抬进去？”大家七嘴八舌地说道。

“公安破案要紧！赶快抬回去，复原现场！”作为生产队队长，刘宝全挑头提议道。

“这样能行吗？我也不懂，我就是问问。”胡根岭赶忙说。

“那你说咋办？已经是这样了！”刘宝全说道。

“好吧，那咱们给抬回去吧！”众人一致赞同，又一起把卢小妹给抬回到河里，摆摆姿势，复原成之前的样子……

排除熟人作案

下午3点半左右，当老文带着蔡康明、张大为和老苗，还有几个侦查员到达现场时，岸边全是杂乱无章的脚印、手印，哪里还有什么可用的东西！

几人又生气又无奈。老文安排老苗负责查验尸体，自己则带着张大为找来生产队队长刘宝全询问情况。刘宝全表功似的从头到尾说了一大通，还特别强调了一下，村民们是怎么第一时间救人，怎么为了配合警察破案，专门复原了现场的。老文几人听得哭笑不得。

张大为嘴快，直接说道：“刘队长，你们都把现场破坏成这样了，我们还咋查案？”

刘宝全一愣，不说话了。

老蔡为了缓和气氛，说道：“不过这种情况无法避免，万一人没死，肯定还是救人要紧。”

刘宝全自责地说道：“我们都以为人还没死呢！要是知道死透了，我肯定不让他们动。”

听完来龙去脉，几个人提出先见下卢玉珍。虽然现场被破坏了，但她是最后一个见到死者的人，很可能听到或者看到一些有用的东西。此刻，她的供述变得至关重要。

另一边，卢玉珍已经和几个热心肠的村民一起，搀着李梅回了家。

蔡康明和张大为离开现场就直接往卢家去了，还没走到门口，远远地就听到歇斯底里的哭声从院子里传出来。一进门，看到一个中年妇女哭得死去活来，一个年轻女孩正扶着她，正是李梅、卢玉珍母女，还有几个女人围坐在旁边，一起安慰着两人。

大家见警察来了，全都激动地站起来，七嘴八舌地说道：“警察同志，你们可一定得找到凶手啊！”

“我可怜的小妹啊！才刚毕业，就这么没了，上午还好好的啊！就一个午饭的工夫，就再也见不着了啊……”李梅捶着自己的胸口哭喊着。

女人们也跟着一起抹眼泪。

生产队队长刘宝全的媳妇杨爱勤看着当时的情况，提醒道：“先别哭了，配合办案要紧。”说完，就招呼着村妇们离开了。

安静片刻，蔡康明对着女孩问道：“你是卢玉珍吧？给我们详细说说当时你见卢小妹的情况。”

李梅一听，边抽泣边瞪大眼睛催促着卢玉珍："你去喊你妹吃饭，当时到底咋说的？"

卢玉珍抹着眼泪，沉默了一会儿，才支支吾吾地开口说道："我……我……当时没见到我妹，我就走到桥上，喊了她一声……"

李梅气得浑身颤抖："啥？你连面都没见？你是咋喊的？你要是过去看看，说不定也不会出这事！"还没等卢玉珍说完，李梅就打断了她，把作为一个母亲无力保护好孩子的自责情绪都发泄在了大女儿身上。

卢玉珍看母亲激动的样子，害怕极了，连忙说道："我……我……我听到有人和她说话了！"

张大为一听来了精神，赶忙问："说啥了？"

卢玉珍低着头，嘴里嘀咕着："我……当时喊了她一声，让她回家吃饭。她在河对岸喊'知道了'，然后我就往回走了……当时我听到小妹在和一个男的说话，那男的问她：'你是哪个村的？你叫什么？你在这干吗呢？'我以为是有人问路，没当回事，就回家了。"

"是你听到的？你看到了吗？"蔡康明问道。

卢玉珍摇摇头。

"那你怎么确定是你妹妹在和那个男人说话？"

"我……我妹的声音我还能不知道吗？！"卢玉珍觉得蔡康明好像不太相信她说的，有点儿激动地大声回答。

"他们在河对岸的麦田里说话，你又没看见，会不会是你听错了？"蔡康明想确认一下，继续问道。

"大中午头的，太阳那么晒，周围连个人影都没有。只能是小妹呗，哪还有别人！"卢玉珍声音更大了。

蔡康明没再追问下去，或许是自己多疑了。

从卢家出来，蔡康明和张大为都有点儿泄气。按照卢玉珍的口供，基本可以排除熟人作案的可能。本来想着能快速缩小嫌疑人的范围，这下彻底没戏了。

张大为叹了口气，说道："本来想着离这个县最近，到得快，离案发才过去两个多小时，能速战速决呢，这下可好！唉……"

蔡康明说道："是啊，看来又要搞人海战术了。"

两人闷闷不乐地往回走。

蔡康明和张大为赶回现场，迅速把情况汇报给了老文。

老文一听，不由得皱起眉头，他抬头望望一望无际的麦田，说："看来工作的重点要放在周围的村庄了，我这就跟局里要人手。"这无疑将是一场硬仗。

老文对大家说道："现在这种情况，一个星期能拿下来就谢天谢地了。工作重点要扩大到周围的村庄，今天肯定走不了了，先住下来吧。"随即转头对一直忙前忙后的刘宝全说："刘队长，得麻烦你帮我们安排两间屋子。"

刘宝全本来听说案子要速战速决什么的，现在却要住下来。他先是一愣，然后面露难色，推脱道："几位领导，正是三夏收麦子的时候，恐怕我们招待不好你们啊！"

蔡康明说道："不会麻烦你们太多的，帮我们腾两间房子出来，早晚管两顿饭就行。我们出来办案有补助，该多少钱到时候一起给。"

刘宝全看着没法推脱，无奈只好先问了几户人家，结果他们都不同意接待专案组。他找老文推脱，说道："文队长，我们村没几户人家能住下你们这么多人，正好又赶上收麦子，大家都有难处。"

本来案子就困难，现在连住都成问题了？

老文也不管那么多，直接说道："刘队长，那我们就住你家吧，咱们村发了命案，这么大的事，别人不配合，你作为队长总应该配合吧？”

刘宝全面露难色，找了一堆理由推三阻四，说自己家不合适啊，父母孩子都在啊，专案组要待多久啊，影响大队收割啊之类的，反正就是用各种理由推脱。

老文作为老刑警队长，摸爬滚打几十年，什么人没见过，这种事对他来说都不算个事。他知道刘宝全是怕麻烦不想接，便说道：“你是队长，村里发了命案，公安局来破案，你们必须得接待啊！不管住哪儿，你总要给我们找个地方住，这也是你这队长应负的责任啊！难道还要我往上再找找人？”

刘宝全看实在推脱不了，只能应下了。他家一共三间屋子，他让自己的父母带着两个孩子去了丈母娘家住，腾出来了两间给专案组用。

当晚，专案组又来了两个侦查员。大家在刘宝全家住了下来。两间屋子，蔡康明、张大为和老苗挤一间，老文带着另外两个侦查员住在另一间。

必置于死地

当天晚上，专案组就在老文的屋里开了案件分析会。

1. 死者卢小妹，17 岁，初中毕业不久，坊南大队村民。6 月 14 日下午 1 点半左右，在清流河中发现其尸体。清流河西边是属于坊南大队的大片麦田，清流河东边是坐落在一起的坊南大队和坊北大队。

2. 尸体脸色青紫肿胀，双唇紧闭，嘴角溢出泡沫。颈部有扼痕，右侧面部有指甲抓痕，舌骨骨折，胸锁乳突肌出血，肺内有硅藻。说明死者是被人扼颈窒息后扔进河里的，推测当时死者已经处于昏迷状态，被扔进河里后，溺水死亡。

3. 卢小妹上身穿着一件波点花纹的衬衣，衬衣上有一颗扣子遗失，衬衣被拽开，撸到胸部，乳房露出，下身裤子完好。生前没有遭受性侵，处女膜完好。

4. 河岸旁有拖拉痕迹，顺着痕迹方向发现了一片被压倒的麦田，地上有一颗纽扣，与卢小妹尸体衬衣上的其他纽扣一致，可以确定是衬衣被扯掉的那枚扣子。推断此处为第一现场。

5. 蔡康明又发现，把打捞人员杂乱无章的脚印、指纹排除后，岸边有几道痕迹，附近有一枚指纹推测不属于参与打捞的村民，很可能是凶手的。（因为当时救援时的场面很混乱，脚印、指纹呈现的形态是重重叠叠、杂乱无章的，而这个指纹旁边只有一道从坡上滑下来的痕迹，不凌乱，像是一个人单独留下的，所以这样推测。）说明凶手站在河堤上，把卢小妹扔进河里后，又下到岸边。可能是凶手上来的同时，手扒脚蹬留下了一枚指纹。但因为是推测，不能百分之百地确定一定是凶手留下的，所以这枚指纹只能认定，不能排除。这意味着什么？就是说，如果在外村采集的人员指纹中有比对成功的，就可以认定是凶手。但如有嫌疑对象，不能因为指纹不符而排除掉。

6. 卢小妹的姐姐卢玉珍在喊卢小妹回家吃饭时，听到卢小妹和陌生男子的对话，对方问卢小妹："叫什么？是哪个村的？在这里干什么？"说明：第一，那个时候是凶手和卢小妹刚接触；第二，凶手和卢小妹不认识；第三，这很可能正好就是作案时间。

根据现有情况来看，按照经验判断，凶手和死者接触很可能是以性侵为目的，只是因为一些原因，没有实施成功。

死者是农村小女孩，刚刚初中毕业，没谈恋爱，社会关系简单，而且死者身上未反映出存在仇恨心理的行为，比如身体被凶手捶打、脚踹、用刀捅等，可以排除仇杀。

在卢小妹的尸体上凶手只做了扼颈这个动作，很可能是为了控制她、阻止她呼喊。再加上卢小妹姐姐的描述，更加强了这种可能性。

大家推测，案发经过是这样的。

6 月 14 日中午 12 点半左右。卢小妹在清流河对岸看麦地，过来一个陌生人，问卢小妹是谁、哪个村的、在这里干什么。这个人就是凶手。这个过程被卢小妹的姐姐卢玉珍侧面证实。

凶手等到卢玉珍离开后，看只剩卢小妹一个人，就想对她实施性侵。卢小妹反抗，两人发生了搏斗。凶手拽开卢小妹的衬衣，拽掉了扣子，把卢小妹给掐晕了。

因为某些原因，性侵没能实施成功。然后，凶手以为卢小妹死了，或者怕她不死，就把她拖到河岸边，推入水中。但从现场留下的凶手的痕迹来看，凶手把卢小妹扔进河里后，又从河堤下到河边。为什么要下去呢？估计是凶手发现岸边水太浅，无法完全淹没一个人，卢小妹暴露在外面，于是凶手就下到河边，又把她往水里边推了推、按了按。这说明凶手是一定要置卢小妹于死地的。

那么，凶手的画像就基本呈现出来了。

需要排查的嫌疑对象是：第一，有作案时间，在这个时间段，此人在凶案现场附近；第二，和死者不认识的人；第三，身上可能有搏斗的伤痕，因为夏天人们穿得少，而凶手曾和死者搏斗过；第四，附近村的地痞、流氓、无赖为重点人员。

至于侦查范围，在坊南大队北边有一个坊北大队；案发现场的西南方有一个塘坊吴大队，西北方坐落着预制厂和三四个小砖窑厂；更远一点儿的地方还有苏庄大队。除此之外，也有可能是外地人员流窜作案。

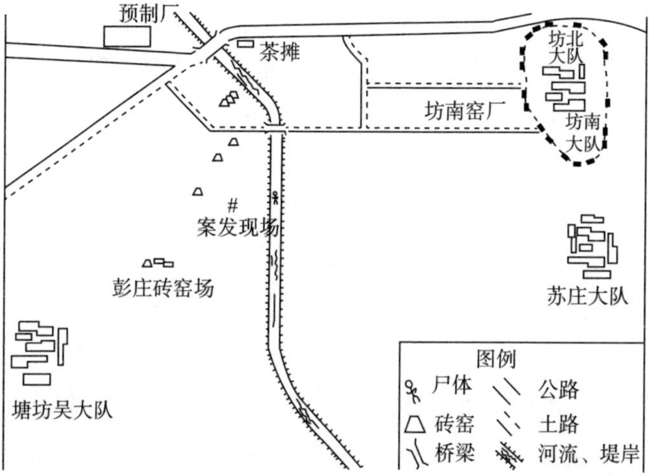

大家一致分析是这种情况。一群人坐在房间里，个个眉头紧锁，越讨论，越心烦。侦查范围大，目标不明确，工作起来难度特别大，无异于大海捞针。

老文一根接着一根抽着烟。

一阵沉默之后，蔡康明说："我有两个疑问，不知道对不对，就是感觉而已。

"我觉得这个案子很奇怪。第一，凶手不认识卢小妹，为什么一定要置她于死地？第二，按照卢玉珍所说的，她是先喊了卢小妹，然后才听到的对话。这说明她喊卢小妹时，凶手就在卢小妹身边，那他当时应该也听到卢玉珍喊卢小妹回家吃饭了。

“这个人明知道家里人在等卢小妹回家吃饭，还准备实施性侵？这个时机不好，一般人不会这么做。

“还有一种可能，就是他当时已经控制住卢小妹，不让卢小妹呼救，那么卢玉珍就不应该听到两人正常的问答。

“更何况，两人素不相识。他掐了人后，明知道她家人在等她回家吃饭，随时有可能再来找她而发现问题，作为陌生人，难道不应该赶快逃离现场吗？他却一定要置卢小妹于死地，怕她不死，还不嫌麻烦地下到河边把尸体往水中央推了推、按了按。

“我总觉得解释不通，有哪里不对，会不会是我们的方向搞错了？”

蔡康明说完，大家都若有所思。

老文考虑了一会儿，说道：“你说得有道理，但凶手一定要置人于死地，不能说明一定是熟人作案。我给你们讲个案子，那是十年前发生的一起强奸杀人案，你们别说，和这个案子还真有点儿像……”

豆地奸杀案

“我们到现场的时候，围观的群众一拨一拨地来，卖胡辣汤的、卖烧饼的已经在附近支起了摊子，现场都快成旅游景点了。那一片豆地都被踩平了，土已经被踩得很瓷实了。和这个现场一样，我们到了之后，什么痕迹都没有了。

“死者也是个十几岁的女孩，也没有遭受性侵，但有搏斗的痕迹，死者是被掐死的，而且死者死后，凶手又专门在脖子上套了根绳子。我们当时就分析，这个凶手一定要置人于死地。我们就推测可能是熟人作案，工作方向就是调查死者和她家庭的社会关系。（在现场，一个很有经验的法医就提醒我们，老百姓围观尸体，把现场破坏了，但尸体一般没人敢动，尸体下面可能会有东西。果然，尸体下面有一个清晰的脚印。）我们采集这个女孩的熟人的脚印，一一比对，找来找去没找到。

“我们就想，也许死者认识这个人，但周围人都不知道他俩认识呢？我们就用最笨的方法，一人包一个村，见着个人就抱着人家的脚看，最后终于找到了这个凶手。

“其实，他和死者根本不认识。我们当时就问他：‘既然不认识，为什么要勒根绳子，非要置她于死地？’凶手说：‘我本来没想杀她，本来想着她同意就同意，不同意就算了。但她说让我等着，她要跟她爸说，一定找到我、抓住我。我一听她这么说，就决定把她杀了。’”

老文接着转向蔡康明说：“所以，现场的很多情况是我们猜不到的。就像你说的，也许这个案子，真的是熟人作案，但是目前我们没有证据指向这一点。而我们现有的、更能确定的是卢玉珍的供述。

“卢玉珍是个正常人，死的是她的亲妹妹，这么大的事情，她没有动机骗我们。

“所以，一个是你的感觉，另一个是实实在在的证据。作为侦查员，我们一定要理智地去分析我们掌握的线索，牢牢抓住目前能确定的东西去做工作，不能来回摇摆。”

蔡康明虽有疑惑，但听老文这么一说，觉得很有道理。毕竟，感觉在现实和理智面前，不值得一提。

大家也就下了决心，采取人海战术，等明天一早就开始包村干活，挨家挨户走访调查，排查出一些可疑人员，再采集指纹，一一比对。

大家讨论案件太投入了，不知不觉已到深夜。不知何时，刘宝全已经做好了面条作为夜宵，端进了屋子，一碗一碗地放在了桌子上。热腾腾的面条此时已经凉了。

工作归工作，怎么也要填饱肚子再干活。

看到大家愁眉苦脸的样子，老文赶快转移大家的注意力，笑着说道："来来来，先吃点儿东西，这是刘队长的一片心意，我们可不能辜负。今天就这样了，明天再说！"

折腾到这么晚，大家确实饿了，狼吞虎咽地吃了起来。

老文吃完，走出院子，看见正在厨房里忙活着的刘宝全和杨爱勤，说："哎呀！麻烦刘老弟和弟妹这么晚还给我们做夜宵，感谢感谢！"

刘宝全说："不客气！文队长，你们只管办案，我们给你们做好后勤保障！"

老文回屋还和专案组的人说道："这刘队长人还不错，下午看他还不愿意我们住下，我们真住下了，他倒照顾得挺周到。"

刑警队长就是这样，不光要操心破案，还要操心协调好和周围人的关系，以及专案组的吃喝拉撒。

第二天一早，老文就带侦查员们都散出去了。老文、蔡康明、张大为，还有两个侦查员，一共5个人，分成两组，老文带着张大为和小徐对塘坊吴大队进行走访，蔡康明带着小赵对坊北大队进行走访。

专案组就留下了老苗。

傻老胖

本来，老苗也有包村任务，但他倚老卖老不想去。他和老文年龄差不多大，老文也管不了他。

但他解剖的事做完了，大家一走，他在刘宝全家里也无事可做，又闲不住了。

他还要找个理由：“你们出去调查，我也不闲着，这村里，我管他认不认识，反正只要是身上有伤的，都拽过来审一审。”

村里有个傻子，大家都喊他“傻老胖”。他经常在村里干坏事，偷东西、耍流氓。老苗出门，他一看见老苗就跑，而且他身上正好也有点儿伤。老苗问了卢玉珍，卢玉珍说她家不认识傻老胖。老苗一听，来了精神，傻子一旦发疯，也有可能糊里糊涂地干出这种事情。

反正闲着也是闲着，老苗把傻老胖拽到专案组，关到屋里。

傍晚，专案组的侦查员们回来的时候，老苗已经审了傻老胖三个小时了。蔡康明和张大为一听审了这么久了，也来了精神，是不是老苗发现他有嫌疑了？他们过去一看，傻老胖身上的伤痕不像是抓伤留下的，更像是被树枝或者尖锐的东西刮伤的。老苗是法医，对这再清楚不过了。

蔡康明问老苗：“这一看就不是抓伤，你审他干吗？”老苗说：“不用你们管，我就是觉得他有问题，有时候就得诈一诈。”

张大为小声跟蔡康明说：“我看这老苗又开始没事找事了。”

他们不管老苗，随他去了。

晚上吃完饭，一个房间里，老苗继续审傻老胖；另一个房间里，专案组开讨论会，侦查员们一一汇报当天的情况。

老文首先说他们组的情况：“我们在塘坊吴大队初步发现有 4 个

可疑人员。第一个叫吴建民，23 岁，未婚。这个人的脖子上、脸上有新鲜的抓伤。这人在队上口碑不好，有人曾经举报他要流氓。他是坊南窑厂的工人。坊南窑厂正好在案发现场的东北方，吴建民所在的塘坊吴大队在案发现场的西南方，吴建民上下班一般沿着小路和河堤走，正好经过案发现场。最近几天正是收麦子的时候，窑厂停工了，但案发当天下午一两点的时候，有人看见吴建民从案发现场方向慌慌张张地回到大队，没多久，又有人看见吴建民出家门，往窑厂方向走去……"

这边老文说得渐入佳境，突然，大家听到旁边房间"丁零当啷"地摔摔打打起来，伴随着老苗的高声呵斥。两个房间不隔音，只听老苗喊道："你个孬蛋！你说，胳膊上咋回事？你说你是上桃树摘桃子划的？那怎么可能划成那样，谁让你好吃嘴！老实交代，到底咋回事！"

老文简洁严肃的说明和老苗阴阳怪气的明知故问交相呼应，满屋的侦查员都听得一清二楚。大家想认真听老文讲案件，可是老苗的感染力太强了，大家想不听都不行，声音直往耳朵里钻。

那傻子哭着说："就是桃树划的！谁说不许摘桃子了！"

老文也听到了，努力稳住心神，继续说道："这人往窑厂走去，必然会经过现场。我们今天初步接触了吴建民，问他知道不知道发生了命案，他说不知道；问他昨天有没有看到一个女孩子在独自看守麦地，他开始说见过，而后又说没见过，支支吾吾，闪烁其词……"

"呔！你个孬蛋，抬头，看着我！你知道这是什么吗？这是我们公安部专门配备的最高级神灯，你说你摘桃子了，用这一照，你身上的桃毛我都能照出来，我就知道你有没有摘桃子了。你要是说瞎话，那桃毛都顺着你那伤口'滋滋滋'往你身体里钻，我一下就照出来了。”

“我要我妈！我要回家！”那傻子“哇”的一声就哭了。

老文也说不下去了，隔着墙直接喊道：“老苗，注意点儿！”屋里人一阵哄笑。

开会休息期间，大家围在门口，看老苗继续审傻子。这时，张大为也来了劲。他一把拿过探照灯（那时候最亮的照明工具就是手电筒，很少有像公安部配备的探照灯那么亮的），高高举起，炫耀得不得了，一腿站在椅子上，一腿站在桌子上，成弓步造型。他和老苗一高一低轮番上阵，举着灯，对准抹着眼泪的傻老胖：“还不老实交代！我们早就知道了，就等你自己交代，给你一次机会！你的伤到底哪儿来的？”傻老胖抹着眼泪，嘴里“呜呜啦啦”地说着：“就是我摘桃子划的！

蔡康明说，当时老苗审傻子，就像是86版《西游记》里的金角大王和银角大王，举着宝葫芦，得意扬扬地对着孙悟空大喊“行者孙，喊你一声，你敢答应吗？”的片段似的。

大家都笑得前仰后合。

老文把老苗喊进屋里，严厉地训斥道：“你捣啥乱呢？不干正事！”

老苗说：“这傻子一看我就跑，肯定有问题，没问题他跑啥？”

大家都知道，肯定不是这个傻子干的，老苗是故意在吓唬那傻子呢！

但大家都不知道他为什么这么做，连老苗自己也说，就是觉得要再问一问。

在老苗唱戏般的审讯声中，蔡康明和张大为汇报完了。一天里，专案组一共排查出9个嫌疑人。

老文一总结，没有特别突出的，明天再去采集指纹拿回来比对，如果都排除了，专案组就要到更远的地方去走访排查。

这种最原始的办案方式极其枯燥乏味，而且长路漫漫，几乎算是漫无目的的搜索，不知道哪一天能找到那个人。

大家都感到极其压抑，也就老苗审傻子这个插曲，能为大家沮丧的心情加点儿调味料。

生产队队长刘宝全又来上夜宵了。前一晚，大家还觉得夜宵好吃，但第一天工作，大家就感受到了阻力和压力，今晚都吃得没那么香了。

大家正吃夜宵时，老文说“我出去慰问一下刘队长”，就出去了。

直到大家吃完夜宵，把碗筷拿去厨房，也没见到老文、刘队长和他媳妇杨爱勤的人影。

大家还纳闷：这么晚了，老文去哪儿了？

侦查员们很遵守纪律，不等老文回来，不能解散。

老苗还不让傻子走，擦了一把嘴，站起来，问有没有人跟着继续去审傻子。没人回应，大家都累了。老苗一个人又兴冲冲地去了。

谁知，半个小时过去了，老文还没回来。

盼星星盼月亮，又过了半个小时，终于，老文红光满面地回来了。

看到老文回来，张大为打着哈欠站了起来，无精打采地说道：“你干吗去了，老文头？这么晚才回来，你不回，我们都不敢解散！”

蔡康明说：“没什么事了吧？我们睡觉去了！困死了，明天还得一天呢！”

小徐说道：“好了好了，都撤了，你们不走，我也睡不成，让老苗也别折腾了，赶快睡觉。也不知道什么时候是个头。”说着就准备铺床。

老文嘿嘿一笑，端起桌上的茶缸喝了口水，一扫满脸的阴霾，声音很轻地说道："明天不用去了，案子破了。"

声音不大，却如同一声惊雷。

"什么？"

"真的假的？！"

大家瞬间都不困了，简直不敢相信自己的耳朵。

"把老苗喊过来，让他别再审了！"老文说道。

大家满脸狐疑，不知道老文葫芦里卖的是什么药。

老苗在旁边那屋听说案子破了，也惊讶地冲了进来，问道："怎么回事？怎么回事？"

老文激动地摆摆手说："真是人算不如天算啊！"

他边说边端起吃剩下的夜宵碗，看了看，放在桌子上继续说道："想想都后怕，咱们不知道，这两天有多危险啊！但凡罪犯狠狠心，咱们得被一锅端。"

大家一听这话，更加吃惊。

蔡康明问道："老文，刚才到底发生了什么？"

"做贼心虚"和"此地无银"

下午，老苗把傻老胖关在自己的屋里，反反复复、来来回回审了三个多小时。

晚上，专案组回来，在老文的屋里总结工作。老苗还在自己屋里继续激情澎湃地审问。

专案组专注于从汇总的可疑人员中寻找蛛丝马迹，谁也没把老苗的审问当回事。

他们不知道的是，在这个院子里，一直有一双眼睛、一对耳朵在小心地看着、听着。

在这个小院的第三间屋子里，刘宝全如坐针毡。

房子不隔音，老苗的每一声高喊都撞在他心上，吓得他魂不守舍。

杨爱勤从下午开始就发现她的丈夫刘宝全心神不宁。到了晚上，她发现刘宝全在屋里踱步，一圈又一圈。杨爱勤刷完碗，回到房间，推开门，正好看到刘宝全站在椅子上往房梁上系绳子。

她吓了一跳，赶快拽住他问："你干啥呢？有啥事好好说，你这是干啥呢？"

刘宝全一看，被媳妇发现了，他放下手中的绳子，坐在床边哭了起来："完了完了，这下全完了。爱勤啊，我对不起你们啊，我要自杀，我活不了了，这次我肯定是逃不过去了。"

"到底咋了？"

"卢小妹是我杀的！我对不起你啊，爱勤！"说完刘宝全捂着脸，呜呜地哭得更伤心了。

杨爱勤一脸惊愕，声音颤抖地问道："怎么会是你？到底怎么回事？"

刘宝全没有回答，自顾自地哭着，重复道："我这下完了，走投无路了！我受不了了！他们肯定是发现了！我不行了！"

"你咋知道？你好好说说！"杨爱勤急切地问道。

刘宝全抬头看着她说道："你想想，他们找个傻子在咱家，从下午审到现在，那明摆着不是傻子干的，为啥他们一直审一直审？"

杨爱勤疑惑地说："我之前还以为真是他呢！为啥？"

"他们是杀鸡给猴看啊！审个傻子审到半夜，这不就是故意想让我听吗?

“我是队长，村里人破坏现场的时候，我没拦着，他们专案组来了，非要住咱们家时，我就觉得他们怀疑我了。现在整个傻子在这儿杀鸡给猴看，我更确定了。我不行了，我跑不了了。我自杀吧！”说着他站起来就要继续套绳子。

杨爱勤一把拦住刘宝全，说道：“你别自杀，你去自首吧！”

“自首？”

“嗯，你看，你要是自杀了，死了，咱家就一点儿希望也没了。咱们孩子大点儿的才十几岁，小的才几岁，你死了，咱们一家子就彻底散了。你去投案，政府不是有那个‘坦白从宽，抗拒从严’的政策吗?你坦白了，可能留住一条命，你只要不死，在监狱里住着，我就等着你。你只要不死，我们家就散不了。”刘宝全听得泪流满面，和他媳妇一起给专案组又做了顿夜宵。

杨爱勤真是这几个村妇中少有的明事理、识大体、吃苦耐劳又坚强的女性。后来专案组的人都很感慨，刘宝全有这么好的媳妇，还想出去胡搞，结果害人害已。

老文吃完夜宵，走进厨房，本来是想和昨晚一样感谢一下刘宝全他们夫妻俩。

还没等他开口，刘宝全说：“文队长，这两天在这里住得怎样？”

老文说道：“刘队长，我正想来跟你说呢，你们真是热情，每天早上一顿，晚上一顿，夜里还有夜宵，真是感谢。没办法，麻烦你们了，我们这也是为了工作。”

“为了工作才住我家？”刘宝全问道。

说完感谢的话，老文本想扭头回去，这句话问得他不知道该怎么回答。他总觉得这话好奇怪，这不是明知故问吗？

刘宝全又拦住他，让他到自己屋坐坐。

老文知道刘宝全是有事要说，就跟着他和杨爱勤到了屋里。一进屋里，刘宝全又说："你觉得我们两口子对你们专案组怎么样？"

"不错啊！"

老文嘴上答着，心里很奇怪，心想："大晚上的，怎么了？该睡觉了，怎么开始促膝长谈了，会不会有啥事？"

老文想到这里，心里一紧。

"文队长，你们案子调查得怎样了？"

老文心想："看来是他怕专案组住的时间长，想下逐客令。"老文为了稳住他，就赶快说："感谢刘队长和弟妹天天忙里忙外地操持啊！我们已经基本确定嫌疑人了，很快案子就能结束，不会太久。"

说者无心，听者有意。刘宝全一听，脸色很难看。

旁边的杨爱勤看着刘宝全，推推他，好像在鼓励他往下说。

老文后来说，此刻他也在想："如果刘宝全说让他们搬走，他拿什么话搪塞他呢？"他根本没往刘宝全就是罪犯这方面想，因为刘宝全是卢小妹的熟人，不在怀疑范围内。那时，他没意识到，刘宝全是想从老文这里打探案子进展情况，探探专案组的底，看他们到底有没有怀疑他。平时他做夜宵，进进出出，非常积极，其实就是想在专案组开会的时候去打探消息，但一直没得逞。如果老文这时候说"还早着呢，没一点儿线索呢"，刘宝全可能就不会说接下来的话了。

"我一个朋友让我帮忙问问，你们说的那个'坦白从宽，抗拒从严'是真的还是假的？要是自首了，是不是能留一条命？"

等来等去，等到这样一句话。老文心里"咯噔"一下，看刘宝全的眼神瞬间就变了，就像心中一直有一把漫无目的、来回摆动的矛，突然准准地指向新的目标。

灯下黑！

他装作不露声色地眯着眼睛说道："肯定会啊，特别是刘队长，你有什么事，一定要早点儿说啊！我们一定会考虑的。"

刘宝全一听，再也绷不住了，"咚"的一声跪了下来，眼泪一下子就流出来了："文队长，我只求你们留我一条命啊！我媳妇也说了，她会等我。你看，你们专案组在我家，我们一天三顿饭好吃好喝地伺候着，我要是坏人，我就给你们下点儿老鼠药了。我从来没这么想，也没这么做啊！你看看，我真不是坏人啊！我不是故意要杀卢小妹啊！我也没想到她会死啊……"

"是，我知道，你先起来，好好说。"老文装作一脸严肃镇静、了然于胸的样子，其实后背直冒冷汗，问道，"到底是怎么回事？"

夏虫不可语冰

卢小妹初中毕业就不再上学，准备在家务农。卢小妹长得挺漂亮，年纪轻轻，不谙世事，看起来非常简单清纯。刘宝全看着她，抑制不住地喜欢。

那时候，生产队队长在村里权力很大，谁家干什么活儿、分多少工分都是生产队队长说了算。刘宝全在村里是说一不二的，谁见到他都笑脸相迎；走到哪里，都是别人求他办事。有时候，他站在村头，看着村里人忙忙碌碌，他觉得，世上就没有他办不成的事、说了不算的话，更没有他得不到的东西。

前段时间，他到卢文杰家吃饭。以前从没注意过卢家的小女儿，那天他突然发现小女孩一夜间长大了，皮肤光滑紧致，胸脯挺挺的。天气热，卢小妹额头的发梢里贴着一层汗珠，脸红扑扑的，全身散发着年轻健康的气息。

刘宝全心动了，他越看越喜欢，就开始琢磨怎样得到她。刘宝全是过来人，他知道得到卢小妹并不难，这种单纯、没有经验的老实女孩，只要骗着她有了第一次，就有第二次，时间长了，她就接受了，这种事情也就说不清楚了。再加上女孩子在乎名节，家丑不可外扬，一旦生米煮成熟饭，她家人为了她，也会选择息事宁人。过两年，她找个老实人嫁了就行了，没人会把这段经历翻出来说。更何况，他是生产队队长，万一东窗事发，他说是卢小妹勾引的他，大家也会相信他，他也能自保。

所以，难就难在第一次。因为卢小妹平时都和家里人在一起，他没有下手的时机。

又过了一段时间，到了该收麦子的时候，生产队队长刘宝全开始给大家分配任务。刘宝全正琢磨着卢小妹的事呢，卢小妹家里人正好来找他帮忙，想照顾一下刚毕业的卢小妹，给她安排个清闲点儿的活儿。这简直是“睡觉碰着枕头——求之不得”，他刚好做个顺水人情，安排卢小妹到河对岸去看麦子。河对岸一般没人去，比较偏僻，这样她就成了一个人，自己就有机可乘。

事情发展得很顺利，案发当天中午，卢小妹在看麦子的时候，刘宝全就去了，先东扯西扯地聊了会儿天，然后说自己很苦恼，和媳妇关系不好，然后又说自己很喜欢她，说着就去抱她，拽她的衣服，摸她的胸脯，想和她发生关系。

卢小妹才十几岁，刚毕业，还是个黄花大闺女。那时候不流行认“干爹”，更没有“大叔控”，她怎么可能同意和有家室的中年男人发生关系。卢小妹推开他，不同意。

当时刘宝全心想：“不同意可以慢慢渗透，反正这会儿就她一个人，抱抱、摸摸也行。”

刘宝全这样想着，就去摸卢小妹的胸，两人拉拉扯扯、推推搡搡。正在这个时候，卢玉珍在桥那边喊：“小妹，回去吃饭了！”

听到姐姐的喊声，卢小妹一下子来了精神，像是遇到了救兵，张口就想回应。

刘宝全被这突如其来的变故吓了一跳。卢小妹此时衣衫不整，扣子都被拽掉了，如果这时候被人发现，他就麻烦了，还没得手，卢小妹也没有失身，更对他没感情。这时候被撞破，她肯定会把这件事情抖搂出来，那样的话，他就很被动了。老练的刘宝全一瞬间就把事情想得清清楚楚，他立刻去捂住她的嘴，怕她喊出来暴露自己。

但他捂得太紧了，卢小妹开始挣扎，她越挣扎，他就越使劲捂她，后来直接卡着脖子捂着嘴。

过了一会儿，卢小妹不挣扎了，瘫在地上。

刘宝全蒙了，他没想到事情会发展成这样。他试探卢小妹的鼻息，发现没有了，但他也不确定卢小妹是否真的死了。他非常害怕，不知道该咋办。等他冷静下来，他决定把她的“尸体”扔到河里，一是可以伪装成意外溺水身亡的样子；二是如果她没死，事已至此，绝不能再让她醒过来。其实，此时卢小妹只是晕过去了，还没有死。

他边拖边拽，把卢小妹从田边弄到河边，然后推下河堤，濒临死亡的卢小妹掉进了河里。

“尸体”掉进河里后，他发现河边水太浅，淹不住头，他就下河堤，来到河边，把她往河中间又推了推，还特别让卢小妹的脸朝下，把头往水里按了按。就是这个动作，导致了卢小妹溺亡。

做完这些，他四下张望，大中午，四周一个人都没有。然后他急匆匆地回了家。没过多久，在家吃午饭的他听到村民们呼喊，装作若无其事地回到案发现场。

在后来对刘宝全的审讯中，蔡康明特意问道："卢玉珍去喊卢小妹时，卢小妹根本就没出声？"

"没有，我捂住她了。"刘宝全答道。

"那卢玉珍也没再往前走走看看？"

"我没看见，但应该是没有，她要是再往前走，肯定就看见我们了。她应该是在河对岸喊了一声就走了。"刘宝全答道。

"那你和卢小妹说过'你叫什么'或者'是哪个村的'之类的话吗？"

"没有，当时我一心想着不能被人发现，才赶快捂住卢小妹，哪里敢说话！"刘宝全答道。

大家听完，面面相觑。万万没想到，这个在大家眼里铁板钉钉的，而且是唯一能够确定侦查方向的口供竟然是假的……

但案子已经破了，大家也就没有再去卢家追究了。

后来，蔡康明对比了刘宝全和岸边的那枚指纹，完全匹配。专案组宣布案子破了，走的时候，路过卢家，张大为实在想不明白，就和蔡康明一起，装作若无其事地又一次问卢玉珍当时到底听到了什么。

卢玉珍还是信誓旦旦地重复了那段对话。

张大为说："当时附近还有别人？"

"没有了。"

"是你自己编的吧？"蔡康明直截了当地说。

"不是，我就是听见了。"卢玉珍到最后都坚称自己听到了对话。

直到后来张大为把事情说破了，说她没过河，喊了一声，没听到她妹妹的回复就走了。

卢玉珍沉默了一会儿，说："哦，可能是我记错了，是以前去喊她时听到的吧。"然后扭头就走开了。

"竟然有这种人？没发生过的事情，胡说八道！"出了卢家，张大为气愤地说。

姐姐卢玉珍的供述竟然完全是自己瞎编的。而且还编得那么有模有样。

也正是因为编得这么像真的，才让警察没有产生一丝怀疑。

小徐也说："她妹妹死了，这么大的事，她都敢瞎编。难道她不怕抓不到杀她妹的真凶吗？那可是她亲妹妹啊！"

"为什么要这么做呢？"大家都不明白。

老文也摇摇头，说道："真是没想到啊！没什么理由的胡编乱造。不能理解，不能原谅。"

为什么呢？

"可能为了不落埋怨吧！"蔡康明沉思了一会儿说道，"她不想被别人知道，她只是喊了一声，连妹妹的人影都没见到、回答都没等到，就离开了。"

"如果她当时找一找卢小妹，可能她妹就死不了。她本身就自责，再加上从小父母就偏心妹妹，她更害怕父母知道真相后埋怨她。"蔡康明猜测。

"被埋怨才多大的事啊？那是她亲妹妹的一条命啊！抓到凶手才重要啊！"张大为无奈地说。

"是啊，我们普通人都是这么想的，可是她不这么想。只能说每个人的认知不同。她根本不知道她瞎编的话，会对我们的侦查产生这么大的影响。"蔡康明接着说，"这就是小人物坏大事。你根本想不到在这么关键的事上，她竟然这么做。其实她也没有什么坏心眼，天塌了，她也不管，只顾着眼前不被家人责怪。这女孩子的天地就家里那么一点点。什么破案、抓凶手、为妹妹报仇，她想不到，妹妹死了，她也伤心，但她的潜意识是要避免让自己落埋怨，否则这辈子她都要活在全家人的责怪中。”

张大为吃惊地说：“还有这种人？！”

“怎么没有？你一辈子抓罪犯，到处行走办案，她一辈子就是家，结婚前围着父母转，结婚后围着老公孩子转，眼界只有眼前那么一点点。这就是不同的人啊。”

张大为听了点点头。

“但不管怎么说，我觉得她还是没有那么爱自己的妹妹。”旁边的侦查员小徐突然说道，“她们如果感情好，当时她去河边喊她妹妹吃饭，一定会亲自把她带回家的，不会喊一声，就走，她妹妹到底听到没有，她管都不管。”

“她对妹妹的感情确实比较复杂……”蔡康明也点头表示同意。

尽管大家对于卢玉珍为什么这样做还是不能完全理解，但这就是实际情况，是在案件真相大白之前，警察无论如何也想象不到的事实。

案子两天就破了，大家都很高兴。在返程的路上，只有蔡康明稍显担忧地说：“这个案子，除了这一枚认定的指纹，再没有任何证据，全凭刘宝全的口供。很庆幸，刘宝全没有反侦查意识，如果有一天，刘宝全翻供，说这枚指纹是他当时和其他村民一起下河营救卢小妹而留下的，那这个案子就一点儿证据也没有了。”

再后来，刘宝全没判死刑，杨爱勤独自抚养着孩子，一直在等他。

老苗审傻子，歪打正着，刘宝全做贼心虚，投案自首。老苗看似不务正业、荒唐无用的做法，冥冥之中却带着案件朝着正确的方向，以最快的方式推动。

否则，按照之前的思路，警方人海战术未果，再转变侦查方向，就算查到刘宝全身上，他如果不承认，或者用上面那套说辞狡辩，那么警方证据不足，无法结案。这个案子不仅要花很长的时间，还很可能办不下来，成为悬案。

老蔡讲完了，看着我问道："这个案子能破，就是因为审了个傻子，你说说看，我们这侦查工作是啥水平？"

我哈哈大笑："没水平！"

我又问道："你们怎么没想到卢小妹去看麦子是刘宝全专门派去的？你们从头到尾就没有一点儿怀疑？"

老蔡说道："如果我是写小说的，我就会怀疑了，但现实就是，卢小妹刚毕业，队上照顾一点儿，安排个轻松的工作给她，这也是她家人希望的，这不是很正常吗？在当时，有卢玉珍确凿的口供，有更多值得怀疑的线索，我们的精力都在这上面。所以，我们不是上帝视角，真相大白之前，我们并不知道哪些才是关键。"

我说："看起来很重要的，实际不重要；看起来不重要的，实际很重要。只有经历一遍，我们才会知道。"

"是的。在这点上，破案就表现得特别明显。要是思路走对了，案子一下子就解开了；要是偏了，就只能在那里原地打转。因为真相只有一个，走不对路，就破不了案。这也是为什么侦查工作很多时候需要老侦查员的经验和感觉。不像仪器化验，哪个指标高，哪个指标低，很明确，一看就行了。

"就像这个案子，老苗自己也说不清当时为什么一直审傻子，他说他觉得那个时候就应该做这件事。这就是老侦查员的一种模糊的直觉吧！”

“这是他碰上的吧？”我撇撇嘴，不相信地问道。

蔡康明说：“你可以这样认为。但哪个案子不是偶然和必然的结合呢？偶然是案子不可缺少的一个因素。在很多起案件中，这种看似不经意的、无聊的、莫名其妙的做法，总能起到意想不到的效果。所以，什么是直觉？就是一种解释不了的、不可思议的感觉，但偏偏又是正确的。”

我幸灾乐祸地说道：“老苗这个‘没水平’干过了老文那个‘有水平’！想想老文还煞有介事地给你们举豆地奸杀案的例子！这下‘打脸’了吧？”

老蔡也笑了起来，说道：“那倒也没有，他其实非常欣赏老苗。老文总说自己就是太理智，理智地忽略了内心深处的‘声音’，从而不仅有时在案件方向上，后来在职业道路上，甚至在人生的选择上，都做了不少错误决定。”

我听完，陷入沉思。

确实，人生也如此，路走不对，再努力也是白费，一旦走上适合自己的路，便会扶摇直上。难的不光是努力，更是选择。

我又问老蔡：“所以，如何选择一条适合自己的人生路呢？是理智分析对呢，还是我们的直觉对呢？”

老蔡一脸坏笑地说道：“嘿嘿，我没法告诉你，这也是你的选择！”

断头绳

虚伪

从善如登，从恶如崩。良知难以被泯灭，却总被虚伪遮蔽。

作恶者往往非怙恶不悛之人，只是被利益迷了心窍。

而一旦做下恶，便难以回头。

我辞职后到外地的一家单位应聘。笔试、面试都很顺利，谁知到了政审环节，有人抓着我档案中的小瑕疵百般刁难，想尽办法要将我拒之门外。

我当时很苦恼，和老蔡抱怨。老蔡听完，问我有没有留意过其他应聘的人。

这时我才猛然想起面试时的一幕。在候场时，一个女生和一个戴眼镜的工作人员对了眼神后，一起出去了一会儿，之后我发现那个工作人员是面试考官之一。而我当时并没多想，经老蔡的提醒，这些一直存在我脑海中的隐秘细节都串联起来。后来得知，那个被叫出去的女孩是第二名，综合成绩排在我后面，如果我淘汰了，她就会替补上来。

原来如此。

老蔡说，从众多铺开的线索中捕捉不寻常的细节，反复思考琢磨，进一步分析推理，是侦查员必备的职业素养。其实这并不难，只要用心观察、思考、运用，这也能为我们所用，成为在生活中避免危险、保护自己的一种非常有效的思考方式。

当然，应聘只是一件小事，毕竟“此处不留爷，自有留爷处”。而在生活中，我们也许会遇到更大的危机甚至无法躲避的无妄之灾。

这是极端情况，但万一遇到，我们该如何思考呢？

庞傻蛋

镇子上的人都认识庞傻蛋。

庞傻蛋本名叫庞磊，是庞家的小儿子，小时候发高烧把脑子烧坏了，成了傻子，街坊邻居都叫他庞傻蛋。

白天，人们在镇上忙碌着，来来往往，庞傻蛋就在太阳地里晒太阳。他 20 岁了，但智商却只有七八岁的样子，像个小孩子。也正因为这样，他平时总和小孩子们一起玩闹。

庞傻蛋性情时好时坏。好的时候，他看见有的小朋友被狗追、被大鹅赶，会挺身而出，保护别人。但他有时也会干些混事，比如抢小朋友的玩具，把他们惹得哇哇大哭，气得家长带着孩子到庞家告状。他还经常抢小卖部的橡皮糖吃。小卖部的老板追赶他，庞傻蛋仗着自己五大三粗，叉着腰，往路中间一横，一副“死猪不怕开水烫”的样子，谁都拿他没办法。

日子平平淡淡地过。可有一天，庞傻蛋却突然死了。

有段时间，镇上正在忙着打井。

Y 镇是一个缺水的镇子。一直以来，几个村子共用一口水井，打水要走很远的路，非常不方便。

后来，大家经过商议，决定在镇子中心的一块公共的空地上打一口新井，来解决吃水难的问题。

打井工作每周要持续五六天，每天都有不少村民来围观。

一天早上，施工队刚准备开工，工人却突然发现井底有个人，一动不动的。

大家赶忙把人捞了上来，这人正是庞傻蛋。

他两眼紧闭，舌头微伸，脸色黑青，脖子上套了根麻绳，衣服没有破损，身体看上去也没有其他伤痕。人早就断气了，身体已经有些僵硬了。

村主任李道义的家就在打井的空地旁边，他听到外面的喧闹声，便披上衣服出门来到井边。

大家七嘴八舌地讨论着。有的说，前天从旁边路过，还看他和一群小孩在井边上蹿下跳地玩，是不是哪一下踩空了，掉进去了。

“那脖子咋会套根绳子？”

“架子上的绳子也少了一截。”有村民说道。

水井的上方有一个用三根木头搭成的简陋支架，一般用绳子将三根木头的一端绑在一起，呈圆锥体立在地上。

架子下面吊着一个滑轮，滑轮下面吊着一个盛土用的竹篓，竹篓原本用四根绳子绑着，此时，其中一根绳子断了，只剩下一小截。断掉的位置绳股散开着（农村用的麻绳都是由多股细绳捻起来的，断掉时，绳头处的绳股就会散），但断处看上去比较整齐。

死者脖子上套的麻绳跟这段麻绳粗细一样，而且绳头同样也很整齐，看上去很像是同一根。

“会不会是庞傻蛋在井边，把架子上的绳子套脖子上，把自己当竹篓了，结果一不小心人滑到井里，绳子勒住脖子了，然后绳子断了，就连人带绳子掉到井底摔死了？”有人猜测道。

“有可能！”村主任和一些村民看着井口固定架上几乎一模一样的麻绳直点头。

施工队其中一个工人说道：“庞傻蛋好像对这个滑轮挺感兴趣，总趁我们不注意去拽滑轮上的绳子玩，还把绳子套在身上、套在手上，顺势往井里下。我看见过好几次，都赶快制止了。”

“估计这回是他玩的时候周围没人，出了意外，他被吊着，脖子勒着又喊不出来，所以没人发现。”大家又都纷纷点头，表示赞同。

案发现场

“李村长，你家就在旁边，你听到啥动静没？”有村民问道。

“我们这两天不在家，带着孩子去我丈母娘家了，要是在家，听见点儿动静，就不至于……”李道义懊悔地说道。

“庞傻蛋整天糊里糊涂的，啥事都干得出来。”有人小声嘟囔说。

“傻子一般都活不长。”

“太可惜了！眼瞅着马上出水了，这估计又打不下去了。挑水又成问题了。”

大伙儿都唉声叹气，议论纷纷。

这会儿，庞傻蛋的家人也都赶了过来，看到庞傻蛋的尸体，十分悲痛。大家纷纷安慰，让庞家人节哀顺变。

庞傻蛋的父亲有些哽咽："傻蛋前天晚上就没回来，全家人找了两天了，以为他跑哪儿玩去了，没想到是这样……"

庞傻蛋的哥哥庞峰安慰着掩面而泣的母亲："这都是命……我弟他那样，难免会出意外……"

经过商量，庞家打算先把傻蛋的尸体拉回家，准备白事。

本来事情应该就这样过去了。

谁知，人群里有个人发话了。这人叫王纯阳，是村里的一个光棍老头，没什么本事，但就是看谁都不服，属于那种"看热闹不嫌事大"的主儿。他特别爱唱反调，总是在人前说一堆大道理来显摆自己。

王纯阳突然说道："我看哪，事情不是这么个弄法。不能就这么了了，得报警！"

村主任李道义问："你别站着说话不腰疼了，净添乱！这是意外掉井里了，根本不是刑事案件，警察那么忙，哪儿有时间管？"

"那也得警察说了算！"王纯阳答道。

李道义一脸鄙夷："人家老庞都不说什么，咋轮到你在这儿指手画脚？"

"反正我觉得，这事必须报警。万一傻蛋是被人害死的，你们谁负责？"

一提到要负责任，大家都不敢说话了。

王纯阳见自己占了上风，扬扬得意起来。

村主任很生气，指着他说道："王纯阳！你别在这儿瞎胡闹了！"

王纯阳手一摆，扭头走了，边走边说："你们不报拉倒，我自己报去！"

意外？他杀？

当地警方接到报案，派了两个人到现场看了看，拍了一些照片，简单进行了现场勘查、尸检和走访。可以肯定的是，庞傻蛋是被勒死的。但到底是意外还是他杀，他们也下不了定论，回去汇报后，当地的刑警队开会讨论，多数人倾向是意外。

案子就被继续上报到市局，到了蔡康明和张大为手上。

张大为看了也拿不准。蔡康明看了绳头以后，当即提出来："不对，这绝不是意外这么简单，这是案件。"

"为什么这么肯定？"张大为问道。

蔡康明说道："很简单，这个麻绳一看就是有人用刀割断的。"

"为什么？"

"麻绳是多股绳捻成的，如果把绳子切断，绳头就会从切口处散开。虽然散开后是毛毛的，但断处会比较整齐，就像死者颈部的这根绳子一样。如果是因为重物坠断的，绳头虽然也会散开，但形状完全不一样，应该会有某一股特别长，也就是最后断掉的那一股。所以现在绳头的这种断面形状，肯定不是绳子坠断造成的。另外，这个麻绳很粗，一个人的重量可坠不断。综合来看，应该是有人故意割断的。"

"也可能是傻子自己割断的啊？他是个傻子嘛，什么事都干得出来。比如，绳子把他勒疼了，他就拿着刀片或者什么东西把绳子割断了。因为时间长，没保护现场，工具被人捡走了，也有这种可能啊。"张大为说道。

"这不可能。"蔡康明十分肯定地说，"他有可能把打着结的绳圈套在自己的脖子上，也有可能把绳子套在脖子上后再自己打结，然后跳进井里，把自己勒死。但如果他已经吊在井壁上，绳子已经勒到脖子上了，他就没有力量再用刀或者其他工具去割绳子了。另一种情况，如果他站在井边上，把绳子套在脖子上，他可以先把绳子割断，然后糊里糊涂地掉进井里，但在这种情况下，他有可能摔死，但绝不会被勒死。所以应该是有人把他勒死后，扔进了井里。”

经过这一番认真分析，大家才意识到，傻子的确不可能自己把自己吊死还把绳子割断，一定有别人参与。

案件已经过去两星期了，听了蔡康明的论断，县局才开始保护现场，立案调查。

当蔡康明和张大为到达现场的时候，现场什么东西都没有了，连具体的死亡时间都确定不了，只能大致框定在打井歇工的那两天。

案子从哪里开始调查呢?

财杀？情杀？仇杀?

肯定不会是财杀。傻子身上没有值钱的东西。

也不是情杀。如果是女孩子，还有可能出现性侵之类的问题，这个傻子是个男孩子，这种情况也不太可能。

是仇杀?

警方对庞傻蛋的情况进行了调查。

庞傻蛋的父母生了两个男孩，庞傻蛋还有一个哥哥，叫庞峰，已经结婚了，庞峰的孩子已经四五岁了。

庞家没有分家，庞傻蛋跟着他父母和庞峰一家三口住在镇子边上自家的宅基地里。

村民们说，庞傻蛋的父母和哥哥都是普普通通的农民，平时在镇上很老实，没听说过和谁家有仇。

这时，有侦查员提出一个线索。有人反映，在案件发生前几天，看见镇上开小卖部的张世杰拿着棍子追着庞傻蛋在镇子上跑，边跑边骂。因为张世杰在小卖部门口摆摊卖梨，庞傻蛋路过，抓起两个梨就跑，张世杰就在后面追。

难道是张世杰？因为庞傻蛋经常偷抢他的东西，把他逼急了而杀人？

有可能，这可以作为线索之一。

下一步到底该怎么办呢？

《基督山伯爵》

当地警方中有个叫陈福旺的，他个子矮小，从小学武术，平时大大咧咧的，有点儿莽撞。他自己认定的事，不容易转变，容易钻牛角尖。

他和村主任李道义是老相识，私人关系比较好。又因为他老家就在Y镇，长大后才到了县城刑警大队工作，所以他对Y县的情况比较熟悉。综合考虑，县局派他带着几个侦查员，配合市局进行调查。

案件分析会上，大家一片沉默。这个案子一点儿有用的东西都没有，大家为难情绪很大，不知从哪里开始。

陈福旺说："康明，你到底确定不确定是他杀？我看着就不像是案件。"

"就是，谁会杀个傻子？"侦查员们附和道。

"退一步说，就算是案件，我看这凶手就是闲的。说不定是流窜作案，凶手路过这里，看见他一个人在这里玩，以为他身上有钱，一时兴起把人杀了，这我们上哪里找去！"陈福旺毫无顾忌地说道。

蔡康明开口说道："我不这么认为，我认为这个凶手有隐秘的动机。这样吧，我提一个侦查思路，大家先听听是否同意。”

众人来了精神。

“我曾经看过一本书，叫《基督山伯爵》，是作家大仲马写的。不知道你们看过没有。”蔡康明说道。

“哦，我好像看过，是不是讲一个人被别人陷害入狱，然后越狱复仇的故事？”一个侦查员问道。

“是的，就是这本书。故事里基督山伯爵一开始想不明白自己为什么会入狱，他就请教在监狱里认识的一个叫法里亚的神父。这个人很厉害，教了他很多知识，对他的帮助很大。

“法里亚神父就说，你被陷害到监狱里，对谁有好处，就是谁陷害的你。

“同样的道理，庞傻蛋被人故意杀死，那么，他死了，对谁有好处，谁就有可能是凶手。”

大家一听，都来了精神。经蔡康明这么一点拨，迅速统一了思想，找到了几个得益的人。

第一，这事对他哥哥有好处。他是个傻子，虽然现在有父母亲照顾他，但若干年后，父母去世，两兄弟要分财产，而且哥哥还要照顾他这个包袱。如果弟弟死了，那么哥哥就没包袱了，而且遗产都归他了。

第二，对他父母亲来说是个解脱。这个傻子已经20岁了，他们两口子一大把年纪了，还得替他操心。他不仅对家里一点儿帮助没有，还到处惹是生非，今天拿人家糖果，明天偷人家个梨，老两口一把年龄还得到处给人赔罪，同时还要养活他，长年累月，心力交瘁。而且庞磊的病治不好，未来没有希望。如果他死了，家庭就卸下了一个大包袱。当然，也不排除是全家合谋将庞磊杀死的。

第三，小卖部老板张世杰。他以后不会再因为庞磊损失利益了。

大家都知道，傻子经常去偷抢他的东西，他也很气愤，有时候甚至会拎着刀追赶傻子。如果傻子死了，以后就没人再去骚扰他了。

侦查方向很快明确了，专案组分为两组，张大为带一组人调查庞家，陈福旺带一组人调查张世杰。

查了两天，调查结果是：

庞家平时很和睦，没人嫌弃庞磊是个傻子。父母自觉亏欠孩子，对照顾他的事情毫无怨言。哥哥一直很照顾弟弟，从没说过要和弟弟分家之类的话。对于庞磊的死亡，全家很悲痛。

虽然小卖部老板张世杰平时经常和庞磊产生矛盾，但据张世杰自己说，其实他很同情庞傻蛋，他知道庞傻蛋是因为生病才成了傻子，所以平时追赶他都只是在吓唬他，从没想过真要把他怎样。现在庞磊死了，他还挺难过，庞家办白事的时候，他还专门包了一些庞磊平时爱吃的橡皮糖去庞家慰问，算是给庞傻蛋送葬。

两组都没发现可疑的地方。

排除

案子没进展。傍晚时分，蔡康明、张大为和陈福旺三人吃过饭，心照不宣地往现场走去。

路上，张大为说出心中的疑惑：“康明，咱们的侦查方向是不是错了？你提出的‘对谁有利，谁就可能是凶手’的思路有道理。但是，这个死者身份比较特殊，这个思路能硬套在这个案子上吗？”

“是啊！”陈福旺说道，“你说的这个《基督山伯爵》，到底在实践中管不管用啊？他是个傻子，谁会和傻子计较？这种人，家里就算有仇人上门报仇，估计都不会找他。”

蔡康明听了，笑着说道：“你们的反应怎么和书里基督山伯爵刚听到这个事情时的反应一样啊！都觉得自己和别人无冤无仇，自己又无足轻重，谁会来整自己呢？好像大家都以为，自己不得罪别人，别人就不会来害自己！

“其实现实根本不是这样。一切事情都是相互关联的，在发展变化中，很多事情不经意间就会碰撞出联系。我们现在还不知道这个联系是什么，但不代表它不存在。我们每个人都可能成为别人的棋子，要设身处地地站在对方的角度，才会发现其中的奥妙。”

张大为说道：“我不管什么棋子不棋子，我就纳闷了，查了这么多天，怎么会没进展呢？难道是庞家人隐藏得深？表面一套，背后一套？”陈福旺一咬牙说道：“你们别这么文绉绉的了，干脆就都抓过来突审一遍！”

蔡康明赶快说道：“我正想和你们讨论这事呢！虽然这个思路应该是没问题的，但我认真想了想，可能的确不是这几个人。”

“不是？”陈福旺和张大为疑惑地看着他。

“你们这个镇子大概有多少人？”蔡康明问陈福旺。

“有两千多人。”陈福旺答道。

“嗯，你们想想，这个镇子这么大，人口也比较密集。庞傻蛋、庞宏森老两口以及庞峰一家住在镇子的边上，案发现场在镇子中心，距离比较远。假如是他们杀的，我们站在他们的角度想想，会怎么办？

“如果是在家里杀的，我会抛尸到镇子外边，在那里装卸尸体还很隐蔽、很方便。我也不会把人杀死了，再运到镇中间，扔到那个井里。带着尸体专门来到镇子里面，这一路上一是距离远，二是不可能避免遇到熟人，就算是半夜运送尸体，也是有风险的，因为镇子大，人口密集。

“如果是在外面杀死的，我也会把人带到镇子外边，杀死了以后可以扔到村外边的井里或者埋起来，比在镇子中心杀死更难被发现。

“所以，这么分析来看，庞家人‘卸包袱’杀人，这种情况基本不成立。”

两人点点头。

蔡康明继续说道：“第二个，庞傻蛋抢小卖部的梨，张世杰为此事去杀一个人，这种情况可能发生。但这种情况往往会是激情杀人。比如，死者突然拿了张世杰的东西，张世杰太生气了，‘咣咣咣’几刀或者一顿毒打，一时冲动把人杀死了。但是现场不符合激情杀人这种情况。庞傻蛋身上没伤，脖子上套了根绳子，这里面没有发泄情绪的表现，不符合激情杀人。所以，张世杰这个人也基本能排除。

“所以，这几个人都不用再调查了，应该都不是。”

“都不是？那还能有谁？”张大为一脸疑惑。

“这是个傻子，杀他能对谁有利呢？这怎么像猜谜似的，这是破案吗？”陈福旺非常沮丧。

蔡康明说道：“不知道，再找找，一定还有其他原因。”

说着说着，三人走到了案发现场。

这块地位于镇子的中心，是一块公共土地。

蔡康明看看周围的地势，这块地不大，四四方方的，很规整，四周围绕着房子，像个“小盆地”。这里不是四通八达、开放的，外面只有一户人家，进入这块地，要从这户人家门前绕一下，所以，这里更像一个私密的小空间，位置非常好。

蔡康明嘟囔道：“这么好的一块地，分给村民多好，在这里打井，太可惜了。”

陈福旺说道：“村里也想分，可是分不成。你们城里人不知道，在农村，一亩地等于十分地，一分地等于十厘地，三分地能建三间房子。镇上给村民们分的宅基地得够三分。这块地是两分地，不够分，没人要，只能空着。村里缺水井，正好在这里打个井。”

三人溜达着，围着井口绕了好几圈，然后一起走出这块地。走到现场旁边的房子前面，蔡康明问道：“这旁边是谁家的房子？”

陈福旺说：“这个是村长李道义家，我发小，好兄弟。”说着就走上前去敲门，想打个招呼。

张大为说道：“要是这水井能继续打下去，李村长家吃水就方便了。”

陈福旺说：“是啊，这家伙最顾家了，不管什么时候，都是先把自己那‘一亩三分地’给安排好。”

李道义家里没人，三人就继续溜达着往外走，回到了专案组。

当天晚上回去，蔡康明就叫停了对庞家和张世杰的所有调查。

死亡地点特殊

此时，距离案发已经快一个月了，仿佛一切又回到了原点。

侦查员们对调查突然暂停感到很迷惑，第二天案件研究会上，蔡康明和大家阐明了原因，专案组成员们不免担忧起来。

案子好像是被一团迷雾围绕的门，大家拿着钥匙在门前绕来绕去，就是找不到门锁。

死者死了，还对谁有利？

蔡康明说道：“这个案件很特殊，我们之前一直围绕着死者是傻子这个特殊身份的问题。但其实，还有一点特殊，死者的死亡地点特殊，也就是死者为什么会死在现场这个地方？”

“镇子中心吗？”有人问道。

“是的，更具体地说是死在一个没有打好的井里。”蔡康明继续说道，“凶手为什么会在这里把他杀死，或者是把他杀死后抛尸在这里？”

大家还是面面相觑，不知如何回答。

“因为有人不想让大家在这里打井。”蔡康明直截了当地说。

“不可能，打井百利而无一害，解决全镇人的吃水问题，没有人会反对。”通过几天的走访调查，对镇上情况已经非常熟悉的侦查员反驳道。

陈福旺也说道：“这个情况我了解，当初选择在这个地方打井，是全镇人集体商议决定的，没人反对过。怎么会因为这个事情？这不太可能！”

“这是仅剩的动机了。大家觉得再不可能、不可思议，它也是有可能存在的。”蔡康明说道。

“难道是村里一些专门和大家对着干的人做的？”陈福旺说道。

“谁？”

“王纯阳！”

“不可能！当时就是他执意报的案。”又有侦查员反驳道。

“可是，按照不同意打井的动机，当初全镇开会决定时，就他一人不同意。他是个‘二愣子’，没家没业，爱和大家‘唱反调’，因此谁都不敢惹他。这家伙住在镇子边上，他认为在镇中心打井破坏镇子的风水，也会影响他家的风水。他说他家住在镇子的正西，是在‘离火’方位，如果在镇中心打井，‘水’克‘火’，对他家不好。简直是胡说八道！”陈福旺说道。

“那他怎么会执意报警呢？”

“这人也不太正常，不能用正常人的想法去看他。”陈福旺说道。

蔡康明说道：“我们别扯远了。这个王纯阳没有动机，他没家没口的，对挑水要求不高，所以他很可能就是瞎吵吵，提提意见，行就行，不行就算了。不管破不破坏风水，在这里打井，他挑水还是方便很多，没有损害他的实际利益。他应该不会因为这子虚乌有的理由跑去杀人。我认为和王纯阳比起来，有一个人更可疑。对于这个人来说，打井损害了他的实际利益。”

“谁？”

“村长李道义。”

侦查员们一听这个结论，都吃了一惊。

“什么？！不可能，不可能。康明，他是村长，他怎么可能因为你说的这芝麻点儿大的事情杀人，你这推理就是瞎子摸象。我觉得，这个案子，从一开始，我们的思路就有问题。”陈福旺说着，还用大拇指掐着小拇指肚，强调着事情太小，激动地否定了整个推理。

“在那里打井，他家离得最近，吃水最方便！他反而是打井的受益者！”另一个侦查员帮腔。

蔡康明说：“我们不能只听人说，我们要设身处地地站在他的角度去考虑。据我观察，打井对全村人都好，唯独对他好坏参半，影响很大。

“那块地往外走一点儿，就是他们家。大家想象一下，在打井之前，这里来的人很少，而且一直空着，他家在那里放个东西、种个菜什么的很方便。所以，那时候，这里虽然不是他家的地，但实际上就是他家的后花园。

“但打了井之后，这块地他们不能用了，而且以后镇上的人打水都要从他家门口绕过。

“如果我们站在希望打井的角度去看，他家打水是方便了。但他自己想到的是，他家的后花园没了，门前熙熙攘攘，总有人在他家门前走来走去，生活十分不方便。

“所以，虽然没有明确的证据指向村长，但是从动机上看，我认为，很有可能就是这个人。”

陈福旺反驳道：“大家对他评价很高，他人缘也很好，经常带着大家一起干活。他十分好客，打井期间，村民们累了还会到他家里坐坐。他和庞磊的生活根本没有一点儿交集！”

有的侦查员说道：“在走访中，提到村长的时候，大家都很认可。在案发现场，他还带着大家想办法救人。”

侦查员们对蔡康明这个大胆的猜想都不认同。

蔡康明说：“打井的事情，他到底是否同意，我们不知道。但从目前的分析来看，我们排除了所有可能性，这是仅剩的、唯一的可能性。”

张大为说：“我觉得康明说得有道理，我们先围绕打井问题调查看看。”

侦查员们只能抱着试试看的心态，围绕打井问题展开调查。

一调查，果然，有人反映，一个多月前，村民们早上来干活，发现井里被扔了一只死猪。村民们还骂，谁这么坏，哪里不能扔，偏要把死猪扔到井里。大家把这只死猪捞出来，继续打。

这条线索的出现大大增强了侦查员们的信心，蔡康明猜测得没错，确实有人想阻止打井。

陈福旺也有所改变，亲自带着侦查员们偷偷搜查了李道义的家，发现他家晾衣服扯的麻绳和傻子脖子上那个绳子是一样粗细的，还有绳子扭转方向也是一致的。

他们偷偷剪了一截带回来让蔡康明比对。

蔡康明无奈地说：“如果是撬杠或者铁丝被剪断，这类硬物能够整体分离，痕迹就可以比对，可以确认是否曾经为一体。但麻绳剪断了就损坏了，没法再比对了。”

但蔡康明又说：“虽然不能作为证据，但可以说，麻绳种类是完全一样的。”

这又一次增加了侦查员们的信心。

专案组决定突审。这时，陈福旺还抱着最后一线希望，说：“试试吧！真要是他，就算是我亲兄弟，我也不会包庇。”

审讯

那时候没有窃听器，这个案子全靠推理，犯罪到底是怎么实施的，大家完全不知道，从哪里问起呢?

蔡康明、张大为和陈福旺三个人坐在一起商量对策。

张大为说：“我们轮番上阵，熬他几天，他肯定招认。”

蔡康明说：“不行，没有一点儿证据，必须是他自己承认，否则到检察院、法院阶段，他一旦翻供，案件会因为证据不足退回来。”

最后，大家商量决定，还是用心理战术。

专案组把村主任李道义带到离家比较远的一个水库旁边一间孤零零的屋子里，四周人烟稀少，非常安静。

把人关进去后，专案组安排三个穿白大褂的警察在他身上上上下下一番采集，先按指印，再踩脚印，然后提取毛发，一通操作。

李道义被这阵势吓坏了，一个劲儿地问他们要干什么。张大为跟这些人提前交代过，李道义和任何人说话，都不能回应。然后一群人鱼贯而出，把李道义一个人锁在了屋子里，一锁就是大半天。

这一通操作对李道义形成了强大的心理震慑。他不知道警察掌握了什么，看到警察采集指纹、脚印，李道义在小屋里一遍遍地回想，当时自己在现场到底留下了什么。

正当李道义做着激烈的思想斗争时，蔡康明和张大为进屋了，同时两个魁梧的侦查员被安排站在李道义身后。在那种时刻，在狭小的房间里，看着眼前四个身材魁梧的穿警服的人，任凭谁都会感受到巨大的压迫感。

蔡康明和张大为刚进去，李道义就说："你们到底要干什么？你们为什么抓我？"

张大为说道："干什么？你自己心里还不清楚是为什么？！"

进去前，两人就商量好，这事如果是他做的，要让他自己提起来，否则如果是警方先提出来，李道义一直否认，案子就没法审讯下去了。

李道义说："我是村长啊！我怎么会干违法乱纪的事情呢？我真不知道你们为什么抓我。"

蔡康明说道："李道义，坦白从宽，抗拒从严。我们只给你一次机会，你想好再说！"

李道义开始自言自语、喋喋不休："你们公安办案水平太差了！冤枉好人！你们不了解清楚就抓人，你们这样，我以后怎么做人？我好歹也是村长，你们这是迫害国家干部。"

李道义一个人嘟嘟囔囔地说了有 10 分钟。蔡康明和张大为一声不吭地看着他。

又过了一会儿，蔡康明看了看手表，说道："时间快到了，你再不好好交代，我们就不给你机会了。"说罢，做出一副笃定的样子，好像他再不说，两人站起来就要走了。

李道义喊道："我和庞傻蛋无冤无仇的，真的不是我干的。你们可别听王纯阳瞎吵吵啊！他这人不正常。大家都说了，庞傻蛋是自己把自己给勒死的，你们这样调查来调查去就是白费工夫。要不然就是你们水平不行，查不出来，想把屎盆子往我头上扣！你们还冤枉好人！你们等着，我要往上面反映！”

蔡康明和张大为听到李道义自己提了出来，而且把庞傻蛋的死因说得很清楚，心里暗暗一喜，果真是他。

蔡康明说道：“不是你，你怎么知道我们抓你是因为庞傻蛋的事？你怎么这么确定庞傻蛋是被勒死的，不是掉进井里摔死的？”

李道义一愣。

张大为说道：“李道义，还说不是你，我们已经比对过采集的指纹了，你是不是用你家晾衣绳把庞磊勒死了？”

“你们办案水平真是太差了，我是村长，我和庞傻蛋都没说过话，我杀他干什么？”李道义故作镇定地反驳道。

“你别装了，你以为我们不知道，死猪是不是也是你扔的？”蔡康明厉声问道。

李道义的眼神中闪过一丝惊讶，他开始低头沉默起来。

李道义当村主任多年，是老油条了。这时，他突然意识到自己说漏嘴了。警察没说什么事，他倒先给抖搂出来了。当他意识到自己落了下风的时候，索性不说话了。他知道，沉默，一定没错。

之后，不管蔡康明和张大为怎么问，李道义一改刚见面时的喋喋不休，突然开始保持缄默。

本来的大好局势突然逆转。如果李道义保持这样的沉默，他们一点儿办法也没有。

蔡康明和张大为使了个眼色，张大为立刻心领神会，说道：“你不说话，照样能定罪。我们给你点儿时间，你自己再好好想想，等我们回来，你还不说，那我们不会再给你机会了。”

虽然张大为这句话说得硬气，但是蔡康明和张大为心里明白，这明显是虚张声势，狡猾的李道义一定能看得出来。这是一场心理的较量。

两个人从屋里出来后，有些沮丧。

这怎么办？

陈福旺听蔡康明和张大为说了里面的审讯经过，心中“抓错人”的最后一丝希望破灭了，他下决心说道：“我去见见他，劝劝他。”

张大为和陈福旺走了进去。

李道义看到陈福旺来了，眼睛里闪过一丝惊讶，很快，他又冷静下来。

陈福旺说：“道义，前两天我从你家门前路过，想去找你聊天，你不在家，我想着下次再来。没想到下次见面，会是这种方式。”

李道义面无表情地看看陈福旺，一句话也不说。

然后就是一阵死一般的宁静。

整个房间给人感觉有一股强大的压力。

李道义终于还是忍不住了，说道：“福旺，这么多年，你在县城，我在老家没少照顾你家老母亲吧！现在你为了立功，拿我开刀，你有没有良心？我是村长啊！我过得好好的，我杀个傻子干什么？”

张大为听李道义这么说，心里一沉。他担心陈福旺心软，一激动，说些不合时宜的话，让李道义摸透警方的底，知道他们没证据。

谁知，陈福旺以退为进，说道：“道义，我真的感谢你这么多年的照顾。但是我现在其实是在帮你啊！做了就是做了，你抵赖不掉的，我是在帮你还原事情的真相。”

李道义又不说话了。

“你不说，我们只能定你故意杀人罪，我们问你情况，也是给你一次解释的机会，让你说出你的难言之隐。”张大为说道。

又是一阵死一般的沉默。

陈福旺突然幽幽地说："道义，你逃不掉的，你难道想因为这事再把慧娟牵扯进来，让你家壮壮和媛媛没人管吗？"

李道义是个非常顾家的人，他没想到陈福旺会来这么一句，此刻，他想起了家里的媳妇和孩子们，突然捂着脸"呜呜"地哭了起来。

果然还是陈福旺了解他，审讯就是一场心理的较量。

陈福旺接着说道："道义，坦白从宽，做过了，就得承担。当时到底发生了什么？"

算计

李道义说道："打井这事，我是村长，我没法反对。但是我们家没有围墙，正好那一块两分地在我家的右手边，我家不需要院子，周围几家人的房子正好都把这块地围起来了，很密闭。没打井之前，这里住着很舒服。

"后来有人提出在这里打井，大家都很赞同。其实对我家来说，只要不打井，怎样都行，分出去也行，但两分地又分不出去。

"在这里打井，所有人打水都要从我家门前走，而且人们不只打水，还会在井旁边洗衣服、洗东西，其实就等于在我家院子里洗漱，很麻烦，很别扭。

"我想阻止，看见大家劲头很大，又没法说。有一天晚上，我趁没人，把得瘟疫的死猪扔到井里面，以为能阻止他们打井。谁知道村里人劲头很足，把死猪捞出来继续打，一点儿不受影响。

"那段时间，我一听打井的声音，头都是疼的，烦得想撞墙。事发前大概一周左右吧，那天他们没干活，我从家里出来，正好看到那个傻子在井边玩，他拿着绳子，往井底探着身子捞东西。

“突然，我灵机一动，心想，这是个傻子，要是掉到井里死了就好了。有人死到井里了，村民肯定不会再继续打了。

“有了这个想法后，我越想越觉得可行。要是一个好好的孩子死了，家里肯定不依不饶，但是这个傻子死了，不会在村子里引起什么轰动，估计他家人连报案都不会去报，死了就死了。他哥哥以后也不用承担这个负担了，他父母亲等于卸了个包袱，可能会悲痛两天，等悲痛的劲头过去，也就算了。这样既不会引起人们的注意，这个井也打不成了。

“那天一早，我老婆慧娟带着俩孩子回娘家了，我一个人在家。我去上厕所，一出门，看到这傻子正好一个人在井边玩，那天他们打井的也没开工。我就拿了点儿花生，把他哄骗到我家里。趁他吃东西的时候，我把晾衣服的麻绳剪了一截，从背后把他勒住，勒死了。我把尸体放在家，装作若无其事地去丈母娘家吃饭，然后让我媳妇晚上带着孩子再住一晚。

“晚上，我一个人回家。等到夜深人静，我把勒庞傻蛋的绳子打了个结，套在他的脖子上，把尸体扛到了井边，扔到井里，想伪装成他自己在井边玩，用绳子把自己吊死的假象，然后第二天天不亮，我就回了丈母娘家。

“之后又过了一天，尸体被人发现了。当时，我到了现场，发现滑轮上的绳子正好也少了一截，现场的人也都以为是意外，我当时心中暗喜，真是老天帮忙！我也就顺势往‘意外’的方向引……

“庞傻蛋的家人很伤心，但对于这种意外，和我预想的一样，他们早就做好了心理准备，看他们当时的反应，其实不想多去追究，过去了就让它过去了。

“事情本来进展得非常顺利。谁知道，千算万算，没想到突然冒出个王纯阳……唉，事情就是这么回事……”

“道义你糊涂啊！平时村里大大小小的事情，你都处理得井井有条，和大家关系也不错，怎么突然犯下这么大的错误。大不了想办法搬家啊！怎么会因为这事，想不开去杀人呢？”陈福旺听后十分痛心，但又不能理解，感慨万千。

李道义是个心思缜密的人，这种性格的人容易因为某个小事走进“死胡同”里出不来。庞傻蛋之所以会被盯上，就是因为他是个傻子。精明算计的李道义动了杀心，以为这事“神不知鬼不觉”。而这个案子能被发现，又多亏了“不按常理出牌”的王纯阳，否则，李道义很可能就蒙混过关了。

世上唯一不变道理的就是“变”。没有人可以算准一切，把控一切。

侦查员们都服气了，都说这个案子破得像讲故事，全靠推理。如果不是蔡康明提出这个思路，这个事情怎么也扯不到村主任身上，谁也想不到这会是一个和死者完全没有交集，甚至都不怎么认识的人干的。

经过此事，陈福旺专门去书店买了一本《基督山伯爵》。

后来，案子到了检察院、法院，因为全凭交代，没有证据，李道义没被判死刑，估计早些年已经放出来了。

老蔡说，真相，往往隐藏在一团看不清的迷雾后面。细细观察，总有蛛丝马迹；换位思考，总能找到原因。

因此，在我们莫名其妙遇到某种陷害或者灾祸时，从中受益的那个人，有时看似是毫无关联的人，有时是亲人、朋友，甚至最亲密的人。

无论我们觉得这有多么不可思议、不能理解，无论他们做得多么隐秘、多么高明，只要事情发生了，都逃不出那句格言：你不在了，谁会获益呢？

而当我们有一天，在毫无防备的情况下，真的遇到凶险的算计和陷害，如《基督山伯爵》的主角艾德蒙·唐戴斯一样，突然间莫名其妙被打入地牢，跌入深渊，从此暗无天日。我们和对方力量悬殊，甚至毫无还击之力，只能眼睁睁看着自己坠落；尽管知道了真相，但木已成舟，走投无路，无依无助，只能孤独地舔舐伤口。没人听到也没人在意我们心中不甘的呐喊，但，我们又能怎样？

大道至简，“基督山伯爵”告诉了我们出路：等待，等待，终会有希望！

“寻找”曲灵

傲慢

世俗的眼光总使人迷惘，勾起人心底的自卑，

让人不惜蒙骗自己而取悦他人。

可那苦心经营的虚假繁荣，又能支撑几时？

唯有对自己诚实，才有从容的资格。

老蔡说，破案有时候也是窥探一个人内心的过程。在命案现场，警察看到的是一具没有了灵魂的尸体。而在破案过程中，我们会慢慢感受到每一具冰冷的、毫无生气的尸体曾经都是一个鲜活的人，他们有思想、有爱人、有家庭、有喜好、有习惯。随着调查的深入，我们会一点儿一点儿地拼凑起他们的人生，甚至窥探到他们内心深处外人看不到的角落。

前段时间我在网上看到了一个案件。一个年轻女孩请一位男性朋友到自己家里制作 PPT，女孩是个优秀的“白领”，这个男的知道自己高攀不上，但他还是心存一线希望。后来，女孩上厕所时，这个男的无意间看到女孩书架上的黄色光碟，于是他误以为女孩儿对他也有意思。在女孩上厕所出来后，他突然抱住女孩，想和她发生性关系，遭到女孩的强烈反抗，随后将女孩杀害。但警方在尸检时发现，女孩没有遭受性侵害。网上都说凶手是因误会而杀人，当然，这是起因，但后来凶手在交代罪行时说，当时受害者要报警，他一害怕，就起了杀心。

我问老蔡：“当时凶手没有性侵成功，在犯罪过程中自动放弃，这算是犯罪中止。既然罪犯主动停止伤害，为何还要杀人？”

老蔡说：“这样的案子有很多，受害者没有遭到性侵，但被杀害。这取决于凶手的一念之差。我们如果了解凶手的心理，就会有自救的可能。”

“港姐”曲灵

“村里有个姑娘叫小芳。”在那个时候，每个农村总会有一个“小芳”，曲灵就是这样的存在。曲灵家附近的邻居们似乎每个月都能听到往 M 村送信的邮差王晓远的这声高喊：“‘港姐’，你的追求者又来信了！”

只见一个个头儿不高，烫着黑短卷发，打扮时髦，趿拉着白色塑料凉鞋的年轻女孩，腰肢曼妙地从屋里走出来，从王晓远手里接过信，眼波流转，含娇带羞。

路过的邻居见到有人给她写信，也停下脚步，开玩笑地说道：“‘港姐’，又有人追了？”

曲灵笑着“嗯”了一声，自顾自地拆起信来。“喜欢‘港姐’的人就是多！什么时候结婚啊？赶快定下来！不能再挑了！”身旁的一个大娘对她说道。

曲灵只是笑，不回答。

旁边的大爷看到曲灵不想细说，对大娘说道：“哎呀，你操什么闲心，人家又不缺找！人家‘港姐’肯定是找咱们县里的大学生，反正不会看上咱们村里的。”

听着邻居的议论，曲灵看起来很高兴，满心欢喜地回了屋，轻轻地带上了房门，好像怕吵着家人似的。

曲灵拿着信往自己的房间走，不知什么时候，父亲曲爱国听到动静，从屋里出来，坐在小板凳上抽着旱烟等她，看她径直往自己的房间走，说道："又来信了？"

曲灵假装没听见，继续往屋里走。

"喊他来家里见见，你们也老大不小了。又不是啥丢人的事，这么偷偷摸摸的，不见人是啥意思？"

曲灵17岁初中毕业后就在家务农，一转眼十一年过去了，一直不找对象，因为这事，父女俩在家里一说话就剑拔弩张。曲灵反驳道："谁偷偷摸摸了！"

"那这人是谁？为啥只写信，不露头？"

"一个普通朋友。"

"啥叫普通朋友？不是冲着结婚去的？"

"你们别管我的事了，行不行？"说着，曲灵就要回屋。

曲爱国心中的怒火忽地蹿了起来。

"我跟你说，曲灵，你这么大的人了，在外面可别什么人都招惹，你不要脸，我们还要脸呢！"

曲爱国本来心里对这写信的人抱着一丝希望，以为会是未来女婿。一听曲灵说是普通朋友，突然间，他想起平时村里人背后议论曲灵，对她指指点点，猜测她不找对象是有什么见不得人的原因，甚至说她在和一个有妇之夫交往，曲爱国心里焦急起来。

曲灵听父亲越说越难听，扭头就进屋，关了门。

这一下把曲爱国惹火了，他一脚把门踢开："到底咋回事，说清楚！你不同意人家老刘家的儿子，是不是因为写信这人？"

一个月前，父亲牵线搭桥找了老刘家的孩子相亲，人家挺中意曲灵的，但曲灵不同意。曲爱国知道曲灵心气高，一心要找个有城市户口的。

曲灵厌恶地说道："就老刘家那儿子还想找我，他想得美，看见他我就恶心。就他那样，他就是一堆牛粪。"

曲爱国对曲灵的阴阳怪气一点儿办法也没有，叹了口气，说道："那你这算什么呢？全村都知道有个人追求你，隔三岔五就给你写信，谁还敢找你？你以为这样就好？给你介绍个咱们村知根知底的，你又看不上！你不也是农民吗？本分的你看不上，你就喜欢那些'浪荡货'，非要找个县里的。问题是你有这条件吗？你又不是长得跟仙女似的。"

"不用你们管。"

一听曲灵说"不用你们管"这几个字，曲爱国就生气。可怜天下父母心，做父母的哪有不操心孩子的。曲爱国和妻子白燕就生了两个女儿，曲灵是老大，她小时候，曲爱国特别宠她，没想到，长大了，两人却总是话不投机，曲灵说话经常把曲爱国噎得无话可说。

"好好好，我不管，你干啥我都不管。我看明白了，你也是这号人，天天打扮得花里花哨的，你正经找个人结婚啊！你打扮成这样给谁看啊？你再等等，还有人愿意找你吗？活该你一辈子当个'老姑娘'，死了都没人管。"

曲灵看父亲生气，也不服软。

接下来的几天里，父女俩一直在冷战，其间，曲灵去了趟县里，回来后就把自己关在屋里，闷闷不乐。直到一周后，9 月 4 日下午 3 点多，曲爱国对妻子白燕说晚上想吃玉米，白燕准备去地里掰玉米，曲灵主动接过母亲手中的竹篮说她去。

然后她又在屋里磨磨蹭蹭地穿衣打扮了一番，临走前，突然对曲爱国说道："爸，我不让他再写信了，我同意和姓刘的再见一次面。"然后红着眼睛，挎着竹篮出了门。

"再见一面"，这对于相亲的双方来说再正常不过，可是曲爱国听到女儿能这样妥协，已经很高兴了。他心里一热，眼眶一红，他相信曲灵自己会想明白的。

不怪曲爱国着急，曲灵 29 岁了，在四十年前的农村，她就是个“剩下”的“老姑娘”。

而“老姑娘”向来是大家津津乐道的话题，特别是像曲灵这样打扮出位的“老姑娘”，在附近几个村有很高的话题度，她的一举一动备受人们的关注。

曲灵不算漂亮，身材一般，就是喜欢打扮，非常讲究，头发烫着卷曲的大波浪。她最大的爱好就是买衣服、穿衣服，半天就换一身，连去地里干活也要打扮得整整齐齐，这对那个年代的农村来说，简直是奇葩。

在闭塞的农村，人们的共识是媳妇要找踏实、能干、好生养的，另类的曲灵在大家眼里变成了笑话，她也成了人们茶余饭后谈论的话题。村里人常常调侃她打扮得像个香港明星，喊她“港姐”。

对于“港姐”这个调侃的称号，曲灵听了挺自豪，而曲爱国可不这么想。看着女儿非常普通又极度自信的样子，他不想伤害她，但一生气又忍不住，总是说出打击她的实话。

他知道，以曲灵的长相和自己家的条件，想找个条件好的挺难。但“一个萝卜一个坑”，找对象这事，只要女方积极找，降低点儿标准，哪有找不到的。

老刘家的孩子条件一般，但是配自己闺女可以了。

听到曲灵出门前说同意和刘家的儿子再见见，曲爱国心里感到安慰。但他知道她眼界高，嫁老刘家的儿子确实有点儿委屈她，可曲灵年龄大了，实在没办法，曲爱国心里也是说不出的难受。

他走到院子里，看着曲灵越来越远、越来越小的身影，感到心里的一块石头落地了。他不会想到，自己前几天咒骂女儿“死了没人管”的这句话会一语成谶，曲灵的妥协竟成了这辈子父女之间最后的告别。

下午5点左右，母亲白燕开始做晚饭，点火、烧水，准备煮玉米。曲灵的妹妹曲萍在一旁帮忙，曲萍的男朋友许绍光也来了。曲家就生了两个女儿，曲灵和曲萍。曲灵比曲萍大5岁，在家里从小就获得了更多的宠爱。因为曲灵没结婚，曲爱国私底下迟迟不让曲萍结婚。

曲灵这一去一个多小时，还没有回来，平时一来一回也就半个小时。

曲爱国等得不耐烦了，说道："咋还不回来，我去看看去！"说着起身准备出门。

白燕正在往锅里舀水，一把拉住曲爱国，说道："闺女这么大了，你天天嫌她不找对象，这多出去一会儿，你又嚷嚷着让她回来！"

"掰个玉米怎么会这么久？"

"说不定是来了信之后，两人约着见面呢！她不得和人家说清楚嘛。"

曲爱国正为这事心情沉闷，经白燕这么一说，心里一阵欣喜，又暗暗抱有一丝希望："我又不是不同意她自己找，只要她能找来，啥样的都行，我都同意。但俗话说，鱼找鱼，虾找虾，乌龟王八是亲家。自古结婚就得讲究门当户对，我就是怕她被骗。"过了一会儿，又自言自语地说道："这么想想，还是老刘家的这个能成。"

又过了半个多小时，快6点了，曲灵还是没回来。

"我去找找吧。"曲爱国还是放心不下。

"你去找她，要是碰上她和哪个男孩在一起，你可别打扰她，你掉头回来，晚上不吃玉米也行。"

“知道了，知道了。”

出了M村，沿着大路往西走1公里，大概需要10分钟的路程，然后往右拐进一条小路，再往北走，过一座小桥，曲家的玉米地就在路西边。

曲爱国走着走着，看到村里常来河边放羊的鳏夫葛老头拿着长杆旱烟，赶着三只羊溜达着迎面走来。曲爱国问道：“老葛，看见我家闺女没？”

葛老头吐了一口烟，挥动烟杆往身后一指，一句话没说，继续赶羊，往回村的方向走去。

曲爱国一边喊曲灵，一边继续往前走。

但一直没人回应。

莫不是真跑到这里谈恋爱了？

他心里一喜，从路坡上下来，站在玉米地旁的草丛里，看着郁郁葱葱的玉米，犹犹豫豫，不知道是否要进去找找。

他想，干脆先坐下来吸根烟，等等吧。

他找了个平坦点儿的土坡坐了下来，从兜里掏出烟，刚准备点火，因为视角变化，他隐隐约约看到远处好像躺着一个人，身上穿着红色的衣服，感觉十分熟悉。

他心里一沉，突然有一种害怕的感觉，腿像灌了铅一样，不敢相信，但又必须前去看个明白。他顾不得玉米叶刮着他的身体，不知道自己是怎么走过去的。“闺女，闺女！”他看着曲灵衣衫不整地躺在地上，已经没有了呼吸。他本想抱起女儿到村里卫生所抢救，但碰到曲灵的身体时，发现她的身体已经凉了。

曲爱国的理智告诉他，不能破坏现场。他扭头冲出玉米地，拦下过路人，让他赶快到村里找人来帮忙并且打电话报警。自己又回到现场，抱着双臂，远远地蹲在一旁，目不转睛地望着尸体，眼泪直流，守着再也醒不过来的女儿。

直到蔡康明、张大为和老苗到了现场，曲爱国嘴里还喃喃自语地说着："咋回事啊！咋弄成这样啊！不找对象，爸也能养你一辈子啊！"

可怜天下父母心。

熟人作案

9 月初的玉米地，白天的温度可能达到 40℃。在这种环境下，尸体腐烂得太快了，现场勘查和尸检一刻不能耽误。

曲爱国告诉专案组，来的路上见到过葛老头，大家一听，可能有目击证人，张大为就带人去询问葛老头。蔡康明和老苗开始勘查现场和解剖尸体。

中心现场位于路旁深入玉米地五六米远的地方，周围是农田，附近环绕着 M 村、S 村、L 村，离得最近的村庄就是曲灵居住的 M 村。

死者头朝北、脚朝南，仰面躺在地上，竹筐被掀翻，地上掉着四五个新采摘的玉米。现场有搏斗痕迹，在搏斗中，两人压倒了尸体附近的一大片玉米秆。现场地面上铺着被压倒的玉米秆，提取不到罪犯的指纹和脚印。

死者身穿前襟系扣连衣裙，胸口处被拽破而敞开着，左侧乳房露了出来，小臂有拽扯的伤痕，内裤完好。

老苗检验发现，死者是机械性窒息死亡，在肺和心脏表面可见出血点。死者胸口大片乌黑，是凶手跪在死者胸口，用全身力气进行压迫所致，能看出凶手是必置她于死地的。

死者处女膜完好。

尸检后，专案组就明确了案件性质，这起案件是以性侵为目的的杀人案。作案时间也很确定，下午 4 点到 5 点半左右。

张大为询问葛老头后，也反馈回情况。

葛老头快 70 岁了，老婆孩子都去世了，一个人带着三只羊独居生活。他有个亲哥在邻村 L 村生活，很少往来。葛老头的生活是很孤寂的，独来独往，村里人常常看到他和羊说话。

葛老头身上没有伤痕。他说昨天下午 3 点，他就带着羊到了河边，坐了很长时间，估计是 4 点多，看见曲灵自西向东从小路上来，别人谁也没再见到过。

“没看到？不应该啊！”蔡康明说道，“从现场看，死者刚开始摘玉米就遇害了，说明死者前脚刚到，凶手后脚就到了。葛老头看到曲灵进去了，按说也应该看到了凶手进入才对。”

“莫非这葛老头有问题？”老苗问道。

“不会，我看了，他身上、手上没伤，衣服不像新换的，看着很正常。”张大为说道。

“那说明是凶手埋伏在那里，或者和受害者约好了见面。而且从现场看起来，两人可能有过交流，至少不是一击致命。现场两人之间的搏斗不算特别激烈，两人搏斗时，10 平方米范围内的玉米秆全被压倒了。不过反抗的激烈程度也不能说明死者和被害人的关系，只能说明他们很可能是认识的。”蔡康明说道。

“我看肯定是认识的，这和卢小妹的案件多么相似，也是年轻女孩被杀，也是必置其于死地，也是以性侵为目的，也是未实施成功的杀人案件。”张大为说道。

老苗说道：“会不会和信有关，一周前收到信，答应她爹要和那人断关系，然后就死了？这巧合得有点儿不正常吧。”

老苗一语点醒梦中人。查信！

三个人你一言我一语就把侦查方向定下来了。当晚，专案组就在村里驻扎下来。

第二天一早，蔡康明和张大为就去了曲灵家。

曲家有三间房子，墙上光秃秃的，桌椅板凳已经很旧了，一看就知道是这家主人自己动手制作的。这家经济尚不富裕，但两个女儿都有独立的卧室，看得出，父母对两个女儿十分疼爱。

此时，曲爱国和白燕悲痛万分，一夜未合眼。曲爱国一个劲儿地抽烟，白燕在小女儿和未来女婿的安慰下刚稍微平静下来。

蔡康明和张大为说明来意，想查曲灵的信件。曲爱国二话不说，积极配合，带着蔡康明和张大为进了曲灵的房间：“我们闺女爱干净，心气高，平时从不让我们进她屋……”

屋子不大，一张床，一个立柜，一张书桌。立柜在床尾，书桌在床头，书桌正好在窗台下，窗台上放着一只瓷瓶，里面插着假花，床头的墙上贴着曲灵抄的诗歌。

立柜里放着曲灵的衣服、鞋子，这在那个年代的农村是很少见的，更何况这个家庭并不富裕。看到蔡康明和张大为惊讶的神情，曲爱国说道：“我闺女没啥爱好，就是爱穿，我们也管不了她，现在想想，也不该管。”说着又抹起眼泪。

“钥匙在哪里？”蔡康明看着上锁的书桌抽屉问道。

曲爱国说：“不知道。”

蔡康明伸手向枕头下面摸去，没有。张大为则拿起花瓶，把假花掏出来，把花瓶反过来，向外倒了倒。

“叮当”一声，钥匙果然在这里。

蔡康明惊讶地看着张大为，张大为笑了笑说道：“我女朋友也这么藏钥匙。”蔡康明和张大为迫不及待地打开锁，拉开抽屉，确实有很多已经拆封的信，贴着两分钱邮票，看邮戳是从县里寄来的，还有一些曲灵抄写的诗歌和随手写的日记。两人一封一封地翻看信件，曲爱国也十分关心这人到底是谁，但全部翻找一遍，都没有署名。

信里有时写着，我有多么多么喜欢你，你的眼睛怎么怎么美丽，你的心地怎样怎样善良；有时是开导曲灵，让她不要着急，让她耐心等待，总有一天会有适合她的人出现；还有的是给她加油打气，让她坚定信心，一定不能得过且过，随便找个人结婚。

一封封读下来，从信上看不出这个人是谁、住哪里、干什么工作，这些信息完全没有。

蔡康明和张大为又翻看了曲灵写的东西，希望能在里面找到寄信人的蛛丝马迹，也没有。

正常追求一个人，写信，落款，光明正大。可这个写信的人不说明自己的身份，这就使得写信这个事情变得很可疑了。难道此人身份特殊，不能和曲灵光明正大地交往？他害怕信落到别人手里，从而暴露了自己的身份？

曲灵和他坦白，要断绝关系，他还没有得到过曲灵，就暴露出真面目，想强暴她，曲灵拼死反抗，这才导致命案发生？

不管怎样，这些信太可疑了，是重大线索。

蔡康明和张大为特别兴奋，决定全力查找写信的人，这个人很可能就是凶手。

“怎么做？”

“比对笔迹。”

熟悉的笔迹

“港姐”死亡的消息像一颗重磅炸弹，专案组公开征集线索，村民们积极配合举报，谁谁谁多看过“港姐”几眼，谁谁谁酒后说过喜欢“港姐”，还有谁谁谁说“港姐”喜欢自己，各种信息纷至沓来。

“港姐”是M村以及附近几个村的公众人物，回想起来，好像很多人都曾对她有意思，都可能是凶手。

专案组开始大量走访调查，把附近几个村子村民提供的平日里追求曲灵的，对她有好感的，或者是小流氓、小混混的笔迹都找来比对。

比对了一遍，都不是。

这时候，有人提供了一个线索，说看到曲灵和邻村一个叫尚俊杰的人在县里一个偏僻的餐馆一起吃过饭，两人看起来很亲密。据村里人说，他们俩谈过恋爱，后来到了谈婚论嫁的地步时，曲灵突然反悔了。尚俊杰很伤心，找了同村的一个女孩结婚，现在已经有两个孩子。案发那天下午，村里人曾看到他往M村走去。

专案组的人听了一阵兴奋，这和之前推测的罪犯画像多么相似！蔡康明和张大为立刻找到了这个人。

蔡康明和张大为到尚俊杰家，是尚俊杰的妻子开的门，他们说明来意，他妻子一听是因为曲灵的事情，显然不想参与，扭头就进屋了。尚俊杰听到他们说他和曲灵曾经谈恋爱，摆摆手说道：“情况不是这样的。我和曲灵十几年前就认识了，我们是初中同学，是她经常跟着我上学放学。本来是我同桌陆昊喜欢她，我想着帮他们撮合撮合，当我把陆昊的情书拿给她时，她一脸厌恶地说‘真是癞蛤蟆想吃天鹅肉’，然后突然说想和我好。我觉得有人喜欢她，她喜欢我，我很有面子，就糊里糊涂地同意了。但我不喜欢她，真是在一起了，也没什么说的。毕业后，我找了个女朋友，也就是我现在的媳妇。曲灵很生气，到处说我媳妇这人不行，抢别人男朋友，还说她把我甩了，我哭着求她什么的。现在人已经死了，再说这些也没意义，其实我们早就不在意这些了。”

蔡康明心想，尚俊杰会不会是有意为自己开脱？于是他继续问道：“那为什么有人看到你们在县里一起吃饭，说你对她念念不忘？”

“不是！她对别人说的话特别认真，她分不清楚是玩笑还是认真的。6 月份的时候，我去县里办事，确实遇到她了，我俩一起吃饭，她还问起曾经喜欢她的那个同桌有没有结婚。我说：‘当年你那么嫌弃人家，现在后悔了吧。人家早结婚了，现在日子过得可好了，孩子都有了。’她说她没后悔，但我看她表情挺失落的。分开的时候，她还约我喊陆昊一起吃饭。后来，我们三个一起聚了一次，我和陆昊俩人就和她开玩笑，说后悔当初没找她。她听了挺高兴的，但我对她真没这意思。”

“你昨天下午去哪里了？”

“我去县里买化肥了，我 5 点多到的店里。”

“陆昊和曲灵有联系吗？”

“那就不知道了。”

接着，尚俊杰又说：“曲灵人其实挺好，就是心气太高，容易看不起人，一起玩还行，当老婆可不行。男的和她在一起，压力太大。但是我真没想到她会遇到这种事情。”

笔录做完，张大为递给尚俊杰一支笔，指着笔录下面的一行字说道：“照着这个写。”

“以上笔录我看过，和我说的一致。”

尚俊杰拿起笔写了下来。

蔡康明把曲灵收到的“求爱信”和尚俊杰的笔迹做比对，字迹确实对不上。

接着，他们又马不停蹄地找到陆昊。陆昊说的和尚俊杰说的一致，他和曲灵其实没什么联系，就是觉得她挺出名的，所以前段时间一起吃了顿饭。

临走前，蔡康明比对了陆昊的笔迹，也不是。

茫茫人海，到底去哪里找这个人呢？

两天的时间里，蔡康明一直在比对到处搜集来的笔迹。

看多了，心里突然产生了一个感觉。

“这封信上的字，我肯定在哪里见过，但就是想不起来了。”晚上，蔡康明、张大为和老苗躺在床上，蔡康明说出了心中的疑惑。

老苗一听，吃了一惊：“你确定见过？”

“我一定是见过这个字的，但就是不知道是谁的。”

“咱们警队内部的人的笔迹你比对过吗？会不会是咱们身边人的？”

听老苗这么一说，蔡康明吓了一跳，说道：“怎么会这么想？”

老苗说道：“任何人都可能。十五年前，我实习的时候，在一个县里的刑警队。当时一个年轻的女的死了，被埋在沙地里。那个女的怀孕了，所以这种案子一看就是‘卸包袱’杀人。

“当时我在实习，是那个刑警队的副队长带着我们去工作的。我们查到这个女的身份是一个卖烟酒的小商贩，在她家床垫底下搜到很多信。

“和咱们这个案子的情况很像，当时那个刑事技术员看了信就说，这个信的笔迹怎么这么熟悉。和你现在的感觉也很像，他就是想不起来在哪里见过。

“这个案子就搁置下来了。

“后来有一天，这人去副队长那里请假，那个副队长批了假条。当看到副队长行笔的一瞬间，他突然想起，那个笔迹不就是副队长的笔迹吗？

“他很紧张，找到副队长写过的字，拿着信反复比对。最后确认，就是一人所写。

“后来，案子破了，就是那个带队去工作的副队长和这个女的发生了婚外情，这个女的怀孕了，逼着副队长结婚，副队长为了摆脱她，就把她杀了。

“杀了之后，他怎么找都没找到之前他给这个女的写的求爱信。他万万没想到，那个女的把信藏在了床垫下面。”

“还有这种事！”蔡康明听到这里，五味杂陈。

“大为，莫非是你？”蔡康明严肃地看着张大为。

张大为听他们一问，一惊，紧张得“腾”地坐了起来，说道：“怎么可能是我！康明你这啥水平！”蔡康明和老苗哈哈大笑起来。

“去你的吧！吓死我了！”

“哈哈！我就是提醒康明，任何人都有可能。想想为什么会熟悉，到底在哪里见过！”

第二天，蔡康明、张大为和老苗偷偷摸摸地把专案组人员的笔迹都对了一遍，都不是。

三人舒了一口气。

不过经老苗这么一提醒，蔡康明的思路更开阔了，他说道：“这信写得这么频繁，从不署名，会不会有什么特殊深意？”

“什么意思？”

“会不会是信的主人亲手把信送到了曲灵手上？”

“邮差？”

第二天，蔡康明和张大为找到家住在L村的王晓远，可是两人询问了一番，没发现有异常。王晓远说，曲灵的信有邮票、有邮戳、有邮寄地址，虽然没有寄信人，但他们邮差不管这些，他们只负责送信。

蔡康明和张大为又问他是否知道这些信是谁写的，他说，他也不知道。问来问去，王晓远也没有可疑的地方。问完后，张大为让王晓远写一句话：“以上笔录我看过，和我说的一致。”

王晓远拿起笔写了下来。

写完后，蔡康明不动声色地拿过他的笔迹认真进行比对。

老苗和张大为满怀希望地看着蔡康明，蔡康明摇摇头，还不是。

几个人瞬间泄了气。

这个人到底是谁呢？

蔡康明和张大为像着了魔一样，把曲灵的家人、周围的邻居、从前的同学、所有熟人的笔迹，能找来的都找来了。他们疯狂地比对着这些神秘的信件，张大为说道：“我就不信找不到这人！”

还不是，还不是！怎么都比对不上。

蔡康明总是喃喃自语：“这个人的笔迹我一定见过，就是想不起来在哪里见过。”

这个人到底是谁？

葛老头

老苗看着这两个人执着地比对笔迹但迟迟没有进展，说道：“康明，大为，咱们再去现场看看吧！”

这是他们的撒手锏，每次想不到，就回现场看看，就像金庸武侠小说里写的，“中蛇毒后，七步之内，必有解药”似的。

破案就是这样，一条路走不通，就要多换几条路，不断调整思路、变换方向。

三人又回到现场。这个地方人烟稀少，偶尔有人路过。

他们去时，葛老头还在老地方放羊。他们过去和他打招呼，葛老头点头示意一下，赶着羊就走了。

他们三人站在葛老头放羊的地方，看来这个地方是他放羊经常蹲坐的地方，地上的石头都被他磨光滑了。

蔡康明也坐了下来，然后看向现场方向。

他不看不当紧，这一看，突然欣喜若狂。他发现，坐在这个位置上，左边能看到沿着河南北方向走过来的人，右边能看到沿着小路东西方向走过来的人，而且因为视野较低，玉米叶子遮挡不住视线，能看到附近的人在玉米地里穿梭，甚至能隐隐约约看到案发现场的位置。

“老苗，大为，你们快坐下看看。

“这葛老头肯定能看到。曲灵进入玉米地没多久就发案了，他看见曲灵进入玉米地，那么他肯定能看到凶手，就算凶手不是走大路，而是在玉米地里接近曲灵的，他也应该是能看到的，何况曲灵和凶手还搏斗过。”

张大为坐下一看，说道：“的确，无论凶手从哪个方向过来，他在这个位置放羊，应该都能看到。”

三人想到这里，立刻顺着路去找葛老头。

他们找到葛老头后，把他请到了专案组。

第二次接受询问的葛老头，眼神显得有些飘忽。

这一次，三人不再和他拐弯抹角，而是开门见山地强调，他一定是看到了。

葛老头低着头，就是不说话。

“那是你干的？”张大为说道。

葛老头吓了一跳，说道：“我都半截身子入土的人了，怎么可能干这事？”

蔡康明说道：“老先生，我们做过实验，你一定是看得到的。我们现在已经不是在问你看到了没有，而是很肯定地问你，这人到底是谁？你说你当时在放羊，那你就说，看到曲灵的那一刻，你在哪儿，羊在哪儿，曲灵在哪个位置？要不我们去现场再还原一遍？”

葛老头还是沉默。

张大为说道：“老先生，您要是看见了不说，可是触犯法律的，这是犯包庇罪，是要受到刑事处罚、要坐牢的。而且，根据你说的你当时的位置，你一定能看到凶手，说不定也看到了整个过程，可是你当时到底在干什么？”

“我……我……”被张大为这么一问，葛老头语无伦次地说道，“都死了一个人了，我说了，不得再死一个？那个也活不了了。”葛老头突然冒出来这么一句。

三人一听，有戏！

张大为问道：“你当时是不是在远远地看着？”

“唉，我没想到会弄到这一步啊！”葛老头低着头羞愧地说道。

“什么意思？”

他叹了一口气说道：“他就是喜欢她，没想杀她，他平时根本没那个胆。”

“到底是谁？”

“我哥家的儿子葛三喜。”蔡康明使了个眼色，张大为立刻带人出去抓人。

葛老头继续说道："那天，我在放羊，就看见曲灵经过，进玉米地去了。我侄子三喜前后脚过来了，他快 40 了，家里穷，没娶媳妇。他过来就问我刚才进玉米地的是谁，我说那是我们村的'港姐'，男朋友多，围在她身边的人多，怎么也轮不到这小子。

"他不听我的，他说：'轮到轮不到，试试才知道。'我想着男女之间不就那么回事嘛！我这侄子人也不错，说不定俩人'生米煮成熟饭'，以后就真在一起了。我就坐在那儿看着。"

"那你看见你那侄子杀人，你咋不制止？"

"我离得远，看不清楚。我听见他俩吵架，好像看到他压在她身上，我想他俩正办事呢！而且女的不就这样，就算一开始不愿意，打着打着，慢慢就愿意了。男女的那事，说不清。我不知道会弄成这样。"

专案组的人听着葛老头的"奇葩"思想，充满鄙夷。

葛老头也不嫌羞，完全不觉得自己的想法很龌龊，继续说道："过了一会儿，安静了，我还想着他俩成事了。我没看见三喜再回来找我，我也懒得打听，就牵着羊回去了，路上还遇见这闺女她爸。"说完，葛老头还叹了口气，补了一句："因为这事，要死俩人！都是命啊！"

专案组的人不可思议地看着葛老头，眼前这个口口声声叹息"要死俩人"的人，却又如此冷漠，在他口中，女孩好像是供男人享乐的动物或者生育机器。

同时，专案组的人也很疑惑，大家一直认为这起案件是熟人作案，是预谋杀人。如果像葛老头说的那样，葛三喜和曲灵不认识，这就成了陌生人作案。

专案组立刻抓捕了葛三喜。事情到底是怎样的，还是要问当事人。

张大为开门见山地问葛三喜："你之前认识死者吗？"葛三喜摇摇头。

张大为按照罪犯的思维方式，厉声问道："你给我好好说！你不认识她，你又没有强奸她，按理说，你跑了不就行了？你俩又不是一个村的，她也不认识你，她去哪儿找你去？这事不就过去了，你非得杀她干啥？"

张大为这么一问，葛三喜突然痛哭流涕，恨恨地说道："我真是后悔啊，后悔死了！我招惹谁不行，我去招惹她。其实我啥也没干，是她大惊小怪，非说我犯了流氓罪，要把我枪毙了。我听她说个没完，那会儿我真是被她吓住了，她真是逼得我没办法。我后悔啊，不该去招惹她啊！"

张大为震慑他道："啥叫逼着你！你别为自己开脱了，我们是掌握了证据的，不是你说什么就是什么。当时到底啥情况？坦白从宽，你知道不？"

葛三喜继续说道："我真没想杀她。我当时想着，她那么出名，穿得还风骚，听说还谈过几个男朋友，肯定不是黄花大闺女。我就过去拽她衣服，想和她好，她不同意就算了，我扭头就准备走了。她在背后骂我，说我'癞蛤蟆想吃天鹅肉'，说我犯了流氓罪，说已经记得我的样子了，说她不是好欺负的，她一定会找到我，让警察枪毙我。

"我啥也没干啊！她越说声音越大，我一听，害怕了，那会儿就想着捂着她的嘴，让她别再说了。

"我就扑过去捂她的嘴，她对我又踢又打。我没想杀她，只是把她压在身子下面。她还是说要找公安，让我等着。

"我脑子就糊涂了。我想着，反正她要去找公安，公安抓了我，横竖都是死，我如果杀了她，说不定还能捡回一条命。要是让她活着，我就死定了。

“想到这里，我把腿压在她胸口，手掐着她的脖子，一会儿她就不动了。看她死透了，我就一口气跑回家了。”

蔡康明和张大为看着葛三喜捶胸顿足、懊恼不已的样子，虽然对这个人很厌恶，但觉得他不像在说谎。

难道他们真的不认识？蔡康明和张大为还是半信半疑，为了进一步确认，张大为递给葛三喜一支笔。

葛三喜拿着笔，看了看说：“我不太会写字。”蔡康明指着笔录上的一行字说道：“别耍滑头，你就照着这个写。”

葛三喜歪歪扭扭地写出：“以上笔录我看过，和我说的一致。”

蔡康明看着这句话，还是摇了摇头。笔迹是不会骗人的。葛三喜不是曲灵的“追求者”，写信的人不是他。葛三喜说的应该是实话，他确实是临时起意。

寄信人

“曲灵的信又到了！”王晓远直接把信拿到了专案组。

这个人好像还不知道曲灵遇害的消息。

亲爱的灵灵：

好久不见，我非常想念你，你还好吗？

每天晚上闭上眼睛，我就很想念你卷卷的头发、明亮的眼睛。你穿着红裙子，像一只美丽的蝴蝶，从我身边飘来，从我身边飘去。

你太美了，无论你走到哪里，都是世界的中心。

别人太傻了，他们都不懂得欣赏你，你知道我有多么喜欢你吗？我闭上眼睛，心里全是你。

我知道你父亲又催你了，还给你介绍了村里老刘家的儿子。我很着急，他怎么能配得上你呢？难道你就打算这样糊里糊涂地结婚吗？如果是随便找个人嫁了，你又何必坚持到现在？

但我知道，为了父母，为了家人，你动摇了。尽管你知道你可能会后悔一辈子，但你还是会做出这样的选择。我理解你。

但是，女人除了信仰爱情，还能信仰什么？

不要在乎别人的看法，只要自己快乐就好，一定要找一个你爱的人，幸福地度过一生。

一个永远等着你的人

案子破了，这个写信的人究竟是谁已经不重要了。专案组拿到信后，蔡康明和张大为又去了曲家，告诉曲灵的父母案子破了，并把这些信交还给了他们。

邻居们知道了还有人写信的事情，无不感慨："曲灵这辈子至少遇到一个真心喜欢她的人，也知足了！"

曲爱国这些天沉浸在痛苦里无法自拔，后悔当初不同意女儿初中毕业后去做服装生意。因为在那个年代，做服装生意在大多数人看来是不务正业，曲爱国也是这么认为的。他说如果知道女儿的生命这么短暂，他会支持她做一切想做的事情。

母亲白燕伤心至极，埋怨曲爱国对曲灵不信任、太苛刻，哭喊着："活着的时候，天天催她找对象，现在人不在了，说这些还有啥用！"他们知道案子破了，看着专案组拿回来的信，知道世界上除了他们，还有一个人如此爱他们的女儿，心里有了些许安慰。他们说，曲灵这辈子没有白白在世上走一遭。

他们准备把这些求爱信烧给天国的曲灵。

临走前，蔡康明又在曲灵屋里看了几眼，曲灵抄写的汪国真的诗《我微笑着走向生活》贴在床头。在那时候的农村，很少有人喜欢汪国真的诗歌，此时看着，蔡康明觉得心酸。

一条年轻的生命，一个向往爱情的女孩，来到世间短暂地走了一遭，什么都没有留下。

她等了那么多年，终于等来一段美好的爱情，可惜，太可惜……

蔡康明扭头要走的一瞬间，一个想法击中了他："哎呀！我终于知道写信的这个人是谁了。"

他拿起信，认真地比对着墙上的这些字，摇摇头，苦笑了一下："我怎么没想到呢？这信真是把咱们折腾惨了。如果咱们是死脑筋，非要找到信的主人，那这案子猴年马月也破不了。"

"为啥？"张大为和老苗问道。

"这些信是曲灵自己写的！"

返程的路上，三人心里五味杂陈，说不出地憋闷。

他们怎么也没想到，那些信竟然是死者自己给自己写的。谁能想到，一个女孩每个月给自己写信，突然有一天，她惨遭陌生人杀害，而这些信成为警方办案的一条歧路。再想想他们刚接到案件，看到信时如获至宝的激动心情，三人无不感慨万分。

事情往往不会按照我们想的或希望的方向发展，你永远不知道眼前的线索究竟是"一条路"还是"一座山"。

如果说一个人常常给自己写寄语加油打气是正常的，那么像曲灵这样，写好信，专门花钱坐一个小时的车到县里，贴上两分钱邮票，再寄回来，让邻居们以为是有追求者，一而再，再而三，不嫌麻烦、乐此不疲的，可不常见。

每次王晓远送信，都大喊着：“‘港姐’，你的追求者又给你写信了。”大家都起哄让她拆开看看，一看，这不，“港姐”多有市场啊，有这么多人追求。

这就是女孩的小虚荣心。

但无论她写再多的信也不会改变她单身的现状。

张大为问道：“这么说，从来没有人追求她？那些追求者都是她自己营造出来的？”

“是啊，你们想，咱们一路调查过来，所有人都觉得‘港姐’有很多人追求，可是查来查去，没有找到一个人。而这些追求信，是她为了营造出自己很抢手、有很多追求者这种形象，自己给自己写的。”老苗说道。

“真是看不懂，我找女朋友，肯定找持家、老实、没什么人惦记的，大部分女的努力塑造淑女形象，这女孩怎么还反其道而行之？”张大为说道。

“虚荣又老实，单纯又傲慢。”蔡康明说道，“她一直都活在幻想中，不知道生活真实的样子。她天真地以为有很多人追求是件很值得骄傲的事情，但是对于追求对象，她又嗤之以鼻，说人家‘癞蛤蟆想吃天鹅肉’。她‘渴望’结婚，但她又不知道男人喜欢的到底是什么，甚至不一定知道自己到底想要什么。”

“可是这有什么用呢？不是自欺欺人吗？”张大为说道。

“父亲逼婚，邻里乡亲又嚼舌根，她喜欢的，人家看不上她。为了保持自己的优越感，她就想到了这个办法，营造虚假形象，但又弄巧成拙，在大家眼中留下了有很多男朋友、很随便的形象。这么一分析，其实，她是个老实本分的傻姑娘啊。”蔡康明说道。

老苗说道："这个信，真是把咱们折腾得够呛。"

蔡康明说道："性格决定命运。这女孩眼睛里揉不得沙子。在现场，葛三喜第一次拽她衣服时，她哪里受过这种屈辱？这也是她的性格啊！"

听老蔡讲完，我问："有些性侵案件中，凶手未性侵成功但把人杀了，难道是这个原因？"

老蔡说道："不能说是因为这个，只能说这是令凶手下杀心的'助推器'。'曲灵的案件''豆地杀人案''卢小妹的案件'，这些案件都有这样的共性，受害者在这种极端情况下，第一反应是害怕、愤怒。她们对罪犯表达的意思是，你等着吧，你这样对我，我一定把你找出来，让大家都知道你干的好事，把你枪毙了。

"而罪犯在作案时也是高度紧张的，他们害怕现场有突发情况，而当他们听到受害者这样说时，他们会想，既然这样，横竖都得死，那把你杀了可能还有一线生机。他就坚决不让受害者呼喊，以免暴露自己，所以就上前掐脖子。这是罪犯一瞬间做出的反应，这也是人的本性。

"所以，这样的案件，直到现在还在不断地发生。

"但只要了解了这些，女孩子遇到这种情况，是可以想办法躲过一劫的。"

"怎么做？"

"比如，因看到黄色光碟而'误会'了的那个案子，罪犯扑向这个女孩时，这个女孩如果能够反应过来，压抑住心中的愤怒和恐惧，笑着和他开玩笑：'别闹，别闹，吓我一跳。'或者先稳住对方，说：'我也很喜欢你，咱们慢慢进行，你这个样子，我都没心情了。'先安抚住罪犯的情绪最重要。

“再比如，在路上遇到抢劫，如果互相不认识，把钱掏出来估计就安全了。但如果抬头一看，两人一对视，是熟人，罪犯怕对方说出去，肯定灭口。

“所以，遇到这种突发情况，熟人强奸或者抢劫，那一瞬间，一定要压抑住惊讶和恐惧，缓解尴尬，装作以为对方是在和自己开玩笑，故作轻松地说：‘开什么玩笑，吓我一跳！’只要那个尴尬的时刻过去了，那一刻他不动杀心了，就能再争取时间，迅速逃离。

“女性千万不要妄图和男性进行力量对抗，特别是在封闭的空间，陌生男女共处一室，要想尽一切办法稳住对方、配合对方，保住生命，想办法逃脱。”

我听完，说道：“如果曲灵当时假意答应，也许还能捡回一条命？”

老蔡点点头说道：“只能说有可能，实际情况到底如何，我们永远也不确定，这就是凶手的一念之差。”

每个人似乎有自己命定的人生路途。曲灵让人又爱又恨，她不真实、不可爱，有点儿虚荣，从小受父母宠爱，长大让父母操心。遇到追求者，她充满鄙夷，而她自己也是个普通人，只是沉浸在对爱情不切实际的幻想中。她的一生太过无足轻重，甚至可以说是“心比天高，命比纸薄”，连她的死都让人觉得有点儿“亏”，死后，她的让人迷惑的信又误导了警方。

这就是她的一生，短暂又平淡，没有惊喜，没有爱人，没有反转，生命戛然而止。但她坚持自我、追求与众不同的勇气，却是那么难得。

“苔花如米小，也学牡丹开。”世上不仅只有一个微不足道的“曲灵”。如果有一天，你遇到这样的女孩，请爱惜她，善待她。

一枚减性指纹

怨恨

自以为是，处心积虑，消弭不了变数。

细微的变化，往往是反转的起点。

而最终的转捩点，总是藏匿于最不起眼的角落。

有的人心思缜密，善于打造人设，比如“凤凰男”。

老蔡说，他在工作中就遇到过。

这类男孩从小缺少爱，所以他们不懂爱。他们为了摆脱贫困，想尽一切办法。他们能暂时放下自我需求，满足他人。他们善于“伪装”，又心思缜密，有眼力见，所以他们很会讨别人欢心。而容易沉迷于爱情的女孩子，本来这时候就被爱情冲昏了头脑，比较盲目，所以更看不清这些人的本质。

电影变成现实

20 世纪 80 年代，在精神生活匮乏的农村，放电影是家家户户都期待的事情。村里一通知放电影，周边十里八乡的人都来了，有的开着拖拉机，有的拉着架子车，全家出动，围得水泄不通，地上、凳子上、车子上、树上全是人，周边几个村庄都空了。

一天晚上，M 市 S 县 W 村放电影《405 谋杀案》。那时候，人们的生活很平静，精神生活几乎空白，接触的事物也很单一，第一次看凶案片，都觉得新奇又刺激，所有人沉浸在刺激、恐怖的杀人场景中。谁也不会想到，距离此地不到 10 里地的 G 村翟家的老宅里，正在进行着一场真正的凶杀。

翟家老母亲刘桂英正被绑匪绑在柱子上，逼问家中财物所在之处。刘桂英配合地说："你想要什么，你都拿走，我以后也不会报警。感谢你的大恩大德，留我一条命就行。"但绑匪并不相信她，在屋里乱翻一气。他看到旁边有个黑色大柜子是上着锁的，知道这柜子里有值钱的东西。他按照刘桂英说的，找到了钥匙。箱子很深，值钱的东西都藏在下面，他就一边把柜子倾斜着，一边掏里面的东西。值钱的东西都被翻出来后，绑匪看着惊恐的刘桂英，狠狠地把她掐死了。看着刘桂英死透了，他把抢的财物用自带的床单一包，出门时还不忘把门轻轻带上。

晚上9点40分，电影放映结束，翟家一家人坐着拖拉机往回返，一路上讨论得热火朝天，沉浸在电影刚才的情节里。路上，小妹翟琳还感慨，在这小地方安安稳稳地生活多好，街坊邻居都知根知底，多安全。

晚上10点30分左右，翟家人到家了，发现家里的大门是虚掩着的。大家很疑惑，出门时母亲明明从屋里把门锁上，说是去睡觉了，怎么又醒了？进屋后，大家发现黑灯瞎火的，屋内柱子上绑着一大团黑乎乎的东西。大哥翟建国赶快开灯，所有人都因眼前的一幕惊呆了，他们的老母亲刘桂英脚不着地地被绑在家中的柱子上，头低垂着，屋里被翻得乱七八糟。翟建国花了很大力气抬起右手，颤抖着放在母亲鼻子下一探，人已经断气了。

电影里的镜头竟然移到了现实里。

一时间人心惶惶，到处流传着村里因为放杀人电影而出了人命的谣言。

翟家是当地有名的"万元户"，他们靠吹唢呐发家，在当地非常有影响力。唢呐在那时是非常受乡亲们欢迎的，不管谁家办红白事，都要请唢呐班子去吹一吹。唢呐班子吹的曲子，与“主家”的社会地位、经济实力和在村子里的影响力相匹配。所以办事的“主家”们请唢呐班子，不仅要掏钱，还要毕恭毕敬地提出吹个什么曲子的请求。所以，在农村，学习吹唢呐是很多人的理想，当个唢呐匠是很受人尊敬的，给“主家”办事时，他们一个个坐在太师椅上，非常神气。

翟家有三兄妹，老大翟建国，老二翟为民，小妹翟琳。他们的父亲去世得早，老母亲刘桂英把三个孩子拉扯大。刘桂英勤劳能干，又有远见，早早地送家里三个孩子去学唢呐，培养专长。

三个孩子都争气，特别是翟家大儿子翟建国，已经考入香港的一个艺术团，专业吹唢呐，成了从农村走出去的艺术家，属于县里的稀缺人才。二儿子翟为民就打着翟家的名号在家里收徒弟，成立唢呐队，按照老传统，给人吹“红白事”，收费很高，方圆几百里地，有钱人家才请得起他们。

时间长了，老大在外打工，老二在家收徒，慢慢积累了财富。翟家两兄弟都已经娶妻生子，老二出去自立门户。未婚的小妹翟琳白天在二哥那里帮忙收徒，晚上跟着母亲刘桂英住在这所房子里。

翟建国很少回来，回来也是住在母亲的老房子里。前段时间他去韩国演出，演出结束正好回来探亲，好不容易回趟家，竟然是给身体健康的老母亲送终。他悲愤万分，第二天就带着全家到县政府，跪在县长面前，要求政府必须找出凶手。

县里非常重视，立刻把案件情况上报到市里，请求市里协助指导。市里了解情况后要求必须破案。

看谁都像嫌疑人

这个案子破案压力非常大。

当时案子过了一个多星期都没有进展，市局就派出刑事技术员蔡康明和张大为带队驻扎到村里，一起配合县里警察办这个案子。

蔡康明和张大为了解了案件的情况。

死者刘桂英，女，64 岁，无工作。死亡时间初步定于 9 月 29 日晚上 8 点到 10 点 30 分之间，死因是被凶手卡住喉咙窒息死亡。

从现场能看出几点：

一是熟人作案。门锁没有被破坏的痕迹，死者认识凶手，是死者主动给凶手开的门。

二是罪犯是有预谋犯罪。罪犯戴手套进入现场，抢走了现金、铜器等一些值钱的东西，现场被翻得乱七八糟，没有留下有用的线索。

三是没有目击证人。罪犯对这家人和村里的情况比较熟悉，专门选择邻村放电影这天作案，知道这家人和周围邻居都会去看电影。

根据这些信息，专案组为罪犯画了像，但这画像非常模糊。首先，这家人身份特殊，翟家有唢呐班子，走南闯北，认识的人很多，周围几个村，甚至周围的几个县的很多人都认识他们。他家是“万元户”的事情也在当地十分有名，周围的人都知道他家有钱。而 W 村放电影的事情是两月前就通知了的，周围村庄的人都知道，所以排查嫌疑人的范围大，划定范围小。

其次，抢劫后未留活口，不好判断刘桂英和凶手之间的关系。杀刘桂英可能是泄愤而为，也可能是凶手怕死者不死，自己有麻烦。

最后，在丢失物品列表里，有一个叫“金唢呐”的东西很特殊。这个“金唢呐”不是金的，是铜做的，拿着挺坠手，不能吹，也不值钱，只是有象征意义，意味着老祖宗赏饭吃。这个“金唢呐”是当初翟建国的师父赠予他的，表示师父在自己的徒弟中，最看重翟建国。这个罪犯抢走并不值钱还沉甸甸的、不好运输的“金唢呐”，不知是什么原因。可能因为凶手是从事吹唢呐这个行业或者是喜欢唢呐的人，但也可能因为凶手根本不懂，误以为值钱而抢走。所以这也看不出什么。

那么到底是仇杀，还是单纯的入室抢劫杀人？不好定性。

在那个年代，对于这种现场勘查没有发现线索的案件，只能广撒网，派出大量警力，采用人海战术。

几周来，专案组对方圆几十里地、十几个村子，挨家挨户进行走访，特别是对与翟家有矛盾的人员逐一进行排查，并且把排查人员的指纹全部录入了，将近上万人次，但依然没有什么进展。

案件总要有个侦破方向，但这个案件目前什么也看不出来，蔡康明就大胆猜测，他说：“我认为还是应该着重在翟家的熟人里面调查。因为翟家不是一般家庭，罪犯会挑选这样的家庭动手，要么就是非常熟悉，要么就是流窜作案。如果是流窜劫匪，我们再扩大搜索范围也没用，那只能算他家倒霉，碰上这事了，因为罪犯很可能已经逃离本地，那调查工作就做得没边际了，我们想破案就难了。所以我们就对死者的人际关系进行调查，做我们能做的工作，至于其他的，我们只能‘搂草打兔子’，随缘。”

蔡康明和张大为又去了翟家。

他们一进门，大哥翟建国就招呼他们在前厅坐下，继续讲一些刘桂英平时接触的人和事情。说着说着，蔡康明不经意地一低头，看见桌子上放着一袋还没拆封的用纸包着的点心，蔡康明心里“咯噔”一下，他赶快问翟建国：“咦？这包吃的是谁送的？”

翟建国看了看说：“哦，这个是我师弟送的。”

“刘世军？”张大为一下就说出了这个名字。张大为通过多天的走访，已经对翟家周围人员比较了解。

“嗯，是。”

蔡康明说：“这么多人送东西来，你确定是你师弟？

翟建国回答：“我确定，世军不怎么来我家，昨天他过来了，带了点儿东西，我注意了一下，以后他家有啥事，我们还得还礼回去。”

“还送啥了？”

“还有这些。”翟为民带着他俩走到墙脚，指着用一根绳子扎起来的四盒礼品。一般在农村，一个人手里拿不下那么多东西，为了好拎，习惯用绳子把几件东西扎在一起。

蔡康明和张大为蹲下来，仔细地看了看，如获至宝。这个绳结的打法和死者身上绑的绳结的打法一模一样。

张大为让翟建国详细说说刘世军的情况。

翟建国说道：“世军是我师弟，当年和我一起在老师那里学吹唢

绑刘桂英的柱子和绳子

呐。学成后，老师把‘金唢呐’传给了我，并且把去省里参加比赛的机会也给了我。世军没说过什么，但是我知道，他有点儿不服气。后来，他从老师那里学成后，自己在家也组了个唢呐班子，有时候还和我二弟为民他们闹得不愉快，因为有竞争力嘛，要说也很正常。”

翟家出事，生意受影响，刘世军是同行，确实是受益者。他也是师父当年传“金唢呐”的候选人之一，很可能产生嫉妒心理。

张大为之前也调查过他，他没有不在场证明。那天他也去看电影了，但看了一半就回家了，他说是自己拉肚子，但那天街坊邻居都在场里看电影，没有人能证明他是否真的回家了，更没人能证明他究竟是几点到的家。再加上他的这种打结方法，突然，他凸显出来，成了第一嫌疑人。

在几人聊天时，蔡康明注意到有一个男孩子，不怎么说话，但看着很机灵，忙前忙后，非常勤快，和翟琳卿卿我我。有人说了一句：“翟琳因祸得福，和前男友复合了。”蔡康明一问，这个年轻人是翟琳的前男友，叫谢俊方。谢俊方一年前在翟家学唢呐，没学多久就和翟琳谈恋爱，被刘桂英发现了。刘桂英坚决不同意，把他赶回了家，连唢呐也不教了，此后一年，谢俊方再也没来过翟家，并且没有和翟琳联系过。这次翟家出事后，他听说刘桂英死了，觉得自己可能又有机会了，在翟琳伤心的时候又回到翟琳身边，而且帮着家里干活，不怕脏、不怕累的，翟家的人现如今都对他印象很好，觉得这小伙子重感情。

蔡康明对张大为说：“我怎么觉得像这个人呢？”张大为说：“不可能，在第一轮排查时就调查过他了，已经把他排除了。”谢俊方家离翟家 30 多里地，当晚他一直在家吹唢呐，根本没出门，周围很多邻居都能做证。

很快，又发现第三个嫌疑人，是邻村的王诚。这个人有家有室，但因为爱赌博，老婆和孩子都离开了他。早年间刘桂英有一次被蛇咬伤了，他及时帮忙处理了伤口，刘桂英觉得他救了自己一命，很感动。后来刘桂英和他产生了感情，走到一起。但没多久，刘桂英发现他爱赌博，又立刻和他断绝往来。

两周前，王诚突然来找刘桂英借钱，说是要给老母亲治病，刘桂英一打听，还是王诚赌博输钱了，人家逼得紧，没办法了才来找刘桂英。刘桂英也是个说一不二的人，直接再也不见王诚了。王诚说案发当晚自己在家睡觉，但王诚是一个人住，没人能做证。

还有人说前几天看到有陌生人在翟家附近晃悠，当时以为是托他家办事的客户，没多想，也没过问。蔡康明和张大为知道，前段时间确实有一个入室抢劫团伙在周边几个地市做了两三起入室抢劫杀人案，会不会真的是这个团伙流窜到此呢？如果要进一步调查，还要去案发地找当地警方做并案。

嫌疑人一个接着一个出现，每个看着都有点儿像，但仔细查查又不像。俗话说，寡妇门前是非多，刘桂英当寡妇这么多年，她和自己儿子唢呐师父的流言蜚语，和村里有头有脸人物的风流韵事一桩桩、一件件地传了出来。有说是情杀的，有说是仇杀的，谣言满天飞，案子陷入泥淖，不但没有进展，反而更加混乱。翟家人也坐不住了，案子不仅没破，还把家里老母亲的陈年旧事都翻出来抖了抖。翟家人又去政府上访去了。

这下，破案压力更大了。

指纹

老蔡总说，破案就是一张窗户纸，一捅就破。

调查出的嫌疑人在一天一天地增加。这时蔡康明喊停了：“不行，大为，咱们不能再这么调查下去了。”

张大为说：“那你说咋办？”

“走，我们再去现场看看去。”

蔡康明又回到现场，看着乱七八糟的现场，希望能找到点儿什么。

蔡康明站在案发现场的门口，想象着自己是嫌疑人，从敲门开始，门锁没有被破坏的痕迹，应该是罪犯敲门，老太太一问认识，然后开门，一步步走进院子，走进里屋，制服死者，翻找东西。蔡

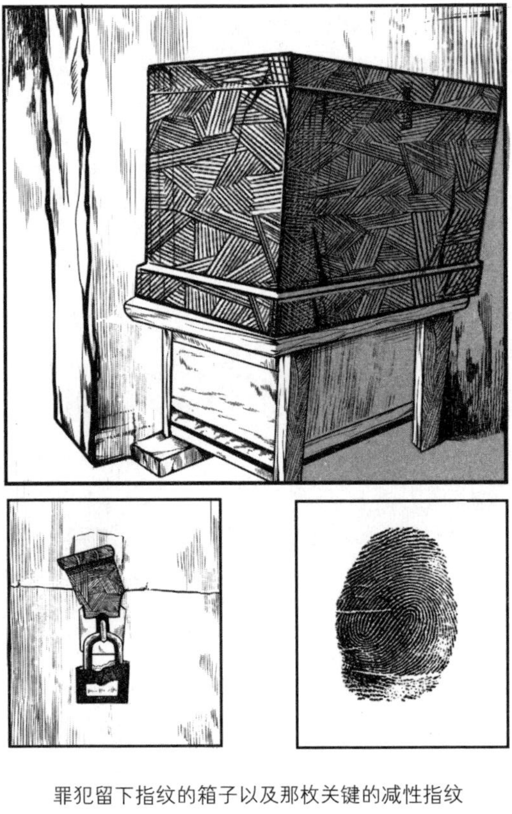

罪犯留下指纹的箱子以及那枚关键的减性指纹

康明顺着罪犯的思路，一个角落一个角落地搜寻，希望再寻找出一点儿蛛丝马迹。

突然，他发现屋角的大箱子所在的地上有个“直角”的灰尘痕迹，是箱子有点儿偏离本身的位置留下的，看样子似乎是有人把箱子斜了一下，又放下，导致箱子脚下有点儿移位。蔡康明内心一阵激动，罪犯碰过这箱子，这里很可能留下了东西。那一刻，蔡康明觉得就算把这个箱子掰开揉碎了，一厘米一厘米地找，也要找到点儿东西，他就不信凶手能做到什么都不留下。

现在想想，在那个年代，如果凶手留下的是毛发，估计还是没用，有用的只能是指纹。

终于，在箱盖上，蔡康明提取到一枚非常非常弱的减性指纹。

蔡康明当时欣喜若狂，这可是现场唯一的一枚指纹，唯一的一点儿线索。

但这个指纹条件真的太差了，就有几个轮廓线。蔡康明觉得，只管试试吧。之后的一周时间，蔡康明没怎么合眼，困了就是在沙发上躺躺，把前期工作中走访的附近几个村里，不管翟家认识还是不认识的所有人的指纹，全都比对了。

一共比对了 18200 枚指纹。

最后，找到了。

大家的质疑

第 18201 号，谢俊方。

竟然是谢俊方？

蔡康明立刻给张大为打电话，让他联系县局刑警队组织抓人。

张大为听说比对结果出来后，也欣喜若狂。但当听到蔡康明说嫌疑人是谢俊方的时候，张大为沉默了一下。

“老蔡，你确定是这个谢俊方？你知道，他一开始就被排除了，他没有作案时间，周围邻居都能做证。”

“他案发前最后一次来翟家是什么时候？”蔡康明问道。

“一年半以前，我当时问过侦查员，他自己也一直强调，一年多都没来过翟家。”

“那没问题，抓人吧。”

张大为还是不放心，又问：“康明，我不是不相信你啊，你说这罪犯都戴手套了，你还能提取出指纹？提取的指纹会不会不是罪犯的？”

蔡康明说：“大为，这指纹没问题。有一些案子，现场一看罪犯戴手套了，就以为留不下有用的东西了，其实不一定。有时候罪犯戴手套作案，但作案过程中会遇到各种突发情况，这时候他们着急慌张，很可能把手套摘下来，这是一种在高度紧张状态下的无意识动作。这个指纹就是这样留下的。

“这很可能是凶手在打开柜子后翻找财物的时候留下的，他可能觉得，反正翻的是衣物，不会留下指纹，戴着手套不方便，就把手套摘了。翻着翻着，他觉得大柜子太深了，最下面的东西够不到，又顺势把柜子倾斜了一下，手扒了一下箱子的盖子，留下了指纹，他自己都没注意到。但是因为这个动作是运动的，其他几个手指的指纹条件更差了，只留下了这一个勉强能比对的指纹。”

由于多年配合的默契，张大为对蔡康明是绝对相信的，他不再多说，立刻打电话让县里抓人。

县局的同事一听就不愿意了。这人在第一轮就被排除了，没有作案时间。破案压力这么大，这么多嫌疑人要排查，本来就忙不过来，现在又让去抓一个根本不可能是凶手的嫌疑人，一上审讯又要耗上好几天，这不是增大工作量嘛。

县局的同事虽然不情愿，但看张大为态度坚决，碍于他是市局派来指导工作的，只能硬着头皮把人抓了。大家都觉得估计没什么结果，大不了审审就放了呗。

果然，审了一个星期，什么也没问出来。

谢俊方在关押期间态度很强硬，理直气壮，很不配合，在上厕所的时候，趁着侦查员没注意，一头撞在尿池子上要自杀。

县里的民警害怕了，跟上级领导汇报说："谢俊方没有作案时间，把人家拘留这么长时间，万一他自杀了，我们是要负责任的。"

县局的局长也觉得很为难，本来找蔡康明和张大为来是为了帮忙，结果现在闹出了这么大个麻烦。

审到第10天，还没有结果，县局局长也坐不住了，找到蔡康明，很客气地说："哎呀，蔡老师，你看看，不是我们对你不信任，只是我们以前也出过因为指纹鉴定错误造成疑难案件的问题，能不能拿到上级再看看？"

蔡康明问道："这个人有多久没来翟家了？"

"至少一年半了，他自己亲口说的。"

蔡康明坚定地说道："那就没问题。"

指纹拿到省公安厅，省公安厅专家一看也认为这个条件太差，不好做认定。

蔡康明还是没有退让。

县局局长没办法，最后又请出省公安厅刑警总队的老专家鉴定。蔡康明前几年刚进刑警队不久时曾经到省里警校培训过，这个老专家就是蔡康明做指纹鉴定的老师，蔡康明是他的爱徒。他看了看指纹，对着蔡康明就是劈头盖脸的一顿臭骂："你个小兔崽子，条件这么差，你都敢认，翅膀都还没硬呢，就不怕出事？不怕出冤假错案？”

蔡康明是个内向的人，不敢顶撞老师，但他沉默不言，就是不认错。

他比对了将近 20000 个指纹，他坚持的信心是在一张一张指纹的比对中积累起来的。这 20000 枚指纹的比对容不得一点儿偷懒，有一张漏掉了，就可能正好漏掉罪犯。

到后来，那枚模糊指纹的特征点已经深深印在了蔡康明的心里。他闭着眼睛，脑子里都是这枚指纹的图像。所以当这枚指纹以清晰的全貌出现在蔡康明眼前时，就好像是拼图拼上了最后一块，豁然开朗，绝不会错。

他听着老师骂他，也不反驳，后来看老师骂累了，才小心翼翼地跟老师说：“老师，你看，虽然这个指纹条件差，只有几道轮廓线，可是指纹的这四处特征点都对应得上，这几处中断、分叉都是一致的，没问题。”

老师也被他说动了，又拿起来认真看了看，点点头。

这时候，翟家也不愿意了。通过这一个多月的时间相处，翟家人觉得这个谢俊方真的不错，是他们以前没有认清他。他为人勤快、肯干、踏实，对翟琳也好，现在突然把他抓了，而且抓了这么久也没消息，翟家人也很不高兴。

翟建国带着翟琳找到张大为和蔡康明，旁敲侧击地说：“谢俊方是个非常重感情的孩子啊，一年前他就和翟琳有感情，老太太不同意，硬生生给他们拆散了。现在家里出事，他一听说，毫不犹豫地跑来家里，忙这忙那。这孩子真是不错。你们公安办案件也要讲究方法，调查清楚才能抓人啊，就这样把他带走了，万一是你们弄错了，你们让孩子以后在村子里咋抬头？清白的孩子，闲言闲语都能淹死他。你们想想，他对翟琳那么有感情，他会去害她母亲吗？而且他会去偷金唢呐吗？他偷那玩意儿也卖不了钱啊！他又不是不知道那玩意儿不值钱。偷金唢呐的肯定是为了名。”

蔡康明听了也跟着附和：“是，是，别着急，我们就是来再确认一下，他在案发前最后一次来咱家是什么时候？”

“一年多以前。”翟琳冷淡地说。

张大为转头看向她，说：“会不会是他来过，你们忘了？”

“不可能。”翟琳说道。

“一步都没进过？”张大为又问。

“没有，因为我母亲在，他不敢来。”翟琳坚定地说。

他们走后，蔡康明对张大为说道：“绝对是他。”

张大为问：“你到底为什么这么确定，还一直问他最后一次来的时间？”

蔡康明说道：“因为这是一枚新鲜的减性指纹。手指按压在光滑的平面上时，留下的指纹会有两种，一种叫增性指纹，一种叫减性指纹。如果是干净的平面，比如干净的玻璃表面，按上去的指纹，叫作增性指纹；如果是有灰尘的玻璃，按上指纹的时候，会把上面的浮灰沾掉一些，这叫作减性指纹。

“减性指纹在箱子上面不会存在太久，一擦就掉，比如打扫卫生就很容易擦掉指纹，或者是重新落下的灰尘盖住指纹，也能使之消失。

“翟家就算再不讲卫生，也不可能一年都不擦箱子。别说一年了，就算是两个月不擦，灰尘也会把指纹盖住，指纹照样会消失。所以，减性指纹能存在两个月就是极限了，根本不可能存在一年。如果案发前他没来过，家里怎么会有他新鲜的减性指纹呢？所以，要么谢俊方近期光明正大地来过案发现场，要么他就是凶手。但是，他周围的人一而再、再而三地肯定，说他一年多都没来过，那罪犯一定是他。”

又过了几天，案子还是没有攻下来。当时专案组的人都觉得是蔡康明搞错了，审讯员也不相信是眼前这个人做的。

破案得靠集体的力量，蔡康明和张大为势单力薄，只有他们两人认为谢俊方是嫌疑人，没用。

“怎么撬开谢俊方的嘴？”蔡康明找张大为商量。两人想：“如果罪犯是谢俊方，那么他和刘世军的打结方式就是一样的，这有没有什么原因呢？”

他们又去了翟家，把之前从翟家带走，本想作为物证的刘世军送的东西又提了回来，装作闲聊，说道：“这打结方式还挺特别的。”

翟建国看了看说道：“这有什么特别的，我们唢呐队都是这样打结的，这样结实啊！”

二弟翟为民也过来了，说道：“我们的唢呐怕被撞坏，都是用布小心翼翼地包着的，外面再缠根绳子。当年我大哥和我都在师父家学唢呐的时候，母亲为了让我们安心学习、多学会儿，趁我们跟着师父吹唢呐，就到师父家做饭、打扫、做农活。我母亲生活经验丰富，她看我们绑唢呐的绳子总是散开，就教大家用这样的方式打结，这样最牢固。后来我们都形成了这样的习惯。”

蔡康明和张大为听完，一对视：“原来如此，谢俊方在翟家学唢呐，一定也是这样学来的。”

回到专案组，张大为建议把之前的那批审讯人员换下来，自己亲自上。

张大为见了谢俊方，亲切地说：“谢俊方，翟家对你真是不错啊，来局里说了几次，要求我们慎重办理你的案子。”

谢俊方很坚定地说：“告诉翟琳，我是无辜的，让她等着我。”

张大为拿出用布包着的唢呐，递给谢俊方：“给，你给翟琳吹段吧，她在外面呢，能听到。”

谢俊方解开绳子，打开布，拿起唢呐吹了一段，然后又习惯性地把唢呐放回去，用布包上，再拿绳子打上结。

张大为看着那个结，心里踏实了。

他收起笑容，突然厉声说道："谢俊方，你还不承认！指纹对上了，打结的方式也对上了！你说说，你是不是这样绑你师母的？"

谢俊方先是一惊，眼泪"哗"地就流出来了，心理崩溃了。

请神容易送神难

一年多以前，谢俊方被刘桂英从翟家赶回来后，心有不甘。他想："反正自己什么都没得到，光脚的不怕穿鞋的，去抢翟家去！"

为了做这起案件，他精心准备了一年。他每天晚上看好时间在家练唢呐，嘀嘀哇嘀嘀哇，然后中间停一会儿，骑着自行车长途奔袭，然后又回来接着吹，接着对表，计算时间。他一次一次地练习，让骑行时间一点点变短。

同时，他虽然每天晚上都吹唢呐，但每天练习的时间都会变，有时是晚上七八点吹，有时是晚上九十点吹。时间长了，邻居就以为他整晚都在吹唢呐，早就分不清几点几分了。

准备了一年多，他觉得自己很熟练了，心理和身体都没问题了。有一天，他听说翟建国回来了，他想到翟建国回来肯定会给他母亲带东西、带钱，而且他家邻村正好要放电影，这真是个千载难逢的好机会。

作案这天，他吹唢呐吹到晚上 8 点钟左右，然后快速骑自行车到翟家。他到门口一看，门是从里面插着门闩的，家里有人！他敲敲门，过了一会儿，一个声音响起："谁啊？"这是刘桂英的声音，他没想到刘桂英没去看电影，竟然在家！

“这个死老太婆，总是坏我好事！”他在心里骂道。真是倒霉透顶，计划这么久，又被刘桂英打乱了，他恨死这个老太婆了，自己对她那么好，不仅没打动她，还被她赶回家。他心想：“绝不能让她再挡我的路。干掉她。”

刘桂英一听是他，一开始没开门，隔着门问他这么晚来干啥，他骗她说晚上看电影的时候遇到翟琳了，晚上天气有点儿凉，翟琳让他帮忙回来取件衣服。

刘桂英一听是闺女的事，就开门了，他跟着刘桂英进了里屋，刚一进屋，直接一把卡住她的脖子，把她推倒，用绳子把她绑到屋子中间的柱子上。抢劫完以后他又长途跋涉，骑自行车回家，然后把东西埋到地下。

翟家与谢俊方家距离30多里地，一年时间的练习，让他可以脸不红、气不喘地从自己家骑40分钟到翟家。他作案只用了不到10分钟，9点20分左右他回到家，又开始吹唢呐，和平时一样。

其实警察在一开始走访的时候不是没怀疑过：会不会是他吹了一半停下去作案？周围邻居说：“不可能，不可能，这个人当天晚上一直吹唢呐，我们吃完晚饭，他就开始吹，睡到10点了，他还在那儿吹，吵得不得了。半夜起来，我出去尿尿，他还在那儿吹。那天晚上他一直在家吹，而且周围邻居都能证明，隔壁邻居因为这事还和他吵了一架。”

警察考虑到谢俊方家离翟家30多里地，一来一回至少两个小时，他要是真跑这么远去作案，能没一个人发现吗？因此，警方第一轮就把他彻底排除了。

张大为又问他，案发后为什么又回到翟琳家。

谢俊方作完案，等了几天，看没什么动静，就想到翟家去看看情况，他装作去慰问的样子去了翟家，发现翟家对他不像以前那么排斥了。翟琳因为母亲去世很伤心，这正是她脆弱的时候，很需要人陪伴，而且谢俊方发现翟琳对自己还有感情，谢俊方非常高兴。他想，正好刘桂英死了，没人干涉他和翟琳了，说不定能破镜重圆。谢俊方高瘦白净、眉清目秀的，话不多但很能干，勤快又有眼色。他装作伤心的样子，日日陪在翟琳身边，慢慢和翟家上下修复了关系。

刘桂英去世后第 21 天，按照当地习俗，要举行“三七”祭拜仪式。翟为民带着谢俊方去买祭品，谢俊方提出要买点儿萨其马，这是老太太最爱吃的糕点，生前总舍不得吃，死后一定要让她吃到。在那个年代，萨其马是挺贵的食品，活人都不舍得吃，更别说给死人。谢俊方自己花钱，买了一些。

通过这件事，翟家兄弟非常感动，也侧面问了他今后的打算。谢俊方表示，如果以后能和翟琳结婚，他愿意来翟家，帮着翟为民打理唢呐队的日常生意。翟家兄弟对他都很满意，特别是翟为民，他认为谢俊方很能干，以后既是家里人，日后又能帮忙打理唢呐队的生意，这件事情对他来说太好了。

其实，人前温文尔雅、谨言慎行的谢俊方还有另外一面。谢俊方很小的时候，父母就离婚了，父亲和母亲纷纷又组建了家庭，谢俊方从小就跟着母亲和继父生活，他们养孩子的方式就是把他一个人锁在家里。有时候，母亲几天不回来，一锁就是几天。村里人都知道这家平时没大人，家里总锁着一个可怜的小孩。

后来谢俊方长大了，不用锁了，但他性格孤僻、沉默寡言，不好相处。在上学时，老师唯一一次表扬他说：“谢俊方长这么好，以后应该去吹唢呐，肯定有人请。”这句话他一直记在心里，初中毕业后在社会上混了几年，就到翟家开始学唢呐。在五六个师兄弟中，他不刻苦，还有点儿懒惰，总被师父责罚，但是谢俊方长得是最精神的。

令他没想到的是，他的好运要来了。

有一次，他们师兄弟几人吃完晚饭，在翟家院子里练习，吹得全身是汗，都把上衣脱了，挂在了院子里的晾衣绳上。晚上睡觉时，谢俊方把衣服的事情忘了，第二天早上起来，他才想起昨晚忘了把衣服拿回来了，正想去院子里取回来，发现衣服已经洗好，挂在晾衣绳上了，原来是翟琳已经帮他洗好了。谢俊方第一次有了被关爱的感觉，慢慢地，他和翟琳恋爱了。他打起了小算盘，翟家有唢呐生意，要是能和翟琳结婚，就来翟家生活，以后吃穿不愁，再也不用回自己那个家了。

之后的谢俊方像变了一个人似的，用尽一切方式来表现，打扫房子，下地干农活，但他的好梦被刘桂英打破了。如果刘桂英是个普通的农村妇女，估计谢俊方的梦想就实现了，但刘桂英不是，能在那个年代培养出翟为民这样的艺术家的母亲，是有见识、有思想的。

刘桂英知道谢俊方和翟琳谈恋爱，她认真观察了谢俊方一段时间后，对他们俩的事坚决不同意。她发现，这个人对自己谄媚讨好、唯命是从，而平时对师兄弟们却冷言冷语、漠不关心。

“媚上者必欺下，轻诺者必寡信。”刘桂英没有什么文化，说不出这样的话，但她丰富的生活阅历让她明白这个道理。她很不喜欢谢俊方，而且，她十分介意谢俊方父母离异和谢俊方母亲在村里的名声不好这两件事。

对于翟琳的婚事，刘桂英特别上心。她中年丧夫，苦了一辈子，对于这个小女儿，她十分疼爱。她曾对大儿子翟建国说：“翟琳比较单纯，现在家里这个情况，有多少人得眼红，多少人得嫉妒，还有很多人想攀高枝，当心你妹妹被人骗了去。”

当她知道谢俊方和翟琳在谈恋爱后，立刻把他赶回了家，并告诉所有人，不允许他再到翟家来。

遇到这种“人间清醒”的母亲，谢俊方只能回到自己曾经的压抑的家。适应了翟家温馨的生活之后，回来看着家里的冰锅冷灶、破破烂烂，仇恨的种子在他心里发芽了。自己为翟家付出那么多，翟家却对他弃如敝屣，他要去翟家把自己多年的付出夺回来。

谢俊方交代了之后，翟家还是半信半疑，认为会不会是警方屈打成招，迫于压力找人顶罪。直到最后，谢俊方带着警察在自家后院挖出了埋起来的“金唢呐”，翟家才相信真的是谢俊方。

最后，警察问谢俊方，既然知道“金唢呐”不值钱还很沉，不好运输，为什么要带走“金唢呐”？他说，翟家让他“竹篮打水一场空”，他也要让翟家没了“金唢呐”，以后吹不好唢呐。

画虎画皮难画骨，知人知面不知心。这正是印证了那句老话，“宁可得罪君子，不可得罪小人”。

真理永存

听老蔡讲完这个案子，我又趴在桌子上，仔细看这枚指纹。如果没有这枚指纹，这起案件会怎样？会不会成为悬案？

在那么大个箱子上面，能找到一枚这样小的指纹就已经很难了，何况这枚指纹只有几条轮廓线，更分不清楚是哪个手指头的。

凭着这样的一枚指纹锁定罪犯，真是不可思议！一枚小小的指纹，竟然撬动了整个案件。

如果没有蔡康明的坚持，又会怎样呢？这个罪犯不仅狡猾、擅伪装，还有毅力、有决心。为了制造完美的不在场证明，他思虑周全，筹划一年的时间，每天练习骑行。他成功骗过了所有人，翟家人、周围邻居、办案警察，随着破案压力增大，他又以自杀相威胁，死者家属也提出抗议，上级领导半信半疑，权威专家、老师也提出疑问，层层施压，压力重重。

我在想，如果是我，我还能像老蔡那样毫不动摇地坚持下去吗？

万一坚持错了，功不抵过，我就要担责；如果我不坚持，成了悬案，责任也不在我。

坚持岂不是会导致做得多、错得多吗？我们为什么还要坚持？

所以，刑警是要有信念，要有牺牲精神的，不轻信，不迷信，一竿子捅到底。魑魅魍魉在扎实的调查面前、在有力的证据面前会通通现形，扯什么都没用。就算倾尽所有，也要坚持真相。

正如电影《405谋杀案》的最后一句话所说的："一切都会过去，唯有真理永存。"好像冥冥之中，它从一开始就在暗示这个案子的走向。

听完这个案子，我的脑海中常常浮现老蔡独自一人在检验室比对这枚指纹的画面。

初秋，凉凉的夜晚，夜深人静。窗外溢满了桂花的香气；窗内，一盏小黄灯前寂寂地坐着一个人。他背上披着薄外套，伏在桌子上，一手拿着放大镜，一手拿着铅笔，聚精会神地勾勾画画。

好像一切都静止了。

他从不想那个人在不在这里面，只是静静地比对眼前这枚指纹，不放过一丝线索、一点儿可能，一直这样，一张一张地比对下去，忘了时间。

其实人间道不也是这样的吗？我们每天努力生活，但依然身不由己；我们已经尽最大的努力，但离成功总差点儿运气。好运什么时候会来？也许是明天，也许是后天，也许是再过几年。当你逐渐失望、不再期待的时候，好运突然出现在你按部就班的生活中，亲吻你并祝福你：好运从不辜负永不放弃的人。

仓鼠之殇

赌徒

赌性源自贪念，根植于人性。

侥幸的魅力之大，引得无数人奔向毁灭，

却鲜有人从深渊爬出。

买定离手、愿赌服输是赌徒眼中的豪迈，

到头来却不过是通往穷途末路的掩耳盗铃。

老蔡说，他最怕遇见的就是孩子被杀的案件。小孩子就是小嫩芽。小孩子的身子干干净净的，看着孩子的尸体，“从内到外”地让人心疼。

烟炕房

“腊八祭灶，新年来到，小妮儿要花，小孩儿要炮，老头儿要顶新毡帽。”

从腊八开始，正式进入新年倒计时，家家户户开始忙活着杀公鸡、炸丸子、蒸馒头、大扫除。

Y县L村也不例外，每家每户大门敞开，畅通无阻。邻里之间你来我往，女人们端着炸丸子、热馒头，这家端那家，那家端这家，叽叽喳喳；男人们聚在一起，打扑克，搓麻将，喧嚣震天；孩子们一群群地玩闹在一起，无忧无虑。整个村子一片其乐融融，喜气洋洋。

但这样温馨的氛围因为村民方立的独子方恒远的失踪戛然而止。

2月12日，那天是农历小年，还有一周就要过新年了。下午3点半，方恒远睡完午觉醒来，和邻居赵家的孩子赵茂在外面跑着玩，2 岁多的孩子还不知道过年是什么，就喜欢跟在大孩子屁股后面瞎跑。

晚上 6 点左右，天快黑了，方恒远的母亲李梅喊他回家吃晚饭，出去转了一圈没找到人。家里人以为是被村里的大孩子领到别家串门去了。村里人互相认识，谁是谁家的孩子也都很容易打听出来。平时邻里之间你来我往，孩子跑远了也有邻居帮忙送回来，所以方家人一开始没当回事。

其实，此刻在离方家不到 60 米的地方，一高一矮的两个人一前一后闪进了一间房子里。矮个子的腋下正夹着手脚乱挥的方恒远。两人一进屋，高个子换下矮个子，捂住方恒远的嘴，矮个子开始往方恒远身上绑绳子。

方恒远拼命挣扎，发出哭喊声。高个子说道："没想到这小孩和老鼠一样，好捉住，不好控制住。"边说边从衣脚处撕下一块布条，塞进方恒远嘴里，方恒远喊不出声音了，安静下来，矮个子顺势把绳子直接勒在孩子嘴巴上，防止他再把布吐出来。绳子勒得紧紧的，外面又蒙了一层布。

孩子被缠得像个粽子似的，完全被固定住了，嘴里只能发出很微弱的"呜呜"声。

高个子透过门缝，看到外面天快黑了，路上一个人也没有，估计周围人都回家吃晚饭了。"走吧！"高个子说道。

"不会被人发现吧？"矮个子紧张得两腿直抖。

"只要一会儿出去的时候不被人发现就没事，咱们不再回来，谁知道咱们来过？"高个子说道。

"时间长了，孩子没吃没喝的，死了咋办？"矮个子问道。

"那就是他的命，他活不活要看他爹妈。"高个子狠狠地说道。

矮个子不再说话，两人瞅准时机，一转身出了门，消失在渐渐暗下去的夜色中。

方家找了整整一夜，很多亲戚朋友也自发帮忙找，但都没有找到孩子。

2 月 13 日一早，孩子的父亲方立和连襟（孩子的姨夫）周亮推开自家烟炕房的房门。

方家是做烟叶生意的，这两年生意挺好，赚了不少钱，于是专门在居住的院子外面，后方五六十米的位置，单独盖了个烟炕房。

烟炕房是对烟叶进行二次加工用的。夏天，方家把在自家地里收割的新鲜烟叶放入烟炕房炕焦，这是制作香烟的必要工序，在烟炕房里炕焦的烟叶能卖个好价钱。

到了冬天，这里闲置了，就成了储藏室，专门存放喂牲畜的草料。平时方家人每次进来取足够牲畜吃七八天的草料，吃完再取。这里从不锁门，因为这里很憋闷，空气不好，味道很大，孩子也从不来这里玩。

烟炕房是附近唯一没找的地方了。如果不是周围都找过了，他们绝对不会想到来这里。

“看着不像有人来过。”方立失望地说道。

两人把草垛子一排一排搬开，没有任何发现，眼前只剩下最里面的一堆杂草，高高地堆着。

方立一看没有，转身准备离开。

周亮喊他说：“再看看这草堆里会不会有吧。”

“不可能，这里面咋会有人？要有，听到我们过来了，还能没动静？”方立说。

“只管翻翻吧，不差这一个了。”

“这儿会有人？”方立不信，但还是掉头回来和周亮继续翻这最后一个草垛子。

周亮找得很仔细，他一小垛一小垛地把草抱走。

“尽是浪费时间。”方立有点儿着急了，说着就准备走。

突然，在草堆深处，出现了一个小小的脑袋，被白布蒙着。两人一惊，赶快把草扒开，孩子竟然真在这里。

方立喊着方恒远的名字，探探鼻息，摇摇孩子。孩子没有任何反应，身上缠着绳子，一动不动，已经死亡。

方立坐在地上，失声痛哭。家人立刻报警。

死因

当时临近年关，人们喜气洋洋，刑警队也一样，大家的精力开始往家里放，置办年货，走亲访友，哪里还有心情办案件。

这种时候接到报案，要到村里去，过年很可能回不来，队里的人都不想上。

老文又挑“软柿子”捏，他知道蔡康明这人心软、脸皮薄，于是派蔡康明、张大为和老苗去。

“每次都是我们，好事想不起来咱们，急活累活就想起来了。”张大为生气地说道，“一年了，连轴转，没节假日，没周末，现在快过年了，又让我们去！”

蔡康明也说：“几天？具体几天？现在就说好！我家人还催我相亲呢。”

老苗也接着说道：“我也待不久啊，我要回老家呢，你也知道，我老家离得远，我得早点儿走。”

老文说："就配合县局去看看现场，提提侦查思路，很快就回来了，我保证不耽误看春晚。"

"你怎么保证？具体几天，说个实在的！"张大为说道。

老文开玩笑地说道："这不是我定的，得看你们办案水平了。"

"最多三天，多一天都不干，案子破不了，年后再干。"三人不管老文是否同意，自己决定了。

他们开车往农村走，从市到县再到村，到处洋溢着过年的氛围，孩子们在路上成群结队地到处乱窜，开车还要小心翼翼的。

车一进入发命案的村子，气氛突然变了。天上飘着小雪，家家户户大门紧闭，路上一个孩子也没看着。村民们神情凝重，对进村的陌生人非常防备，看着进村的车子指指点点、窃窃私语。

中心现场是方家的烟炕房。刚一下车，不知是因为下着雪还是因为心理作用，侦查员们突然感觉阴冷阴冷的。站在烟炕房前，能看到方家门前有棵上百年的老槐树，干枯的虬枝看起来阴森极了，让人感到十分压抑。

侦查员们进入昏暗的烟炕房，房顶挂着一只黄色灯泡，房里的草都被搬走了，屋里空荡荡的，死去的方恒远孤零零地坐靠在房间最里面的角落里，穿着红色小棉衣裤、小棉鞋，戴着小帽子，嘴周围血淋淋的。孩子因为难受，也为了自救，想吐出白布，在这个过程中，嘴唇和绳子一直摩擦，弄得满嘴都是血。嘴里塞着的白布是15厘米乘15厘米大小的、边缘毛毛的方形粗布布料，像是刚从衣服上撕下来的。

几个大老爷们看得直抹眼泪。

老苗把绳子和布条一层层解开后，看到了孩子的样貌。这是个胖乎乎的小男孩，脸蛋细皮嫩肉的，眼睛紧闭着，但能看到睫毛长长的，头发又黑又密，非常漂亮，非常健康。

“多可爱的孩子！”老苗不禁感慨道。

孩子身上没有伤痕，皮肤红红的，脸蛋红扑扑的，如果不是没有呼吸，看上去更像是睡着了。

“孩子没有受到外部伤害。昨天晚上失踪，早上找到，这么短的时间里，怎么会死亡？”张大为觉得很奇怪，问道。

蔡康明说道：“这人是个‘信球’，把孩子绑得太紧，就害怕孩子跑了。他不知道绑人不能这么绑。有经验的人在绑人的时候，会让被绑人把胳膊硬直起来再绑。这样一来，被绑人胳膊一松，胸部还是能扩展开，可以正常呼吸。这人肯定没有这方面的常识，他不知道这样子孩子会呼吸不上来，导致死亡。这和蛇捕食的时候，把猎物越缠越紧，导致呼吸衰竭死亡，是一个道理。这一看就是个绑架案件，凶手更明显的意图是限制孩子的自由。”

“确实，康明说得对，很可能是缺氧导致死亡。”老苗说着，用手术刀划开小小的身体，蔡康明、张大为和县局的几个侦查员在一旁配合。

确认过内脏出血点后，老苗说：“是血液含氧量过低导致的窒息死亡。”

蔡康明痛心地说：“如果罪犯一刀捅死或勒死孩子，孩子很快失去知觉，还不至于这么受罪。”

“是啊！”老苗接着说道，“这样的死亡方式是非常痛苦的，这种情况不像溺水或者掐死那种短时间使人丧失知觉的死亡，因为他还不是完全不能呼吸，所以这种情况可能会持续 10 分钟甚至更长的时间，人会经历窒息前期、吸气性呼吸困难期、呼气性呼吸困难期、呼吸暂停期、终末呼吸期五个阶段，一点儿一点儿痛苦地失去意识。孩子被绑着，喊也喊不出，动也动不了，就这样静静地忍受着呼吸衰竭的痛苦。”

张大为气愤地说：“竟然对这么小的孩子动手，能干出这种事的简直不是人！”

“这种人，枪毙他一百次都不亏！”老苗也说道。

“赶快问问方家有没有收到勒索信！”张大为对侦查员小刘说道。

几人继续解剖，过了一会儿，小刘回来反馈说方家里里外外找了一遍，没有任何发现，而且没有任何异常。

“没有勒索信？”蔡康明吃了一惊，“不应该啊！”

“不可能！让方家再好好找找。”蔡康明对侦查员说道。

蔡康明环顾烟炕房四周，接着说道：“这里平时不锁门，提取的指纹、脚印只能认定，不能排除，意义不大。如果没有勒索信，就没有其他可用的东西了。”

“会不会有别的可能，不是勒索？”老苗说道。

县局的小刘补充说道：“我们刚才简单了解了方家的情况，他家今年烟叶生意做得不错。会不会得罪了什么人，或者村里可能有人会眼红？”

“也有可能。毕竟，凶手在作案时也会发生各种各样的意外。”

“看来又是一场硬仗，住下来吧。”三人再也想不起来要回家的事了。

村民的心思

谁知，他们想住下来，但是村里没有一户人家愿意提供住处。

“村里的人不应该和警察一条心吗？这时候应该急着破案才对

啊。”专案组的人一开始不明白，为什么人们不配合。

孩子是每个家庭的“命根”，特别是当时施行独生子女政策，孩子是人们的底线。

农民都是很现实的。

那时候，村民们很清楚，专案组破案的决心再大，口号喊得再响也没有用，谁也保证不了他们一定能抓到凶手。

大家寻思着：专案组就是“过路神仙”，说走就走，在的时候说得好听，“一定破案，一定破案”，万一给他们提供了帮助，到时候破不了案，他们走了，凶手报复给专案组提供帮助的人咋办？

方家的孩子死得不明不白，这个凶手一定穷凶极恶。在中国，只要是牵扯到孩子的事，所有人都格外谨慎，宁可信其有，不可信其无。

所以，村主任王天顺带着专案组四处找地方住时，没有一家愿意提供住处。

眼看四处碰壁，张大为征求蔡康明的意见，说道：“康明，不行咱们回县里住？”

王天顺也附和着：“你们再想想其他办法吧，快过年了，村里实在住不下来。”

蔡康明说道：“不行，跑来跑去，专案组士气都跑散了。就住村里，案子不破，我们就不走了。”

老苗也说：“是，这个案子不破，对不起这身警服，王村长，我们就住你家吧。”

王天顺一听，吓了一跳，赶快摆手说道：“别别别，我家也有小孩子！我不能为了协助你们办案，拿我的小孙子开玩笑。”

看王天顺态度坚决，蔡康明说道：“王村长，外面下着雪，至少得帮我们找个能遮风避雨的地方吧。”

王主任被专案组逼得实在没办法，一路黑着脸，带他们来到村头一间新盖的毛坯房处，屋顶刚刚搭好，没窗户，没门，四处漏风。这是村主任王天顺家新盖的房子，他被专案组逼得没办法，只能勉强提供出来。王主任把他们带到那里后，借口家里还有事，急急忙忙地走了。

大家一看，这里四处漏风，外面飘着雪花，总要找床被子。但家家户户大门紧闭，只有村口的小卖部开着门，侦查员找到小卖部的夏老板，说明来意，想租或者买几床被子。小卖部的夏老板说："我是做生意的，卖东西天经地义！"随即找来两床家里的被子，又到邻居家找来几床，然后帮着专案组找来稻草铺在地上，还答应给专案组提供饭食。

专案组驻扎下来，平时除了出去走访，就在这里研究案情、吃饭、睡觉。雪下大时，雪花纷纷扬扬地飘进来，落在吃饭的碗里，落在案卷上，落在被子上。

排查

在这样恶劣的条件下，迅速破案要紧。那下一步该怎么办呢？

第二天，专案组安排侦查员开始排查。范围有三：一是和方家有矛盾的人员；二是寻找和方恒远口中布条材质相同的衣服，那个年代的人衣服不多，也许可以找到；三是排查村里无所事事的流氓、无赖这类人员。

专案组以方家为中心，向外辐射进行排查。大槐树下，方家的邻居有东、西、北面的三户人家。

方家东边这家姓周，老人叫周生茂，妻子叫王桂霞，两人就一个独子周友天，周友天和邻村的一个女孩刘英结婚了，两人都 30 多岁了，一直没有孩子，一家四口都是地地道道的农民。因为没有孩子，周友天夫妻俩很喜欢方恒远，看到他就逗他玩，给他好吃的。蔡康明和张大为到家里走访时，周友天说："我们村的小孩子平时都在外面玩，他家的孩子每天下午都出来玩，一般就在这附近，我们很熟悉。出事那天，我在家，刘英去邻村榨油了。"

"平时方家的烟炕房有人进吗？"

"我家也有烟炕房，我们这里好多家都有，都不锁门，应该没什么人进吧，不知道。"周友天答道。

"小远可聪明了。小孩子嘛，都喜欢吃麻糖，小年那天上午，我见他时，还给他麻糖吃。怎么就这样没了？"刘英伤心地说道。周家对于方家的事十分同情。

方家西边这家姓张，家里有两个女儿和一个儿子，两个女儿都已出嫁，住在外面，家里老爷子前几年去世了，剩下老母亲王凤娥和小儿子张林森。张老爷子老来得子才有了张林森，张林森很有出息，平时不在家，在县城做生意，大半个月前回家里过年。

张林森很孝顺，每次回家都大包小包地给母亲带东西，王凤娥还自豪地带去给周围邻居分享。

侦查员进张家院子时，看到张家正在大扫除。王凤娥扫院子，张林森在屋里弓着腰，拿着棍子捅老鼠洞，边捅边骂："死老鼠，打洞打到这里，活该受罪，怎么不去有钱人家打洞去？"他们看见蔡康明和张大为进来，都停止了手上的事情。侦查员就分别问他们母子，2 月 12 日下午都在哪里、做了什么。王凤娥说她那天一早就去庙里拜菩萨了，中午在庙里吃的饭，晚上回来都 8 点多了，才知道方家孩子丢了。张林森平时不在家，和方家接触得少。张林森说，那天下午他去邻村朋友家玩，回来时，王凤娥已经在家了，听母亲说了邻居家的事情。

方家南边是一条路，方家北边是一户姓赵的人家。

赵家老爷子50多岁了，生了两个儿子、一个女儿，女儿出嫁，大儿子赵延生结婚生了小孙子赵茂，快5岁了，比方恒远大2岁，两个小孩子经常一起玩。那天下午，方恒远本来和赵茂在一起玩，后来赵茂4点半就回家了，之后没再出去玩。

赵老爷子还有个未婚的小儿子赵延庆，25岁，还没有结婚，整天无所事事，属于村里的“二流子”。

侦查员去走访的时候，赵家拒不配合，之后他们在路上遇到了赵延庆，赵延庆看到侦查员，转身就往别处走，被侦查员拽了回来。侦查员问他为什么跑，赵延庆一副流里流气的样子，说自己就是要往别处去。侦查员问他家的情况，赵延庆说那天下午，侄子赵茂4点多回家，大哥和嫂子就带他去大姐家串门了，自己则一直在家睡觉。

就这样，专案组大海捞针一般，一点儿一点儿地向外推进，挨家挨户敲门走访。但村民们像躲瘟疫似的躲着他们，特别是家里有小孩的，开门一看是警察，有的直接就把门关上了。有的态度好，能多说几句，看起来也是神秘兮兮的，非常紧张。还有的敷衍地说道：“我们什么也不知道，你们赶快走吧！不要再来了。”侦查员们想再多问两句，对方很激动地说：“不知道，别问了，赶快走，赶快走！”他们想在路上拦个老乡问问情况，对方发现他们靠近，摆摆手，扭头就往别处去了。

一天下来，一无所获。

面对这样的困境，蔡康明和张大为他们也没闲着，一次次开会，分析案件。大家说来说去，提出各种可能，但蔡康明还是觉得应该是绑架，他反复问方家：“你们有没有得罪过什么人？生意上和谁有来往？家里收到信或者字条之类的东西没有？”

方家人说，平时没有得罪过什么人，而且他们的生活很规律，方恒远一般睡午觉睡到下午 3 点半，就去外面院子玩，到晚上 6 点左右吃晚饭。

方恒远出事这几天，方家没有发现任何异常的情况。

第一嫌疑人

蔡康明和张大为又回到现场。

“这就怪了，查来查去，怎么没有一点儿线索呢？”蔡康明说道。

“难道是罪犯发现孩子死了，放弃勒索了，所以没留下东西？”张大为问道。

“还是要往熟人身上找。”蔡康明若有所思地继续说道，“尸体藏得那么隐蔽，谁先发现的？”

“孩子他爸和他姨夫一起发现的，而且当时孩子的姨夫周亮坚持要搬开最里面的草垛子，方立都放弃了，是他非要坚持，还真找到了。”张大为说道。

“难道是周亮有问题？”蔡康明听完眼睛一亮。

周亮娶了方立媳妇的姐姐，周家和方立家一样是搞烟叶生意的，周亮家收的烟叶都是在方立家的烟炕房里炕，而且销路主要依靠方立家找。周亮家的儿子比方立家的大 3 岁，两家平时走得很近。

两人一对眼神，赶快把那草垛子放回原处，他们发现，草垛子确实掩盖得很好。他们想象了一下，孩子那么小，往草窝里一放，完全看不出来，一般情况下，真想不到要在草垛子里面扒拉。

周亮的嫌疑变大了。

蔡康明和张大为一起找到周亮，旁敲侧击地问他："当时方立都放弃了，你为什么坚持要在这里找呢？"

周亮理直气壮地说道："我就是知道，那一会儿，我就是觉得有东西在后面，一定得挪开再看看。"

"你为什么知道呢？"

"不为什么，我就是知道。那会儿我就觉得孩子在。"

他们回到专案组，把周亮列为第一嫌疑人，安排侦查员详细调查周亮的情况。

晚上，蔡康明、张大为和老苗疲惫极了。两天了，案子毫无头绪，仅有的怀疑对象就是周亮，但又没有一点儿证据。三个人并排躺在草窝子里，脑子里都想着案子，睡不着。

"我看像他。"张大为突然说道，"越想越觉得是，孩子藏得那么好，草那么蓬松，谁能想到在草堆里面找？就算不是他干的，他很可能知道点儿什么。"

蔡康明说："的确，一般人绝对不会一直在那个草垛子里翻。不过，如果真是他干的，他为什么要找到尸体呢？更晚一些发现，不是更好吗？"

张大为说："可能是他良心发现？或者是发现孩子死了，无法敲诈，想摆脱嫌疑，故意带着方立发现尸体？"

"我插一句啊！我觉得你俩这猜测有道理，但是不能仅仅因为是他发现的就把他列为第一嫌疑人。有时候，人的第六感很准、很邪门的，不信不行。"老苗说道。

"啥？你说他真的是凭直觉？"张大为问道。

“那你也靠第六感想想办法吧。”蔡康明开玩笑地说道。

“不和你们开玩笑，说真的，有些事不信不行。我给你们讲一个案子，比这更蹊跷！”老苗说道。

“快讲讲！”蔡康明和张大为来了精神。

老苗接着说道：“因为这个案子，我这学医学、搞解剖的人专门到书店买了本《周易》，想研究研究，看了好久，发现看不懂，就放弃了……虽然我看不懂，但我们老祖宗的智慧你不服不行啊！”老苗说着，口中啧啧赞叹。

外面下着大雪，一屋子的侦查员躺在草窝子里听老苗讲故事。

“人在地里竖着呢！”

那是我刚到警队时遇到的一个案子。

有一个男孩失踪四天了，他的父母在他家东南方向距离 3 里地的一口废井里，发现了孩子的尸体，然后报警了。

当时我去了现场。孩子死在一个废井里，附近杂草丛生，旁边是一片庄稼地，那时候是五月底、六月初，快到割麦子的时候，麦子和草都长得高高的，完全遮住了井口。那口井在那里，不认真看，根本发现不了。

我们当时看了现场，就很奇怪，他们家离现场挺远，死者的家人是怎么精准地发现尸体的呢？会不会是家里人作案？我们就问他母亲，是谁第一个发现的尸体。

孩子的母亲就说，孩子每天自己背着书包上学，四天前，晚上没有回家，家人很着急，找到学校，学校说失踪的那天早上孩子就没来。家人找来找去找不到，孩子的父亲，是继父，就去找了个算命瞎子。算命瞎子一算，说道：“从你家往东南方向走，大概三四里地，孩子在地里竖着呢！”

这母亲很着急，也觉得很奇怪，什么叫“在地里竖着呢”？这是什么意思？是跑到哪里玩了吗？她再详细问，算命瞎子不说了，就说“你赶快去找吧”。

孩子的母亲就按照算命瞎子说的，一路走，一路找，走着走着，看到这个井，过去一看，找到了。

井上横了一根木棍，木棍上套了条绳子，孩子被吊在绳子上，没有掉进井底，尸体在井里吊挂着。

这真的是“在地里竖着”。

我们当时听了，认为这个算命瞎子肯定是参与作案或者知道案情。他是个瞎子，看不见，怎么可能描述得这么精确呢？这个描述还特有想象力！

我们就把他抓来，反复审问。他说：“我就是算出来的，我祖上就懂《周易》。”

我们一开始不相信，就开会分析：会不会是孩子的继父联合算命瞎子犯案？查来查去，继父没有作案时间，平时和死者关系也很好，没有动机。而且这个算命瞎子在此之前与这家人根本不认识，就是孩子找不到后，继父着急，在路边打听到有一个算命瞎子算得准，才去找他的。

专案组只能转变侦查思路。

我当时觉得有意思，等算命瞎子的嫌疑排除后，我还逗他玩，说：“既然你能算，你算算是谁害了这个小孩呗。”

他立刻问我，此刻提出问题的时间是几月几日几时几分，然后右手一伸，掐指一算，说道：“就在附近找。”

后来，案子破了，就是井旁边这个麦地的主人干的。因为这个孩子每天上学路过这片麦地，想抄近路，就踩着他家的麦子走。然后这个人发现麦子经常被踩，可是就是抓不到人，那天早上，他提前埋伏在那里，抓到孩子了。

但孩子不承认，说自己这是第一次，两人发生了口角，这人失手把孩子打死了。他知道这旁边有个水井，就把孩子吊在里面了。

大家听完，在漆黑的夜里，都觉得后背发凉。

“真的假的？”张大为打破沉默。

老苗说：“当然是真的，我可编不出‘在地里竖着’这五个字！”

蔡康明调侃道：“老苗，经你这么一说，咱们的案子现在怎么办？也找个算命瞎子看看？”

“对对对，邪门的案子用邪门的办法！”张大为说道。

“去你的吧！你还真找啊！”蔡康明拍了一下张大为的脑袋。

纸三角

一晃，四天过去了，县局的侦查员把赵延庆和周亮都列为嫌疑人，一直在深入调查，但没有突破性进展。

蔡康明、张大为认为还是得在方家做工作。

三人又一起去了方家。他们让方立认认真真地回忆，一天一天地讲，从三周前开始，从早到晚做了什么，一日三餐吃了什么，恨不得什么时候上厕所都要让他好好想想。几个人坐在一起，一天一天地捋。

一口气讲到快中午，方立怎么可能一下子想起那么多事，大家准备下午接着说。方立留三人在家吃炸酱面，下午继续。

吃饭前，张大为去上厕所。蔡康明和老苗刚端起碗，吃了没几口，就听见张大为在厕所里激动地大喊：“康明，老苗，你们快来看！”

蔡康明和老苗放下手里的碗筷，跑到厕所门口，看见张大为提着裤子，手里拿了张纸，激动地说：“你们快看！快看！”

蔡康明一把接了过来，这是一张小小的长方形字条，皱皱巴巴的，上面写着：

方立：

近来生意很好吧！久违了，实在对不起，现在将近年关了，哥们儿想做个生意，手头太紧，想跟你借点儿钱，不多，3000元，少一个纸角都不行。因为怕问你明着借，你不给，就把你的那个宝贝儿子抓住当凭证，如果不给，那就更对不起了，你就别再想见你那宝贝儿子一面了。等你见到他，他已经是一具尸体了。方立，这件事只能有你妻子和你俩人知道。我的耳目很多，你如果让第三个人知道，那就对不起了，后果你自己想想就知道了。这件事你如果给我办成了，到过完年，也就是4月15号那天晚上，我一定给你把钱送去，一定！我说话，从来算话，请你放心。再有，请把钱在明天晚上12点准时送到你村西头1公里左右的小桥上，放到桥头就可以了。你的儿子，你就别管了，我给你送去。就在这里收笔吧！再见！

日期：2月13号，阳历

“这是从哪里找到的？”蔡康明激动地问道。

“我在厕所前过道的地上捡到的，我看有一个叠起来的纸三角，拆开一看，竟然是这个。”张大为一阵激动。

“日期是 2 月 13 日，已经过去了四天。”蔡康明皱了皱眉头，“交易的时间早过了。”

他们赶快找来方家人，问道：“你们之前上厕所的时候发现这个了吗？”

方家人你看看我、我看看你，都迷茫地摇头说道：“我们天天上厕所，从来没见过这个啊！不知道是什么时候有的。”

蔡康明认真观察着周围的环境。

方家是一个独立的院子，三间坐北朝南的房子叫堂屋，堂屋和后围墙（北面围墙）之间还有点儿距离，中间有个比较窄的过道，就作为厕所。厕所建在堂屋后面的过道，西北角顶头的地方。这个字条就扔在后面过道的地上，厕所的前方。

蔡康明看着信，心中突然间涌起很多疑问：“四天了，方家人来来往往，怎么会没人发现呢？今天我们三个来方家调查，突然又出现这么一个条子，是有人知道警察今天来了，想讹点儿钱，刚刚扔进来的？或者是有人得到消息了，知道他家孩子是因为绑架死的，就扔了字条进来？”

想到这里，蔡康明赶快问张大为：“你是怎么发现字条的？你在厕所时，外面有没有什么动静？”

“没有，这个东西一直就在那个过道上，我去上厕所时它就在。”张大为说得很确定。

“你怎么能确定不是你上厕所的时候，有人扔进来的？”老苗也焦急地问道。

“这……这，唉，怎么说呢！”张大为略显尴尬地说道，“多亏我忘带手纸了。我去厕所的时候，就注意到地上有这个东西，但看着挺脏的，我也没想着拾起来。我上完厕所，没手纸用，我一想，刚才路过过道的时候，地上不是有个‘纸’吗？顾不了那么多了，农村的条件就是这样的嘛！我就拾了过来，把它拆开正想用，突然发现上面有字，谁知竟然是勒索信！所以，这个信应该是一直在过道上的，方家人来来往往没看见！”

“大为，你……你用了吗？”老苗一听，手“嗖”地就从信纸上移开了，把信留给蔡康明一人拿着。

“没有，没有，哎呀，我后来用别的解决了。”

“你这！”老苗看着一脸憨厚的张大为，哭笑不得，“这么说来，还得感谢你忘带手纸了？用啥解决了？”老苗一脸坏笑。

“还别说，真得感谢！”一直在一旁看信的蔡康明说道，“这真是冥冥之中自有安排，要不是大为上厕所没带纸，这么多天了，谁会想起来拆这个又脏又破的‘纸三角’！”蔡康明一脸兴奋地说道。

“那会不会是案发几天后或者昨天、前天，有人想讹钱才扔进来的呢？”老苗又问道。

蔡康明拿着信一遍一遍地看，头也不抬地说道：“不会，应该是家里人没发现。村里人都知道孩子死了，谁会再犯傻来敲诈3000块钱？一定是罪犯当时就扔进来了，可能因为是叠起来的，而且扔得稍微远了一点儿，掉在厕所外面的过道上，所以方家人来来回回一直没有注意到。”

回到专案组，蔡康明十分兴奋，这下确定无疑，就是绑架。

至此，之前对周亮以及附近其他人的调查都放下了，所有的目光都聚集在这封勒索信上。

蔡康明看着信说道：“这个信写得很有特点，还挺有礼貌。一开始先问好，说声对不起，解释为什么，最后才提出在哪里交易，结束时还说再见。

“说明这个人：第一，文字书写的水平不错，起码是初中以上文化程度。第二，他不是年龄很大的人，做事情不是很老练，绑架的重要环节是确保要求让家属知道，他把绑架信叠成这样，完全不管人质家属是否读到勒索信；同时，这人感觉好像很有礼貌似的，他的用语用词应该属于年轻人用的。第三，这个人对方家很了解，应该就是周边的，这个村或周边两个村，就在附近，范围不大，不是距离非常远的人员作案。”

怎么找到这个人呢?

初中以上文化程度，又是年轻人。

蔡康明说：“有方向就好办了！这人一定上过学，找学校的考试卷子，一张一张比对笔迹，不信找不到这家伙。”

邻村有个阳光中学，周边几个村的孩子都在那里上学。经统计，在校生加上近五年毕业的学生将近 2000 人。

笔迹比对

蔡康明仔细研究起这封勒索信。

鉴定笔迹有很多技巧，要看笔力的强度、笔画的气势和字的流畅程度。在一片写得自然的笔迹里，因为每笔笔画都是不假思索的书写，是一种条件反射，很容易看出笔势。如果是伪装的笔迹，自然就没有笔势。

这封勒索信的笔势就不明显，看起来不自然、不流畅，而且感觉书写速度慢，很显然是凶手为了掩盖自己真实的笔迹，一笔一画写出来的。

但笔迹是一个人长年累月形成的习惯，无论多么想掩盖，一些习惯的连笔、笔画中的停顿都能透出规律。

在这封信中，蔡康明就发现了一个很明显的特征，凶手写“你”这个字，右边的“尔”写得很像“不”，还有“了”字，本来规范书写是横折、竖钩，凶手在信的开头是一笔一画地写，确实是横折、竖钩，但是写着写着，书写习惯就出现了，凶手会一笔写成横竖勾。蔡康明比对出这两个有特点的字，告诉侦查员们，就比对这两个有特点的字。侦查员们把在校生和近五年来所有人的考试卷子全部找了回来，带到专案组那间四处漏风的房子里，一张一张地比对。

侦查员们从这2000多份卷子中，比对出了9张字迹相似的卷子。这些人写“你”字和“了”字都有这个特点。

蔡康明拿着这9张试卷和这封勒索信反复比对，凶手应该就是其中一个。

这时，蔡康明在勒索信上发现了一个更独特的地方。凶手写“讠”字旁很有特点，他会多拐一个弯。如果“你”字和“了”字是书写中为了省事养成的，那么这个“讠”字旁多拐一个弯就非常独特，这是一种错误的写法，而且是他个人独有的书写习惯，很难改变。

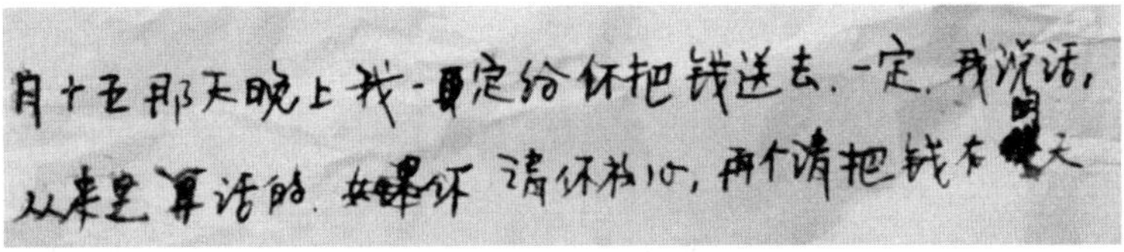
月十五那天晚上我一定给你把钱送去。一定。我说话，
从来是算话的。如果你 请你放心，再个请把钱

如图所示，“说话”两字的“讠”字旁

“就是这张！”蔡康明抽出了一张试卷。

“198×—198×学年第一学期期中考试初中二年级语文试卷”，得分92分，署名是中二（2）班张雷。

大家一看，都觉得不可思议：“这小子成绩这么好啊！不好好读书，怎么干这种事情？不会是弄错了吧？”

其他侦查员不懂笔迹鉴定，拿着试卷和勒索信看来看去，除了“你”字和“了”字有相似的特点，别的字看起来也不太像。

蔡康明拿着卷子反复看，说道：“很像，很像，应该是他，不过最好找更多的佐证再确定一下。”

专案组立刻联系学校，找到当时这个班级的班主任刘方晓老师，协助调查张雷的情况。

专案组没有说明调查原因，只说想了解一下张雷这个人。

刘方晓说：“这个孩子我印象很深刻。他上学晚，15岁来上初中，上到初二上半学期就不上了。这个孩子很有艺术天分，很有才华，能写诗，成绩也很好，而且非常上进。后来他辍学，我觉得很可惜，就到他家里做家访，想劝他继续读书。但他说自己上学太晚了，读完初中还得读高中，他等不了，他母亲年龄大了，他要赶快打工挣钱，让母亲过好日子。去年过年的时候，我见了他，看他比之前更自信了，听说他在县城赚了一笔钱，挺有出息的，我还挺为他高兴的。”

“你这里还有他写的东西吗？”张大为问道。

刘方晓想了想，找出了一个大盒子，边找边说：“这里面都是我带过的学生写得比较好的作文和诗歌，我都帮他们留着，说不定哪天，哪个有出息了，再拿出来看看。”

说着说着，她拿出一张A3大小的纸，上面的字写得很漂亮。刘方晓看了一下名字，说道：“找到了！”

《我的追求——献给十月的孩子》

——张雷

我是十月的孩子，我的歌献给母亲

在我的诗歌里，我最爱《我的追求》。

假如我是萍，我追求青绿如镜的水面，让生命的原色融进暖烘烘的家庭、暖烘烘的生活；

假如是山峰，我追求峻险、挺拔，为大地母亲崛起尊严；

假如我是河流，我追求激越的奔流、浪涛的澎湃，这是山的呼唤、大海的挚爱。

我追求爱，爱我的亲人、朋友，爱我的祖国、民族和党，把我们的生命贯穿在这爱中，并从爱中感知生命的旋律。

我追求事业，追求高尚伟大的事业：教师、教授、总经理、工程师、科学家、记者、作家、艺术家。我也不嫌弃那平凡的职业，追求我的土地、拖拉机和牧鞭，我的个体营业执照、小书摊，以及冰柜、清洁车……

我也追求爱情，别人具有的我都应该具有：事业、爱情、勋章、贝多芬、鲁迅、托尔斯泰，以及生活赐给我的色彩、旋律和芬芳，迪斯科、海滨浴场、月下情话，再来一杯浓浓的咖啡或酒。

追求，是青春的翅膀，同时又是青春的历练；

追求，是灵魂的开拓，同时又是灵魂的炼狱。

我追求，以我的品德和人格，以我的心血和汗水求索。

侦查员们读着诗，不由得“啧啧”感叹。

俗话说：文如其人，字如其人。从诗歌看，作者热爱生命，积极向上，字也写得很漂亮。这怎么看也不像是会干出绑架勒索小孩子这种龌龊事情的人，和侦查员们心中的罪犯画像太不一样了。

张大为小声问蔡康明：“你好好看清楚啊！”

蔡康明拿着放大镜认真进行了比对。大家都等着他做最后确定。

蔡康明看完，抬起头，长舒一口气，点点头：“是他。抓人吧。”

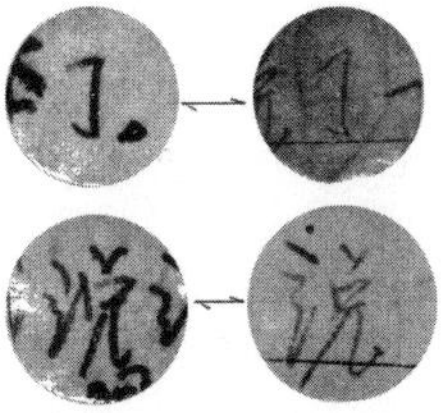

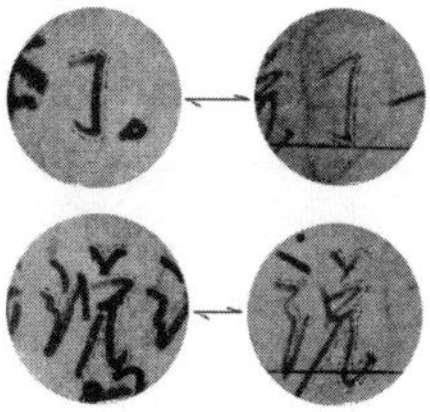

在来刘老师家前，专案组已经商量好了，一旦确定，就由刘老师带领专案组到罪犯家里，进行秘密抓捕。大家分析，此案很可能是团伙作案，要防止抓捕惊动其他作案人员。

刘老师虽然不知专案组要做什么，但是非常配合。

“他家在哪儿？”蔡康明问道。

“L 村，古槐树下。”

“什么？”大家一惊，“哪一家？”

“就是槐树西边那家。”刘老师答道。

绕了一大圈子，原来罪犯就是方家一墙之隔的邻居，老张家的小儿子，张林森。

投机

专案组立刻到张林森家将其抓捕，张林森供出了邻村的作案同伙小五。专案组趁村里放电影之际，将小五抓捕归案。

直至那年的2月18日，张林森刚刚18岁零4个月，他的同伙小五刚刚19岁，他们都应当承担完全的刑事责任。

小五哭着说道："求求你们，留我一条命，我之前想着要给孩子送点儿饭，是张林森怕被人发现，不让我再回去管孩子。我想着只要方立赶快交出钱，就告诉他们孩子在哪里，真没想着孩子会死。"

张林森倒很平静，一直低头不语。蔡康明和张大为问他："你成绩这么好，为什么不继续上学，反而最后走上这条路呢？你母亲就你这一个儿子，她非常伤心。"

一提到母亲，张林森终于忍不住，嘤嘤地哭着，说道："成王败寇，无话可说。"

蔡康明和张大为听了不理解："你怎么就成王败寇了？你成了是什么？"

张林森说道："我成了，就会有一大笔钱，就彻底不一样了，我就成了'粮仓里的老鼠'。"

"粮仓里的老鼠？"两人不明白他在说什么。

张林森继续说道："我上初二时，读到过《李斯列传》的一段话，讲的是李斯年轻的时候，在一个很小的地方当小吏。有一回他上厕所时看到厕所里的老鼠肮脏不堪，见人就逃窜，惶恐至极；之后他去了粮仓，在粮仓又看见一只老鼠，不同的是，粮仓的老鼠肥胖光鲜，见人也不怕，大摇大摆，悠哉闲适。他顿时感慨万千，发誓这辈子就算做老鼠也要做粮仓里的老鼠。

"这个故事让我印象很深，我想到，比起我个人的努力，环境和机遇更重要。本来我就上学晚，这条路不一定能走出来，那时候想着，不如出去闯一闯……"

张雷是张家老爷子老来得子，还是家中独子。但张雷8岁的时候，父亲就死了，家里条件不好，他小学毕业就没再上学。家里没有父亲这个顶梁柱，母亲老实善良，张雷小时候看队上分粮食，每次都是别人分完剩下的，母亲用袖子扫成一堆，装进自家布袋，还有队上分红薯、土豆，分给张家的从来都是又小又生的。这养成了张雷又自卑又要强的性格。后来，张雷长大一点儿，两个姐姐嫁人后，家里经济条件才有所改善，母亲送张雷去上初中，盼望张雷有个好前途。张雷和母亲关系很好，对母亲很孝顺。

张雷辍学后，在家无所事事。母亲很担忧，找人给他算命，算命的说，他 18 岁有一劫，他是“火”命，名字里的“雷”又是“雨”字头，对他不好，最好改个名字，也许能躲过一劫。因此，张雷就改了名，叫张林森。

那时候，他知道，自己要想有所成就，必须走出去。他想过考大学，但他年龄太大了，就放弃读书，下海经商。

张林森和朋友小五一拍即合，一起到县里找工作，认识了一家饲料厂的销售人员王坤。王坤经常找他俩把厂里的饲料偷运出来，再用比厂里低点儿的价格卖给客户。张林森和小五两人赚个运费加劳务费。两人在去年过年的时候，一人赚了 100 多块钱。通过这一年的锻炼，张林森越发自信，他总和小五说，人和人的差距，就是一个机会。

他们又跟着王坤干了一年。到去年年底，真的来了一个机会，王坤突然告诉他们，厂里有一大批库存的饲料快过期了，因为占地方，厂里不想要了，想低价卖出。王坤想找个有实力的人接手这批饲料，成本在 2400 元左右，如果按市场价卖出去，能卖到 4000 左右。王坤让他们帮忙找找销路，事情谈成了，他俩还有提成。

今年 1 月中旬，张林森和小五回乡，准备找一些有经济实力的人推荐推荐。

谁知，张林森一回家，母亲王凤娥就劝他说，明年别在外面瞎跑了，现在种烟叶也很赚钱，今年邻居方家生意就特别好，有很多外地商家到他家收烟叶。

张林森听了不高兴，自己在外面跑了两年也没发财，他倒赶上好时候了。大槐树下的几家人，以前经济条件都差不多，现在，方家突然好了起来。

为此他郁闷了好几天，小五来找他谈找买家的事，张林森也没心情。小五问他怎么了，他和小五气愤地讨论起方家来，说方立没文化，初中都没毕业，老实巴交的，做事也不会转弯，怎么他赶上好时候，今年倒发财了，太不公平了。

小五一听，来了精神，提出要去方家游说游说，让方家接盘。

张林森想了想，不情愿地说："这是个办法，但这么好的机会，又便宜他家了。他家岂不是会像滚雪球一样，越来越有钱？"

两人想到这里，都沉默不语。

后来，张林森提议，说："要不咱俩自己干吧。"

他们看着在家门口跑来跑去的方恒远，动了绑架的念头。

2 月 12 日下午，张林森已经在家观察一个星期了，他们决定这天行动。张林森说自己是本村人，不合适实施具体的绑架行为。他让小五事先准备好蒙脸布，趁孩子一个人的时候，上去一下子捂住孩子的嘴，直接抱到烟炕房里。张林森在附近盯梢，看没人发现，才进入烟炕房内。

当晚（当天是 2 月 12 日，信上写的是 2 月 13 日）他们就把已经写好的字条叠成三角形，从方家后墙外扔了进去。其实他们本想让方家在 2 月 13 日晚上 12 点送钱，但他们没写清楚，从信上看的意思是 2 月 14 日晚上送钱。

两人以为计划得天衣无缝，把孩子绑了，藏到方家自己家的烟炕房里，等方家把赎金交了，再把藏孩子的位置告诉方家。

这样操作下来，他们只要保证抓孩子、藏孩子的时候不被发现，之后他们不再去烟炕房，也不用把孩子送回去，就不容易暴露。

但他们没想到，2 月 13 日一早，孩子就被找到了，而且已经死亡。

张林森没想到孩子这么快就被发现了，而且死了。在下午的时候，他看到有车开进村子，赶快找小五商量，两人想来想去，商量道："只要今晚不去桥头取钱，没人会发现我们。"

两人又想起张林森从衣服上扯布条塞孩子嘴的事情，张林森赶快把衣服找出来。他心想："怎么办呢？这时候烧东西，怕引起怀疑，扔出去容易被找到。"

张林森讨厌家里的老鼠，他看着墙脚的老鼠洞，把衣服塞了进去。

第二天上午，张林森害怕老鼠把衣服给拽出来，就又拿棍子往洞里捅，想把那件衣服塞得深一点儿，正是这个时候侦查员来了，但那时他们并不知道张林森捅老鼠洞是为了毁灭证据。

张林森被逮捕后，带着专案组到家里把老鼠洞刨开，在洞穴深处找到当时穿的那件衣服。

临出门前，他戴着手铐，看着自己的家，说："如果现在是四个月前，我没满 18 岁，也许这辈子能再拼一次。但老天就是不给我机会。"

张林森埋怨老天没有给他机会，可是他不想想，方恒远的机会在哪里呢？他还是个 2 岁多的孩子。

三条年轻的生命就这样逝去了，令人惋惜。

2 月 19 日，大年三十，凌晨 3 点，专案组准备返回。嫌疑人被抓捕后，村主任王天顺感激不已，没事就往专案组跑，送去村民们蒸的包子、包的饺子，还给专案组强调了好多次，让他们走的时候一定要通知大家，村里人要敲锣打鼓地欢送。

蔡康明、张大为和老苗以及县局的专案组人员听到这话，都觉得很温暖，理解了当初村民们害怕的心理。

但是大过年的，他们不想麻烦大家，所以决定年三十凌晨4点，趁大家没睡醒，偷偷地走。

早晨，专案组的车刚发动，就被一个老乡发现了，他一边拦车不让他们走，一边高声喊人。一时间，村里好多人披着衣服跑出来。车刚开到村口老夏的小卖部旁边，村主任王天顺带着老乡们就把车围了起来，堵着路不让他们走，一边喊着感谢，一边强行拉开车门，拿着小卖部的烟、酒，像不要钱似的只管往车上扔。老夏看着自己店里的东西像被打劫了一样，也不拦着，站在一旁抱着膀子看，"嘿嘿嘿"地咧着嘴笑，就像不是他的东西似的。王天顺对老夏说道："这次你立功了，你都记着账啊！"

"好嘞！"

老蔡说，那一刻，人与人之间的壁垒完全被打破，老百姓那种炙热的感激之情是发自肺腑的，那种人与人之间的感觉就是鱼水交融。

在返程的车上，蔡康明看着老乡们扔进车里的麻糖，从来不爱吃甜食的他，拿起一根吃了起来，也许是为了祭奠方恒远小朋友吧。

老苗和张大为也都拿了一根，三人一人一根麻糖吃着。张大为说道："这个张林森落到这一步，真是让人唏嘘。如果他当时听小五的话，去方家借钱，把这单饲料生意促成，小赚一笔就行，该多好。这么年轻，以后多的是机会，这样为了大钱，连命都赔了进去，真是太可惜了。如果不那么贪心，不至于如此。”

蔡康明说：“不仅仅是贪心，你听过那句话吗？‘来自敌人的困难可以忍，来自朋友的成功则无可忍。’”

“啥意思？”张大为问道。

“一个和你没有关系的人有钱了，你可能会佩服、欣赏，一个你身边的人突然有钱了，人就会嫉妒，心理不平衡。”蔡康明说道。

“是，也有这种心理作祟，才让他决定要绑架，这就是绕不开的人性啊！”老苗点点头说。

“这小子还读《李斯列传》，我还真没读过，我也回去看看。”张大为说道。

车子终于到了市里，老文出来迎接他们，见他们红光满面，手里拿着烟、酒，各种好吃的、好喝的从车上下来，高兴地说道：“我说不耽误看春晚吧！看来，连年货都置办好了！”

“是啊！”张大为看着手里的东西，炫耀地说，“当地百姓给我们办年货了！”

“说明你们没丢我们警察的脸！”老文开玩笑地说道，“过完年，你们还得再去一趟！”

“怎么？又有案子？”张大为吃惊地说道。

“这置办年货的钱，咱们得还给老乡们啊！”老文说道。

蔡康明说道：“还是老文想得周到！老乡们赚钱不容易！等年后办案的时候，绕道去夏老板那里，偷偷把钱塞给他。”

外面还飘着雪花，屋里，几个人收拾东西，也准备各自回家过年。对于刑警来说，这样的年过得有味、踏实。

上天“眷顾”的凶手

忏悔

多数人都了解，破案过程是对嫌疑人做有罪推定的过程；
而常常被忽略的是，在逻辑链条闭环后，
需要对嫌疑人做无罪推定，从而最大限度地避免冤假错案。
因此，办案人员的严谨、坚持和良知，
也是维护公平正义的重要部分。

有段时间，大家都在讨论呼格吉勒图案。当时看到现场证据，呼格吉勒图的嫌疑很大，迷惑性确实很强。呼格吉勒图在报警前独自发现了尸体，并碰触了尸体的两处，所以当办案人员发现报警人撒谎时，心里必然十分激动，先入为主地认定他是凶手。后来就算他不承认，可能当时的办案人员法制精神不足，上手段了。

我看完案子就跑去找老蔡，问他："这种案子真的是警察的问题，真的是刑讯逼供出来的证据吗？"

老蔡笑着回答："我给你讲个案子，你自己想吧！"

"难道你手里也出过冤案？"我幸灾乐祸地问道。

"有些巧合让你想都想不到，编都编不出。这个案子真是差一点儿就成冤案了。"

我一听，来了精神。

死在医院的被害人

在L市，一条小河穿城而过，在河畔种着一排柳树，柳条垂在河面上，旁边坐落着一排低矮的平房，平房与小河之间隔着一条羊肠小道。一到夏天，蝉声和青蛙声十分热闹，反衬出在这里的生活悠然自得。

很少有人还记得，二十多年前，这里曾发生过命案。

那时的羊肠小道还是土路，这里还是城市的边缘，还很冷清，偶尔有一两个人骑着自行车从这顺河街经过。街坊邻居相处得非常融洽，生活作息规律。

8 月 16 日中午，街坊邻居吃过午饭，习惯性地开始午睡，这是街上最安静的时候。

下午 2 点半左右，一个女人从一个院子里爬了出来，浑身是血，挣扎着爬到街上，身后留下一条长长的血迹，像是蜗牛爬过一样。她身上被扎了十几刀，肠子都流了出来。

她快断气了，嘴里不断说着："救救我，救救我，救救我。"这条街上安安静静的，一个人都没有，只有一只小橘猫陪在快断气的主人旁边"喵喵"地叫着。

终于有了一线生机。一个人骑着自行车从远处过来，正好是北庄派出所新区治安队员张为民。他被眼前的景象吓了一跳，只见一个浑身是血污的女人头朝南、面朝东地蜷卧在路中央，还没断气，但眼看就要不行了。

张为民看她快不行了，赶快问道："是谁扎你的？"

"崔立伟。"

"你叫什么名字？"

她断断续续地说："徐……小……花。"

"我咋跟你家里联系，或者找谁给你帮忙？"

"崔立伟。"

"崔立伟在哪儿？！"张为民问。

"人民路，青年路，卖水暖表。"她说。

怎么捅她的是崔立伟，救她也找崔立伟？张为民也来不及多想，又赶快问她具体是怎么回事，徐小花已经说不出话来了。后来，张为民喊来周围的群众，一起把她抬到架子车上，送往医院。

治安队员张为民把徐小花送到医院后，就赶回所里汇报，所里那天的带队民警听完以为是治安案件，就带着张为民，又喊着几个人，晃晃悠悠地往人民路、青年路交叉口的水表店走去。

还没走到水表店，带队民警接了个电话，说是人死了，成命案了。

几个人怕嫌疑人逃跑，着急了，赶快往店里赶。

他们走进店里一看，店铺中间支了张桌子，几个人在打扑克。见警察穿着警服气势汹汹地进来，几个人一脸迷茫地看着他们。

带队民警问："谁是崔立伟？"

"我是！咋啦？"一个光着膀子、手里还攥着扑克的人站了起来。张为民带着几个人直接上去就把人按住了。

崔立伟莫名其妙地问："你们为啥抓我？"

为啥？看着崔立伟理直气壮的样子，几个警察感觉不像是平时抓住嫌疑人的那种感觉。人对自己做的事情心里很清楚，有时候抓人，几个人上去一拍肩膀，那人立刻就蔫儿了。眼前的崔立伟完全不是这种状态。

带队民警按住崔立伟后又详细询问。谁知一问，周围三个打牌的和旁边看热闹的人都拍胸脯做证，崔立伟从中午吃完饭就一直坐在这儿打牌，屁股连凳子都没离开过，根本不可能去杀人。

带队民警又问崔立伟认不认识徐小花，他回答认识，徐小花是他的远房亲戚。

凶手不是他。

确定了崔立伟确实没有作案时间，嫌疑彻底排除了，这条线索断了。

当时，案子在分局立了案，市局刑警队由老文带着，抽调分局的人手，成立了专案组。老蔡当时是分局刑警大队的大队长，和老文一样，都是案件的指挥员。老蔡又专门把见过死者的治安队员张为民叫来，让他再想想，死者当时到底是怎么说的。张为民把他当时听到的话又重复了一遍。"怎么扎人的和救人的都是崔立伟呢？"张为民说自己也不知道，他说当时他听了也很纳闷，可是情况紧急，人马上就断气了，再详细问也问不出来了。

迅速落网的嫌疑人

这个案子，被害人是死在医院的，大家本以为不用侦破，直接问出了凶手，然后速战速决。谁也没想到，案子还是要从头开始。

蔡康明就重新开始梳理现场物证和了解死者情况。

死者叫徐小花，女，28 岁，未婚，S 市某公司水表厂（在 M 市设点）日用水暖器材销售员。未婚大龄女孩被杀，很可能是因感情引起的矛盾。

案发时间是下午 2 点左右，因为她还没死，所以这个时间比较确定。这不是最佳犯罪时间，一般来说，有预谋杀人，晚上总比白天好。但这个案子发生在白天，说明凶手对环境比较了解，凶手很可能知道这个时候房东不在家。房屋门锁没有被破坏的痕迹，说明罪犯和死者认识，并且在受害前可能还和死者有过交谈。

现场有很多物证，其中有带血的凉席、杀人的刀、带血的凳子，凳子旁的地上有一颗缝着白线的扣子，是徐小花把罪犯衣服上的扣子给拽掉了。这些物证都散落在地上，一看就知道死者生前和罪犯进行了激烈的搏斗，床上、地上血迹斑斑。从死者腹部、手部的伤口可以看出，嫌疑人猛扎死者的腹部，死者直接用手抓住刀刃，进行殊死搏斗，这也说明罪犯身上肯定有伤。

现场还有一个血掌纹，不能确认是不是凶手的。当时，发生凶案的时间与到现场勘查的时间有间隔，在群众抢救徐小花时，可能有人进屋给她拿东西，说不定是拿东西时不小心按上的，所以这个掌纹只能认定，不能用于排除。

蔡康明刚开始排兵布阵，安排侦查员去调查徐小花的人际关系的时候，突然得到好消息，犯罪嫌疑人落网了。

蔡康明很高兴，赶快问怎么回事。

原来，在案发第二天，市局刑警队的人在案发现场继续勘查现场时，有人突然来现场，说是取他的手推钻，他说昨天中午来的时候落在这里了。周围人都说："人都死了，你还来取什么手推钻？"刑警队的人赶快问他："你昨天几点来的？"那人说："我吃完饭过来的。"侦查员们一听，这正好就是案发时间啊！当场就把他扣下了，然后带到专案组进一步询问。

一开始，有人也提出疑问："这人如果是凶手，他杀了人，还会傻乎乎地回到现场？"

"这很有可能！"有经验丰富的侦查员认为，很多犯罪嫌疑人作案后心里不踏实，想了解警方破案的情况，他们就会回到现场。所以，在一些案件中，罪犯就混在现场围观的群众中，还有警察直接在勘查现场时抓到罪犯这种情况。这种情况时有发生，这次很可能就是这种情况！

很快，有了更好的消息，市局刑警队突审成功，这个人很快承认就是他杀的人，他还说自己很清楚午饭过后这个时间点徐小花这里没人，所以他就来了。

专案组还查到，案发两个月前，他俩在大操场发生关系时还被巡防队员发现了，对他俩进行了罚款，记录在案。这是典型的“卸包袱”杀人。

此人叫刘尚杰，是市运输公司建筑队承包水电安装的包工头，经济条件不错。他有家庭，但和徐小花是情人关系，是在徐小花死亡的前一年认识的。那年7月的一天，刘尚杰在光明小区23号楼干水暖活，徐小花给他推销水表，刘尚杰见到徐小花时就被迷得神魂颠倒，呆头呆脑地全盘接收，从此刘尚杰的水表都是从徐小花这里订的。一来二去，两个人的关系越来越近，并逐渐发展为情侣关系。

但刘尚杰是有家庭的，他和妻子李兰是一起从农村走出来的，一开始，他们就是在建筑工地给人家干水暖活，后来一点点发展，有了积蓄，生了一个儿子、一个女儿。

刘尚杰的妻子李兰非常贤惠，相夫教子，孝敬老人，把家里料理得井井有条。刘尚杰的事业也越来越好，家里慢慢富裕起来。

徐小花和刘尚杰在一起后，就一直逼着刘尚杰离婚，特别是6月份被巡防队员抓了之后，徐小花就一直逼他，把他逼得没办法，他就杀了她。

蔡康明听后，觉得没问题，刘尚杰符合当时凶手画像的所有特征。

1. 他有杀人动机。他和徐小花是情人关系，并且在公安局有违反治安记录证明。

2. 那天他之所以吃过午饭后去找死者，就是因为熟悉死者的情况，专门挑选这个时间去杀人。

3. 他身上有新伤。

4. 凶案发生时间和他在现场的时间完全吻合。

5. 还有一个更关键的证据是，专案组在现场一个带血的凳子旁边发现了一颗白色的扣子，上面缝着一根白线。这根白线是缝扣子的线，可是这个线上还有一根蓝色纤维，并且白色的线连着白色的底也被拽下来一些。缝扣子的线是白色的，为什么会有一根蓝色纤维？这说明这个衣服是白底、有蓝色花纹的。因为缝得紧，所以拽的时候一抽，把蓝色花纹的纤维就抽出来了。凶手一定是穿了一件白底蓝花的衬衣。

刘尚杰自己说在案发当天就是穿着白底蓝格子的衬衣去找徐小花的，而且专案组在刘尚杰家里找到了这件衬衣。

这下，铁证如山。

案子破了，蔡康明让大部分人回到队里，专案组留下几个人整理卷宗和笔录，正常走程序，蔡康明也开始着手别的工作。

案件到了最终审核阶段，其实就是收个尾，蔡康明再看一看证据，然后签字，送检察院。

一根蓝色纤维

老蔡说，上天不管跟你开多大的玩笑，就算堵了你所有的路，最后总会给你留一个小口子，就看你看得到还是看不到。

蔡康明拿着案卷，一页一页地看。没问题，证据链、动机、作案时间，全部都能对上。但当他看到刘尚杰的白底蓝格子衬衣时，心里突然有了疑惑，他拿着衣服看啊看，越看越觉得不对劲。

老蔡到过现场，所以他对现场的东西有印象。当时在现场发现的那枚两人搏斗时，死者从罪犯身上拽下来的扣子上带着一根蓝色纤维，所以当时蔡康明就知道，罪犯穿的应该是那时候比较流行的白底蓝花纹或者白底蓝格子的衣服。刘尚杰的这件衣服确实为白底蓝花上衣，这是没问题的；衬衣的扣子缝得好好的，这也是没问题的，因为扣子后期可以补上。

问题出在花纹上。

扣子上带着蓝色纤维，说明扣子附近一定有蓝色的花纹，这件衣服前面的五个扣子和袖口的扣子所在的位置恰好全是白色的，蓝色格子没有延伸过去，所以拽下来的扣子上不可能带有蓝色的纤维。

难道刘尚杰还有一件白底蓝花的上衣？蔡康明赶快让侦查员继续搜查刘尚杰的衣物，可是没有再发现类似的上衣。

蔡康明越想越觉得不对劲，有问题，他要亲自问问犯罪嫌疑人。

这个时候的询问，是需要非常谨慎的，不能让嫌疑人认为警察动摇了。如果他觉得警方还有其他怀疑对象，自己可能脱罪，他很可能翻供、悔供。

谁知，刘尚杰不但没有翻供、悔供，反而一心求死。

蔡康明见到刘尚杰，旁边侦查员郑重地介绍："这是主管你案子的蔡队长，来问你的事情，你老实说。"

刘尚杰当时情绪就很激动，说："蔡队长，蔡队长，你们别问了，别问了，没什么可说的。我不是个东西，你们赶快枪毙我吧，就是我干的，什么也别说了。"

刘尚杰说得这么直接、这么肯定，蔡康明没法反驳他，但蔡康明心里有疑问。证据显示很可能不是他干的，但又没办法直接问，蔡康明就说："你光说是你干的，你具体是咋干的？你咋杀的人？"

谁知刘尚杰说了这样一段莫名其妙的话："蔡队长，你要说我想杀她不想，我想杀她，你说我去杀了吗，我去杀她了。但是，按毛主席说的实事求是来说，我没杀她。"

一会儿说是自己杀的，一会儿又说实事求是没杀她。刘尚杰反复地说着逻辑不通的话，然后又强调：“快把我枪毙了吧，蔡队长，我有罪，我不是个东西。”

好像在刘尚杰眼中，枪毙就是他一承认，就会立刻被带去枪毙了。他对于法制没有概念。

蔡康明心里更疑惑了，说道：“你别这样说，你一点儿一点儿地从头开始说，你说你们俩咋认识的，你为什么想杀她。”

刘尚杰说道：“我是水暖工包工头，我去买水表，我俩就认识了。有一次在她屋里，我俩就发生关系了。我俩在一起的时间一长，小花就想和我结婚。可是我有家啊，而且还儿女双全。”

蔡康明表示理解地说：“是啊，现在都是独生子女，儿女双全很难得。”

“我老婆对我还非常好，我没脸回家提这个事情，回家真的张不开这个嘴。小花就说：‘你张不开嘴，那就回家把她杀了吧。’我被逼得没办法，就答应她了。但我一直下不去手。后来又见面了，她又问：‘你杀她了吗？’我说：‘我下不去手，我拿着刀下不去手。’小花就去街上买了老鼠药给我，让我回家弄老鼠药给我老婆喝。她一步一步把我逼得没办法了，我想，那好吧。

“有天回家，我就去杀我老婆了。可我下不去手啊！我心里很乱，我就躺在沙发上，闭着眼睛想怎么办。这时候我老婆见我回来了，端了一盘洗脚水，把我袜子脱了，给我洗脚。

“哎呀，我看着我老婆给我洗脚，觉得自己真不是个东西啊！我们两口子都是农民，都是从农村出来的。我现在是个包工头，起码还有个小酒喝着，天天在外面吃香的喝辣的。人家在家给我生了一男一女，帮我照顾孩子，对我父母亲也很好，我真不是个东西！我一跺脚，这事我不干了。

“后来我跟小花说这事，她说她要缠着我，要去我家闹，我俩为这事吵了好多次。这个女人真不是个东西，她逼着我杀我老婆，我要是真和她结婚了，她以后再挂个男的，她是不是还要杀我啊！我想着，真不行了，我去她家杀她去。前几天，我拿着手电钻去小花那儿，想找机会杀她。但我去她家后，她坐在那个小凳子上，我看着她，还是下不了手。你说，人家20多岁的大姑娘，也没结婚，愿意跟着我，人家想和我结婚，这有啥错？我不能因为这个就把她给杀了。但是她又逼我，我俩大吵了一架，我说：'你再逼我，我就把你给杀了。'但我又想，人家和我在一块儿，我在家有老婆，我在这儿还要再挂一个女人，人家女的想和我结婚，结不成我还想杀人家，我真不是个东西。算了，我一跺脚，就走了。

"蔡队长，你们赶快枪毙我吧！"刘尚杰反复要求认罪。

蔡康明听了，心里一惊，他的这套解释听起来非常真实合理，两次都是一下决心，一跺脚，走了。老蔡说当时他听着就能想到刘尚杰那会儿的那种神情。但他为什么一直要说是自己杀了人呢？但当时蔡康明已经顾不得想这些，找出凶手要紧。

蔡康明想："虽然不是刘尚杰，但他在那个时间段出现在犯罪现场，这个时间就卡在那个作案时间段。不是他，总要有别人，他很可能遇到过凶手。"

但蔡康明不能问得太明白，不能直接问他，于是就顺水推舟地问道："那你就这么走了？"

蔡康明其实是想要问他那里当时还有别人没有，但又不能提醒。

蔡康明继续问："那你俩吵架都没人劝劝你？"

"没，院子里没人。"

"那你俩吵架，房东都没出来？"

"蔡队长，她家当时就没人。"

"你怎么知道？"

“我去杀她呢，她家有人我还敢去吗？我摸清了情况才去的。”

“然后呢？”

“然后我就走了。”

蔡康明都没法子了，不能一直提醒他啊。

“那小花都没送送你？”

“我俩吵架，我说要杀她，她气得不得了，嘴里嘟嘟囔囔地骂我，她会送我吗？”

“不对啊！在那个时间段，应该是有人的！”蔡康明心想。

“那你往哪儿走了？”

“我沿着大街向东。”

“往东就没碰到一个人？大街上什么情况，你给我说说。”

“哎，大街上就没一个人，大热天的，中午就没人。”

蔡康明还是没放过他：“那你就没回头看看，那女孩送你了没？”

“我回头看了，她哪儿会去送我！”

“整个大街都是光的？”

他们就这么绕来绕去地说。蔡康明急着想从他嘴里问出情况来，一直让他想。

他想了一会儿，突然说：“对了，那边好像过来了一个人，骑个自行车过来了。”

蔡康明赶快问：“长什么样子？”

“年轻人，没看清楚。”

“穿什么衣服？”

“穿了个跟我这件差不多的，也是白底蓝格的衣服。”

蔡康明心里“咯噔”一下，这个才是罪犯！

一切都要推倒重来

可是，这么多天过去了，这人去哪里找呢？

案子到了现在，眼看就要结案的案件，突然一个急转弯，一切都推翻了。案件的性质、侦查方向都可能有变化。

首先，不能确定凶手和死者是否认识了。刘尚杰前脚走，凶手后脚就来，这就有可能是凶手正好路过这里，看门没关，临时起意。之前对凶手的画像完全不符合实际情况了。

其次，有可能是流窜作案。如果凶手不是本地人，案子过了这么久，此时凶手早就不知道跑到哪里去了。

之前推测的一切都要推倒重来，这个案子又要“重启”了。

想到这里，蔡康明心里的烦闷可想而知。承认刘尚杰不是凶手会产生巨大的沉没成本。错过了最佳的时间，案子还能不能破，蔡康明心里没底了。

蔡康明第一时间去找老文商量。

老文一听，大吃一惊，他都没等蔡康明说下去，大手一挥，不容置疑地说：“不可能，他自己交代的，要不是他，他认什么认？”

蔡康明把经过原原本本告诉了老文。

老文听着听着，眉头也皱起来了，叼起了一根烟，闷闷不乐地抽了起来。听完，他好长时间没说话，然后缓缓问道：“这咋办？”蔡康明没有回答，两人陷入沉默。

这时，两人都意识到，问题不仅仅是时间过得太久、线索不好搜集，他们还要把专案组人员重新召集起来。这个时候，很多在外面调查的侦查员一听说罪犯抓住了，都回来了，好多都已经回家了。这时候再说案子没破，重新开展工作，大家心都散了，不好再组织起来。

两人坐在屋子里说话，越说、越想，心情越烦闷，那天正好下着小雨，干脆出去走走吧！

十字路口

两人顶着小雨，也没有打伞，顺着专案组旁边的人民路从西往东溜达，边走边想，从头琢磨起案件。这个案子一开始是死者徐小花死前说杀她的人是“崔立伟”，帮她的人也是“崔立伟”。但这个崔立伟第一时间就被排除了！

走着走着，两人到了人民路和青年路的交叉口。人民路是东西走向的路，青年路是南北走向的路，案件现场在人民路、青年路交叉口的西南面，之前他们一开始抓的崔立伟的门店在交叉口的东南边，专案组设在交叉口的西北面。

平时，他们到路口，就往现场方向走了，但那天下着小雨，车多，甩得身上都是泥，再加上心情不好，就不往现场方向去了。蔡康明说道：“咱们去北边转转吧，那边车少、泥少。”

两人就掉头往北边走，边走边琢磨：“为什么死者死前说的都是崔立伟呢？估计是死者当时头脑已经不清楚了，也有这种可能。这样的话，范围就大了，到底是不是熟人作案，就不好定了。”

两人边走边琢磨，也没注意四周，光顾着说话了。

人生的美妙莫过于峰回路转、柳暗花明。

蔡康明突然抬头，说道：“咱们这是走到哪里了？”

“不知道啊！”老文也抬头，四处张望。

蔡康明无意中一回头，说道：“哎？这儿咋也有个水表门市部？”

这里也属于人民路和青年路的交叉口附近！

两人瞬间来了精神："走，咱们看看去！"

店里没有年轻人，是一对五六十岁的老夫妇在卖水表。老蔡进门打招呼，问道："老先生，生意好不好啊？"

"就那样。"卖水表的老先生答道，接着他问，"你们是要零售还是批发？"

两人装着看水表的样子，蔡康明答道："零售吧！我自己家换水表。老先生，您贵姓啊？看你家货品很全，以后给我朋友介绍介绍。"

"姓崔。"

一听姓崔，两人心中都"咯噔"一下，激动地一对视。姓崔，又是卖水表的，而且是在青年路和人民路的交叉口，是不是就是徐小花生前说的那个人？两人都很敏感，心有灵犀的感觉来了。

蔡康明装作和店主拉家常："老先生，这么大年龄了，还在这里干活，孩子们也不知道来帮帮忙。"

"孩子们都忙。"

老文和他年龄差不多，问道："几个孩子啊？"

"三个。两个在外面打工呢，一个在家，才当兵回来。"

两人装作随口一问："都叫啥名字啊？"

老先生回答，其中有一个叫"崔玉伟"。

这么一说，两个人心里一阵狂喜，但还不能打草惊蛇，两人不动声色地继续说道："这都是铁器活儿，他在家还不来帮忙，让你们老两口在这儿忙活，这是不孝顺。"

"平时都在这儿呢，这几天家里有点儿事，回老家了。"老人答道。

这个案件像坐了"过山车"，大起大落。

从店里出来，他们赶快回到专案组，立刻组织人员对崔玉伟进行调查并抓捕，抓捕他时，他正在另一个城市建设法院大楼的工地上打工。

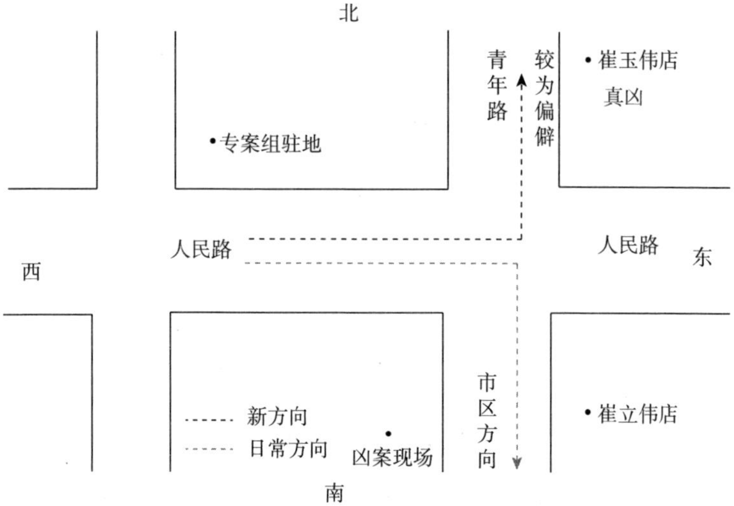

原来这个人叫“崔玉伟”，他和死者说的帮忙的人“崔立伟”就一字之差。估计见过死者的治安员张为民，第一次听到的确实是崔玉伟，但第二次说崔立伟时，他就记住了崔立伟。

崔玉伟那天早上在家吃过早饭，骑自行车在徐小花家附近找房子租住，正好看到徐小花在她租的房子院门口站着吃饭，碗里盛着豆腐，手里拿着馍。他们以前就认识。徐小花就让崔玉伟进屋聊天，两人聊天时开始产生暧昧的情愫，但后来被一个从外面进来的男人打断了，这个人就是刘尚杰。他一进来，徐小花就说家里的小橘猫不吃食。这猫就是之前刘尚杰送给徐小花的。崔玉伟此时并不知道刘尚杰和徐小花的关系。

崔玉伟自己交代：“那男人让小花给猫买肝吃，小花就出去了，就剩我和那个男人在。那个男人问我是干什么的，我说是卖水表的，他还说以后有啥活儿能找他。后来聊了两句，我就走了。我当时很生气，我觉得小花对我有意思，我对小花也有好感，若不是这个男的闯入，我们可能会发生点儿啥。”

崔玉伟继续骑车往北找房子，直到中午吃完饭，崔玉伟又去找徐小花，他觉得上午徐小花对他有所表示，他们之间能发生点儿什么。

他到小花那里时，大约是下午 2 点钟，这个时候刘尚杰刚走。

他一进门，就没话找话地问她：“小花，你给我找房子了没有？”

此时，崔玉伟并不知道刘尚杰刚来过，更不知道刚才刘尚杰和徐小花大吵一架，刘尚杰叫嚷着“要杀了小花”。

而这架之所以吵得这么凶，也是因为刘尚杰上午看到崔玉伟在徐小花这里，就萌生了“如果自己把老婆杀了，小花会在外面再挂一个男人，再把自己杀了”的念头，他回去后，越想越不对，下午就想来杀徐小花。

徐小花当时坐在床沿上，还生着气，想着刘尚杰说要杀她。她内心想必多少次想过：“大不了同归于尽，我得不到的，谁也别想得到。”这些气正憋在心里，没处发泄，听到崔玉伟这么快就又问她找房子的事，便气鼓鼓地回话：“你说话一声，我就给你找好了，你以为你是谁啊！”然后骂了一句。

崔玉伟觉得自己又没有得罪她，她莫名其妙冲自己发这么大的火，有点儿生气。他来找徐小花问房子的事是假，想和她发生关系是真，就用右手往徐小花的肩膀上拍了一下，想试试深浅，甚至想直接推倒她。

徐小花正在气头上，看崔玉伟这样，二话不说，从地上拎了一个小凳子抡了崔玉伟一下，砸了他的膝盖。

这下可把崔玉伟惹火了，崔玉伟从裤兜里掏出一把切肉的刀，朝她肚子上扎了一刀，又把刀拔出来。徐小花也不示弱，正在气头上，就徒手抓刀、夺刀。

两人在面对面夺刀时，徐小花身上几处地方被划破，崔玉伟又朝她肚子上、身上扎了几刀。

徐小花流了很多血，倒在床上，手也松开了，还喘着气。崔玉伟就从地上抓起一个凳子，朝她头上砸了两下，看她不动了，把凳子放在床边。

从徐小花夺刀时手上留下的伤口看，她的手直接抓在刀刃上，毫不落下风，似乎完全不知道疼痛。这很可能是因为之前和刘尚杰的争吵导致她满腔怒火。如果不是因为当时的情绪对抗，崔玉伟和她之间的矛盾可能不会上升到你死我活的程度。

后来，崔玉伟把刀和手上、脸上、胳膊上的血洗掉，随手把房门关上，到院子里推着自行车，出门朝东回家了。回家后，他把身上的血衣换下来洗了，又换了一件一模一样的衬衣，他当时买了两件一样的白底蓝格子衬衣。

全案至关重要的白底格子衬衣系凶手所有

杀人的刀

案子破了，没有人想起来再去问刘尚杰当时为什么要认罪。

老蔡后来分析说，刘尚杰其实是个很实在、很重感情的人。他这种实在人想问题容易执拗（说不好听的就是“一根筋”），在当时那种极端情况下，他满脑子只想着徐小花死了，他老婆也知道了，事情败露了，没脸见人了，他也不想活了。而且刘尚杰对“杀人”的认识不充分。他一会儿想杀他老婆，一会儿又想杀徐小花。那天，他就是去杀徐小花的，但是没动手。他没动手，说明他内心可能并不是真的希望徐小花死，只是徐小花把他逼急了，他没办法。但当他实实在在地面对徐小花死亡这个事实的时候，他是愧疚的，他觉得都是自己的错，说自己不是个东西。

很多时候，事实和我们的想象是有差距的。有些凶手也是这样，他们犯案后是非常后悔的。犯案前，他们以为杀人就是拿刀把人一捅就完了，但在看到血喷涌出来的那一瞬间，他们其实也会害怕，他们之前没想到实际的情况是这样子的，那种震撼的画面会永远刻在他们的心底深处，挥之不去。

老文对这个刘尚杰非常生气，骂这个刘尚杰：“真是个糊涂蛋，不是他干的，他认什么认，差点儿搞成冤案！而且他上午明明见过崔玉伟，他咋不说？”如果不是后来崔玉伟交代上午去徐小花家的时候见过刘尚杰的事，警察根本不知道。事后，刘尚杰一脸无辜地说：“你们没问啊！我也没想起来说。”

刘尚杰没这方面的经验，他没有想到上午的事和上午见的人跟案件有关系，他的脑子里根本没有这根弦。

这是老蔡印象非常深刻的几个案件中的一个，每走一步都有意想不到的偶然和巧合。

同一个时间段，两个嫌疑人前后脚到。先来的一个预谋杀她，但一念之间生了恻隐之心，没有动手。后来的一个本是为了示爱，求爱失败，一念之间激情杀了她。这两个男人，上午都来过，下午又不约而同地来，徐小花早就在钢丝上行走了，自己却浑然不知。好像命中注定徐小花那天在劫难逃，她逃了第一次，没逃过第二次。警察破案，两次重启，第一次，崔立伟当了“替罪羊”，第二次，刘尚杰又差一点儿当了“替罪羊”。崔玉伟真是上天最“眷顾”的凶手。

老蔡说，感谢那根蓝色纤维，否则后果将不堪设想。

人都无法避免“先入为主”，人对一个事情的第一印象往往特别深刻。警察办案，如果先入为主，确定眼前此人一定是罪犯时，要改变想法真是太难了。

同时，对于自己的事情，我们又很难解释清楚。就如同生活中人们津津乐道的阴谋论，大多数人人云亦云、随波逐流，传得沸沸扬扬，可是永远不知道真相到底是什么。

比如，在别人丢失东西的时间段，你正好出现过，失主虽然没找你求证，但他可能心里犯嘀咕。还有，总有过来人教育我们，看别人在一起嚼舌根的时候，别往上凑，否则被人看到，你百口莫辩。

所以,“先入为主”遇到了“解释不清”，怎么会不产生冤案呢？

生活中的小事都很难解释，何况此案中的刘尚杰？

他有作案动机，有作案时间，符合凶手画像，甚至还积极认罪。在这种极端的情况下，老蔡还能理性地看待案件，没有私心，不求“迅速破案”的业绩，不推卸责任，不戴有色眼镜看待嫌疑人，而是实事求是、坚持真理。我真是打心底里佩服老蔡和老文。

他们尊重真相，敬畏生命。

老蔡说，他后来去买衣服，看到有卖那个年代流行的白底蓝格子的衬衣时，都会不由自主地到柜台前分析款式、花型有什么不同。有些蓝色花纹是覆盖在扣子周围的，有些是覆盖在肩膀上的，有些是覆盖在袖子上的，有些是只在胸口附近的。顾客买时往往不会特意选择，拿起来大致觉得好看就行，甚至有时任售货员随手一选、一递。

当年，刘尚杰和崔玉伟都是在这里买的衬衣吗？如果当年售货员递给刘尚杰的那件白底蓝格子衬衣的扣子周围也有蓝色格子，那么就算刘尚杰不承认是自己杀的人，谁又会相信他的话呢？他能解释清楚吗？这个案子又会如何呢？

好在没有如果。